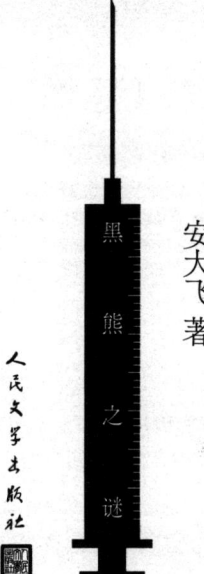

黑熊之谜

安大飞 著

人民文学出版社

图书在版编目（CIP）数据

黑熊之谜／安大飞著 .－－ 北京：人民文学出版社，2024
ISBN 978－7－02－018682－2

Ⅰ．①黑… Ⅱ．①安… Ⅲ．①长篇小说－中国－当代 ②中篇小说－中国－当代 Ⅳ．① I247.5

中国国家版本馆 CIP 数据核字 (2024) 第 106994 号

选题策划	刘　稚
责任编辑	黄彦博　范维哲
装帧设计	陶　雷
责任印制	王重艺

出版发行	人民文学出版社
社　　址	北京市朝内大街166号
邮政编码	100705
印　　刷	三河市中晟雅豪印务有限公司
经　　销	全国新华书店等
字　　数	192千字
开　　本	850毫米×1168毫米　1/32
印　　张	11.25　插页2
印　　数	1—5000
版　　次	2024年6月北京第1版
印　　次	2024年6月第1次印刷
书　　号	978-7-02-018682-2
定　　价	42.00元

如有印装质量问题，请与本社图书销售中心调换。电话：010-65233595

001 - 录音带之谜

119 - 黑熊之谜

1

那个望远镜挤在俄罗斯套娃、军用手表、苏式奖章等洋玩意儿堆里,并不起眼,但我却一眼看到了它:迷彩绿的磨砂皮外表,粗大的棱线,镜头盖上的俄文字母,还有镜筒架上的斧头镰刀标志,无不表明它的异国身份。我横跨在自行车梁上,指了指地摊上的望远镜,问摊主价钱。六十块,绝对军品。摊主拿起来,打开镜头盖让我看镀膜,蓝幽幽的,镜片居然是红色的。红得刺眼,我一下被震到了,甚至忘了看摊主的样子,直到他喊我,才发现是熟人:米耗子。

米耗子曾经是我的邻居,那时我还在上小学,一家人住三十四街区一栋一门一楼,他家住三门二楼,比我小两岁,学习不太好,他姐姐好像去了"大集体",等他毕业时,我家已经搬到二十九街区十七栋，和他就没了联系，想必也是类似的出路。"大集体"后来都下岗了，自谋生路，不少人活得有点惨。他还是老样子，个子不高，尖嘴猴腮，年纪不大抬头纹却很深，大概是因为瘦。全身裹在一件军大衣里，毛领子竖着，缩着脖子，冻得原地乱蹦，和新华书店门口的其他摊主并无两样。他冲我点点头，熟络地打招呼："过来了啊，这是我和我哥从黑河那边弄过来的，绝对好。"又凑过来小声在我耳边嘀咕道："我问问我哥，能不能再优惠点。"不等我反应，他回身冲着商店黑洞洞的门里喊了声："哥！"话音未落，书店门的大厚棉帘子掀开一角，里面走出一个人，大冬天居然没戴帽子，大背头梳得一丝不苟，喷上层硬邦邦的发胶，像《江湖情》里的周润发，闪亮的脑门，国字脸，穿着一件黢黑闪着暗光的皮大衣，英俊又邪气。我那时还不知道他就是席宝华。他瞥了我一眼，米耗子赶忙说："是我以前邻居，老三十四街区一栋的，我们总一起玩。"

席宝华从头到尾扫了我一眼，点点头说："是不是大学生？"我说："对的，我在市里的重机学院。"说完有些后悔，为啥他问啥我就得答呢，买东西也不用查户口。于是我反过来问他："这能便宜点不？"他说："没问题，五十块拿去，乡里乡亲的。"说着就把望远镜塞到我手上，又让米耗子把望远镜的皮套找出来给我，说："这皮套我们一般是不给的，你是例外。"他把柔软的皮套也放到我手里。至此，我已经无法再拒绝说不买了，掏出五张十块钱钞票，递过去。米耗子接过，扬了扬说："谢了啊。"席宝华也微笑了一下说："开学回校替我们宣传下，同学有要买的，我让小米给你送过去。"

骑车回家的路上，我才想到，我竟然连望远镜多大倍数都没注意呢，就这么糊里糊涂地买下了。心里有些忐忑，路上板结的积雪涂了一层又一层污垢，并不太滑，只要不急刹车或变道，在冰面路上骑车并不难，寒冷刺激得我蹬得飞快。1992年底、1993年初这个冬天，格外的冷，据说创了本地几十年的极寒纪录。冷风顺着裤脚钻入鞋里，脚踝冻得生疼，脚尖更是失了感觉，眼镜片被哈气蒙上一层白雾，不时得用手套擦一下。围脖上厚厚一层白霜，冻得僵硬，棉帽里倒是骑出了汗，身上的羽绒大衣不抗风，吹得胸口凉，后背却是热的，我就在冰火两面煎熬里骑回了家。

"这是个次货。"我爸摆弄了一会儿，得出结论，"最多值三十块。"看我满脸不服，他指着望远镜滔滔不绝起来："这镀膜就一层，好的镀膜是多层的，而且颜色应该是发紫的那种，这个颜色不对；这个物镜尺寸小，进光少，视野暗，看暗处的东西不行。"他又翻过来指着红彤彤的物镜说,"你是不是觉得红色高级?这红色其实是镜筒内壁的颜色,真正的军用镜里面是吸光的,防止干扰,怎么可能这么做。"我妈这时端着盘苹果进屋,跟我说:"你爸军品车间的,这些东西是内行,你们爷儿俩快吃点水果。"我还是不服气,嗫嚅道:"那这总是苏联货吧。"我爸点点头:"是苏联的,但是,老毛子的东西本来做得就糙,尤其民品,要不,咱国家也不会从法国引进图纸了。法国的东西还是不错的……"我爸没说完,就被我妈打断了:"那你也没出上国,引进项目的时候那么多人都去了,你都没去上,你看人家老张,和你还是同学呢,人家去了两年,带回来多少电器!"我爸被我妈训得不吭声,盘里拨拉出一块苹果递给我:"来,吃一块。"我妈还要继续说,看我爸不吭声,也没了兴致,又吩咐我:"你假期回来,还没去老张家吧,你去看看天保,别断了联系。"

老张和我爸是技校同学,后来我爸成了高级技工,开大车床,老张已经成了二十九车间主任,现在正式称呼是二十九分厂厂长,确实有差距。我和老张的儿子天保是小学同学,都在自己厂的子弟七小,初中我们去了不同的子弟中学,高中又都上了同一所学校,因为我们厂初中有三所,高中只有五中一所,我考上了大学,他第一年没考上,也没复读,直接去念了厂技校，所以父一辈我爸输给他家，子一辈我暂时领先。我们两家算是世交，我爸本来是一分厂的，天保爸在二十九分厂当了主任后，极力撺掇我爸调过去，还给提成了工段长。二十九分厂是军工车间，正在生产海军用的舰炮，天保爸当初说缺人，奖金高，我爸就答应了，没想到订单一直不多，生产量不饱和，奖金比以前还少，我爸有些后悔，但又不好说什么，为这事没少被我妈唠叨。1992年我们厂已经不能正常发工资了，每个人每月借两百块钱，但是退休职工的工资是照常发的，还有生产一线的奖金必须按月给，不然大家就不干活了。我妈原是厂子弟二中的老师，四十五岁就办了内退，所以我们家的生活还好，没太受影响。但厂家属区的不景气是肉眼可见的，我放假回来就发现，好几个熟悉的饭馆已经关门了，副食品商店里也没什么人，店里居然只开了一半的灯，里面黑漆漆的，店员们都没精打采的，人进去他们都不正眼看，自顾自地吃东西聊天，让人一点购物的欲望都没有。

看着手里的望远镜，我心里一阵懊悔，既恨米耗子，忽悠我买了个破烂，也恨自己，扛不住别人的忽悠。五十块钱是很多人家一周的伙食费了，比如我们楼下老太太家，儿女都是"大集体"的，全部下岗，带着孩子天天过来蹭饭，老太太就做一大锅疙瘩汤，大人小孩吃得呼哧带喘，顿顿也不腻烦。几个儿女也不出去找活儿干,每天凑一桌麻将,哗啦哗啦地十块钱能打一天。有什么办法,啥都不会,能干啥?我妈两手一摊,瞪着眼睛说:"所以逼着你考大学呢,你得争气,再考个研,将来分到北京、大连,我们都跟你过去。"在我妈眼里,全中国只有北京、大连两个好地方,其他地方都不是人待的,特别是我们家这边,她简直待得够够的。

如果说我们家在厂里算中等生活水平的话,天保家就得是上等水平了,他爸当了十多年的分厂厂长,奖金高不说,去送礼的人也多,逢年过节那真是要排队串门,一个单位的人拎着东西撞上了有点尴尬。据说,只是据说,他们家阳台的灯亮就表明家里有客人,来送礼的人在楼下抬头一看,就得老实等会儿,看灯灭了再上楼。这个说法广为流传,要不为啥家家封阳台,就他家一直敞个光秃秃的大阳台呢?为这我还去找天保求证过。"扯淡!"他很不高兴,"这你也信,我爸能干那事?要送就来,大大方方的,事能办就办,不能办也明白地告诉你,不忽悠。不过呢,我那个后妈……"他不肯说下去了。

天保亲妈在我们上高二时得乳腺癌去世了,这事当时动静很大,因为他妈妈是厂医院内科的隋大夫,几乎给我们所有人看过病,和我妈妈也很熟,本来嘛,工厂就是个熟人或半熟人社会，所有人都有着直接或间接的关系。她当年能以大学生身份嫁给天保爸一个工人，是少见的，据说是因为家里出身不好，想积极进步，天保爸根红苗正，又是党员，她就看上了。他爸妈感情一直很好，天保爸后来提了干部，又摊上公派出国的美差，日子正是好的时候，她得病了，从发现癌症到去世只一年不到，那段时间天保在学校里非常消沉，成绩一落千丈，不然以他过去的成绩，不至于去技校。他妈妈的追悼会上，天保爸哭得撕心裂肺，让亲友们唏嘘不已，结果不到一年，又结婚了，找了厂医院一个护士，也是二婚，带着个女儿。我妈那会儿天天回来念叨："真没良心，这才几天就续弦，感情真不值钱，只是苦了天保了，摊上个后妈。"我爸倒是不以为然，说："隋大夫太要强，家里班上都要强，把老张和天保管得服服帖帖，还把自己给累死了，天保这没了妈，倒是自由了。"我妈一听大怒："这是什么话，女人要强有错吗？我今天不要强了，晚上饭你们俩自己做吧。"

据说天保爸新找的这个后老伴儿长得不错，但我想不起来是什么样。厂医院也两三百号人呢，她比天保爸小几岁，她带来的女儿却比天保大两岁，我们高二时人家就已经上了大学，在省城工大，学习相当好。我上大学后的寒暑假都会去天保家串个门，从没碰到过，好像女孩不怎么回家。

但我其实不是很愿意去天保家,因为上大学后,明显觉得两个人有了隔阂,第一个假期,我和他讲我大学里的一些事,他听得心不在焉,我说到一半,他站起来找饮料给我,或者又去翻小说,我就懂了,他不爱听。他讲了一点他们技校的事,我努力认真听,但也没什么兴致。大一时我给他写过一封长信,热情得有点过分,他回了一封很短的,字写得很潦草,语气倒是很客气,说不用写信了,假期见面有的是时间。我就没再写,可能世上所有的友谊都是这样结束的,渐行渐远渐无书,没有争吵,没有矛盾,只是淡了,就散了。

但是,我妈妈让我去串门,我肯定还是得去,不然她又得唠叨,我和我爸最怕她唠叨了。

2

每个家里都有一种独特的气息。我家是香烟味和厨房油烟味,还有陈年被褥的那股灰尘味;天保家呢,好像是洗发香波里又添了点汽油味,类似理发店的味道。门打开后一股热气迎面扑来,天保只穿了件绿格子衬衫,见是我,点点头,说了句:"来啦,换鞋吧。"转身往里走,他还是老样子,有点酷,有点呆。脱了鞋,进了他的小屋,屋子比我记忆里要凌乱一些,单人床上的床单也不是从前那个绿白格子的,而是浅蓝色的暗纹,窗台下的银灰色暖气片,把屋弄得热烘烘的,比我家暖和不少,写字台上放了摞书,拿起最上面的一本——《福尔摩斯探案集》,群众出版社。

"这个好看,我看过好几遍了,你要看就拿去,春节后还我就行。"天保说着把书接过去,翻开封面,指给我看,内页有一个厂图书馆的蓝色印章,说,"是我爸帮我借的,现在图书馆长换人了,新馆长和我爸很熟,前几天让我去挑,我挑了这些。"他拍拍桌上那一摞,都是古龙的。

一个学期没见,我的到来他好像是有点意外的,但还算高兴,侦探小说的话题我也很喜欢,化解了久别重逢时的局促,在来串门的路上我一直担心我们俩会陷入没话说的窘境,现在看,还好。

"福尔摩斯我以前看过,《银色马》《斑点带子》这些都不错。但《归来记》之后我觉得就没有那么好了。"我和他说。

天保瞪着圆眼睛说:"你不说,我还以为是自己看烦了呢,我也觉得开始的《冒险史》《回忆录》写得好,后面的故事很多推理都有点勉强。"

我点点头说:"推理小说其实日本的也有不少不错的,我家里有一本《夜的声》,都是短篇小说,我回头给你拿来。我们学校里流行看当代文学,《平凡的世界》这些,还有外国文学,《挪威的森林》这些。"我说的也是实情,大学生看的书更杂了,我们班同学都爱看《收获》《当代》这些纯文学刊物,那时候我最痴迷的是苏童的《妻妾成群》,废寝忘食读了好几遍,极为喜欢。

天保翻着手里的书,又说起自己以前怎么就知道看金庸、梁羽生呢,去年才突然发现福尔摩斯有意思,以前翻过怎么也看不进去。他之前爱看武侠小说我是知道的,高三时我们复习准备高考,他没心思学习,天天在课堂上低头看小说,被老师抓着好几次。

我从背包里给他拿出望远镜,他一看便说:"米耗子卖你的吧?"

"哦?"我有些奇了,难道米耗子招牌这么响了?厂区人人皆知。

天保说米耗子和他表哥席宝华俩人合伙做生意呢,他们去中俄边境口岸,比如满洲里、绥芬河,把咱们这边的羽绒服倒过去,把俄罗斯的那些手表相机倒过来,那边乱得很,啥都卖,连枪都能买到。这时我才知道那个穿得像发哥一样的叫席宝华。他又捅了捅我:"哎,那个席宝华,过去在街里的邮局门口卖外国邮票，你记得不，咱俩还买过呢！"

我一下想起来了，那是我还上初中的时候，邮局门口总蹲着一个半大小子，头发油脂麻花的，老长，大鬓角，花衬衫半敞着，面前一本集邮册里都是外国邮票，都是没听说过的国家，邮票都挺好看。我当时想搞个主题集邮，在他那儿买了不少鸟类主题的邮票，也不贵，三毛钱一张，我至少买了二三十张。我们班一个家长在邮局工作的同学后来和我说，这种邮票可能是假的，是地下印刷所印的。他拿着一个放大镜指给我看："这纹理，多粗；这纸张也不好；这个盖戳，不是后盖的，是直接一起印的。"我听完后，气得眼泪都下来了，又不敢去找，那小子看着不好惹，但又不像那种学习不好的小混混，总之，后来这事就不了了之了，也和许多少年时的糗事一样，被我遗忘了，直到又被天保提起来。我要感谢天保，他当年知道我上当，并不像其他同学那样嘲笑我，而是劝慰道："你喜欢就好，没事，谁还没上当的时候呢？"好像就是那之后，我和他一下子就来往多起来了，当然还有个原因是我们两家很近，上下学经常能一起走。

我把望远镜带来了。他家也住二十九街区，但他们这个楼的户型好，人称"红眼楼"，他家住顶层六楼，看得远，阳台很大，足有五六米长，客厅和他的卧室都有门通到阳台，阳台两侧堆了些杂物，用苫布盖着，中间大部分是空的，很宽敞。他家这栋楼临马路，马路另一侧便是厂区的铁栅栏墙，铁栅栏后是一大片荒地，早年建厂时，围墙围起来的面积巨大，其实用不到那么多土地，许多地便一直空着。他家正对的这片厂区空地，我记忆里曾经搞过蔬菜大棚，后来在一次暴风雪中，全部坍塌，之后便再没开发使用过，我们小时候放学后经常钻过铁栅栏，穿过荒地去车间找家长，看守厂大门的警卫不让我们小孩进。

望远镜里的一切都变了样，建筑的边缘都被加了一层紫边，远方的建筑被拉到近前，不再是一块块模糊不清的剪影，车间红墙上大片破烂的玻璃，天车架子上的铁锈，厂房之间开得慢悠悠的运煤火车都清晰可见，明暗细节纷繁映出，工厂好像活过来了，从雾霾和昏沉中苏醒。我们厂区是一片长方形的规整的区域，在这方圆几十公里的土地上，纵横排布着无数管线、道路、铁路、车间厂房、堆料场、车场，可以完成从粉碎矿石到铁板到成品设备的一切生产过程，造好的成套设备用火车、汽车或从江边码头用轮船运到全国各地直至海外。这是一个怪兽，一年到头嘶吼着、震颤着，为了维持它的运转，在旁边又配套修建了电厂、钢厂、水厂，甚至还有农场、医院、绿化公司、煤场，一代代产业工人在这里劳动、繁衍，它的健康与否影响到我们千万个家庭的生活，如果它病了，我们也失去了营养，难以为继。

我用望远镜沿着厂里的马路细细观察，下了夜班的工人们三两并排骑着车，一身油腻的工作服，车把上挂着手提兜，一脸的倦容；运货大卡车嘀嘀按着喇叭，把骑车人驱赶到路边；要过火车了，岔路口的铁栏随着急促的铃声放下，蒸汽火车轻巧地驶过，车头上的司机探出大半个身子，喊着什么。扳道岔的职工手里提着红旗，正要摇起路障，穿工作服的技术员车把上挂着安全帽，背着装图纸的工具袋，在厂区大门口正推车进去，看大门的警卫把戴警徽的绿棉帽翻下来，脸被挂满白霜的围巾遮住大半边，只露出眼睛，军大衣裹在身上，外面又套了件黑皮夹克，穿着厚毛毡靴，鼓囊得像北极科考队员——在零下二十多度的寒冬里，长久待在户外，穿普通的棉服是不行的，这种打扮不好看但实用——最显眼的，是腰间的白色武装带和手枪套，他伸出戴厚皮手套的胳膊，正对着要进去的人说着什么。那技术员从衣服兜里掏出什么递过去，应该是工作证。现在好像查得严了，以前经过大门，只要下车就行，有人不下车直接骑过去，警卫认为是不尊重他们，经常为此吵架。

我又把镜头转到栅栏缺口那里，那条我们过去经常走的小路已经没了痕迹，只有一片残雪枯草，看来很久没人那么走了。栅栏的缺口也新焊上了铁栏杆。说起来这也算是我们小时候的一个游戏，我们几个同学假期时会一起找进厂的入口，我曾经发现，从技术大楼门口进去，穿过走廊，尽头那个花园门是通往厂里的，而那个门平常是不锁的，后来大楼传达室的人发现我们几个小孩天天往里走，把那个门给关上了，我们就损失了一条地下交通线。

我问天保他现在怎么进厂，天保笑了，接过我的望远镜说："我的技校学生证是可以放行的，因为技校学生需要进厂劳动实习，所以我现在是光明正大地走大门。"

他关于技校的话让我忽然意识到，我们之间的隔阂是存在的。

天保拿着望远镜，一边看一边念叨着："一车间，十四车间，那个烟囱是七车间的，二十九呢？哦，在这儿，看见了。"就一个小角，他看得兴致勃勃，把我给冻坏了，拽了他两次才回屋。

"十二倍望远，二五口径的物镜，携带方便，五十块不算贵，挺值的。"他说着还给我。听了他的话，我也有些安慰，能用到就是值，花很少钱买个从来不用的东西，也是不值。我们家虽说也是临街二楼，但冬天的窗户上厚厚一层冰霜，窗前还有障碍物，什么都看不到，要看厂里，只能来天保这里，有点麻烦。见他又举着望远镜，透过窗户往外看，我便说把望远镜留下，让他多玩几天，他有点不好意思，说："那我要不也给你拿点啥，得礼尚往来啊。"便去翻那摞小说，让我挑一本，我说我不太看武侠了，他想起来什么，说："给你拿点歌带吧，我姐那边有，你挑一本。"便在屋里喊："姐啊，姐！"我一下没反应过来，隔壁屋里响起了一个软糯的女声："干吗？"这时我才知道，他的姐姐，或者说他后妈带过来的姐姐，就在家呢。

屋门无声地推开了，那是我第一次见到他姐姐，微倚着门，抱着胳膊看着我们，身形极瘦，粗线毛衣松垮地披在身上，更显得整个人小小的。丹凤眼，薄嘴唇，很淡的妆，肤色有些黄，额头上有几个很浅的痘印，可以说是美女，齐肩的头发是大波浪卷，油亮亮的，可能是焗过，浑身带着一股电烫精的气味，就是我刚进屋时闻到的那个味道。

天保介绍说："这是我同学安顺祥，他爸也是二十九的。"姐姐点点头，说："我知道他是谁。"她说话时并不看人，眼睫毛是垂下来的，语速较慢，音调有点怪。天保问能不能借点她的歌带，姐姐说："我那儿都是外国歌，你们听吗？英文的，美国乡村乐队。"天保想想，问她："翻录的那盘姜育恒呢？我们都喜欢姜育恒。"姐姐稍微犹豫了下，转身回屋，拿回一盘磁带送到天保手上，对着我说："听完还我。"她靠近时那股进门时的味道更浓厚，让我有些眩晕。

这磁带是自己录的，日本TDK的磁带，并不是原版，磁带盒脊背上写着三个正楷字"姜玉恒"，字很好看。天保说："这磁带翻录的香港原版带，大陆还没出，你一听就知道，音质很好，这里有姜育恒经典，还有新歌。"我指了指那个"玉"字，他点点头："我姐写错了。"

晚上家里吃酸菜炖肉，饭桌就在厨房里，大砂锅摆中间，热腾腾的，我们三口人蘸着韭菜花吃，就一个菜。吃饭间我说起见到天保姐姐的事，我妈说那女孩随她母亲的姓，叫李秀娟。我问："她亲生父亲呢？"我妈说："那都死了多少年了，也是癌，肺癌。明白吧，抽烟抽的。"我妈又提醒我了，"不要学你爸抽烟，不是啥好事。"我说："女孩长得还是可以的，就是皮肤有点黄。"我爸妈迅疾交换了下眼色，我妈又说："你还注意上人家长相了，我警告你啊，大学里别搞对象，搞了毕业分不到一起也是白搭，能把你自己的事搞明白就不错了。"我扒拉着碗里的饭，装没听到，妈妈筷子一敲砂锅边，当当响，严厉地说："别说我没提醒你。"我爸放下酒杯说："你干吗，孩子大了，想谈个朋友也没什么大不了的，咱们俩认识的时候，不也就这个岁数吗？"我妈听了这话，笑了，语气也缓和了些，但脸又迅疾板起来："咱们参加工作早，进厂了就想着早点扎根落户，他这现在什么都没定呢，谈也是白谈，再强调下啊，不能谈。"

我有个小秘密，我喜欢我们系一个水汪汪眼睛的女生，但还没来得及说，我们宿舍的几个人一直起哄让我去表白，可我下不了决心，一是怕被拒绝，二也是因为我妈的态度。那女生家是省城的，毕业后十有八九会回省城，而我呢，我妈一定不会同意我去省城，所以，我不敢表白。如果我没能成功分到外地，回本厂工作，我可以百分百肯定，那女生不会来的，这里的生活实在太无聊了。我妈妈的一个同事家里因为老人去世，北京的亲戚过来了，待了两天说啥也不待了，临走时对我妈同事说："你们这里的人怎么活得下去，一天天的多没意思。"同事在学校里一说，我妈这可记住了，没事就把这句话翻出讲："人家都纳闷咱们是怎么活下去的，我自己都纳闷，我怎么没把自己闷死。"她一说这话，我爸就皱眉，苦着脸，我们爷儿俩大眼瞪小眼，等着我妈日常抒情完毕，我觉得我和我爸没把自己闷死，那才是本事。

晚上洗漱完，躺在床上，我戴着耳机，用随身听放那盘录音带。这个爱华随身听，是我爸托人在北京出国人员服务部买的，是对我考上大学的奖励。A面的歌我都很熟悉，《驿动的心》《再回首》《多年以后》，我闭着眼，沉浸在姜育恒磁性忧伤的嗓音里，五六首歌放完，磁带还在转，耳机里传来一阵嘀嘀嗒嗒的叫声，像某种机器的噪音，又像是吹响了干瘪的喇叭，高低声起伏着，我本来昏昏沉沉都要睡着了，一下醒了，坐起来摘下耳机，按了关闭键，拿出磁带检查，并没有卡带。这是一盘九十分钟的磁带，单面是四十五分钟，一般商业歌曲磁带单面最多是三十分钟，所以这后面的声音，应该是磁带上之前的东西，没有被新录的内容覆盖上，但这声音好奇怪，是我从没听到过的，是什么呢？我把磁带快进到头，翻到 B 面，再按下播放，还是歌曲，迷糊中，不知听到哪里，我就睡过去了。

第二天早上起来，录音机早就播放到头自动关闭，我检查了下 B 面，歌曲听到头，是英语，流利而快速的美式英语朗读，应是之前录的，可 A 面的声音……我又听了一遍，也许是翻录时的故障造成的，那声音无论如何只能归类为噪音。

3

春节前的家属区澡堂实在是太多人了，我回家后去过一次，更衣间的衣柜都被占满了，等了好一会儿才排到。女澡堂就更夸张了，门口的大长队居然延伸出二十多米。好不容易等到更衣柜，脱光了走进浴室，白茫茫的蒸汽里，密密麻麻的都是胴体，像生猪屠宰场，每个喷头下面都挤着四五个人，有人不自觉，占了喷头就洗个没完。洗个澡特别窝心，加上路上来回一共耗时四个小时，回到家时我人都要虚脱了。几天后再去天保家，我和他说厂西二澡堂是不能去了，下回只能去厂西一澡堂碰碰运气。他说："你想到的别人难道想不到吗？那边人不会少的，你还是和我一起去车间澡堂洗吧。"他眨眨眼，说，"咱们就晚上吃了饭去，七点来钟时上白班的人都走了，夜班的人刚来，我之前进厂实习的时候，都算准了这个时间去洗澡。"

说这话时，我们正坐在他姐姐的房间里，一边喝着可乐，一边等着翻录磁带。我家的双卡录音机是国产的杂牌子，质量不行，翻录个歌杂音嗞嗞啦啦比歌声还大，没法听，所以我就拿着那盘带来他家翻录了，他家的录音机是日本东芝的，相当讲究。我和他说了磁带噪音的事，要他自己听，他推测那就是机器的毛病，他姐姐在学校都是去播音站翻录，翻一盘收五毛钱，播音站都是学生管，肯定不爱惜机器，弄出毛病了。

他家的大录音机本来是摆在客厅里的，他说因为姐姐有时用来听英语，所以搬过去了，他姐姐其实也有随身听，功能很全，能自动翻面的，但是，天保爸还是给搬过去了。"没事，反正我姐在家也待不长，过完节就回学校了，她正在申请去美国留学的奖学金呢。"天保叨咕着，这时 A 面的歌播完了，噪音响起来，我指着录音机，示意就是这个，他点点头，说："就是机器的毛病。"等了一会儿，他把两个卡带的磁带都快进到头，换到另一面，又同时放进去。翻录，就是要把母带放进双卡录音机的 A 卡槽里，再把空白带放进 B 卡槽里，左边卡槽同时按下录音和播音键，右边卡槽按下播音键，就可以了，如果想快速翻，就两边再同时按下快进键，我们刚才听完了 A 面，B 面他同时按下了快进键，这样翻录的速度就大大加快了，只是声音都是几倍速播放，没法听，我说这样翻录音质会差，他拍拍东芝录音机，骄傲地说："你放心吧，我试验过，效果没问题的。"

"你姐留学得找保证人，给写推荐信吧？"我换了个话题。我是听我妈妈说的，她中学里别的老师的孩子去了美国，那老师在学校自此走路都是趾高气扬，一收到孩子的信，拿着信满走廊溜达，在教研室看信还出声念，惹得其他老师眼红不已。

天保说这不叫难事，他姐姐和学校的外教关系很好，那外教一直帮着联络，等下学期录取通知书下来，再申请到奖学金，暑假就该去北京办签证了。他姐还答应，以后去了，给他寄点美国的歌带呢，他想要迈克尔·杰克逊的。

我对于天保的音乐欣赏能力是存疑的，高一时他把粤语说成"恶语"，让我很是笑话了一阵，他并不懂得分辨歌曲的好坏，只是跟着流行，什么火就听什么。中学时有段时间我喜欢看《音像世界》杂志，他就不时来问我，哪个歌手好，有什么新专辑，他比我强的是零花钱多，经常去街里音像店买一盘，而我直到上大学后，也不太舍得买磁带，太贵了。

天保大概看出了我眼里的不信服，拉开姐姐屋里写字台抽屉，拿出一张照片来，扬扬得意地递给我说："你看我姐这外教长得不错吧？"

照片上是一个很高的外国人和姐姐的合影，看背景可能是在校园里，那外国人年纪看不太出来，大概三十岁，卷曲的黄头发被风吹起来，瘦长的脸颊，高鼻梁，很英俊，笑得很灿烂，姐姐也在笑，两人穿着同款的灰色帽衫，前襟上"NY"两个大字母交叠在一起，那老外的胳膊搭在姐姐的肩上，亲密无间得像恋人。

不用我问，天保就主动解释："不是对象，老外比咱们开放，人家普通男女朋友拍照都这样。"又换个语气，单手拢着嘴，在我耳边做窃窃私语状，"学校里追我姐的人可多了，这老外其实也追过，我姐姐没同意，就当一般朋友处，也挺好。"

普通朋友会搂抱，会穿同款帽衫？我并不相信，但也不好说什么，把照片还给他，让他尽快放回去。天保说这是他家，再说，他姐姐并不在意别人看照片，不然也不会把照片光明正大地放抽屉里。

"放抽屉里叫'光明正大'。"天保的思路总是清奇，他应该也真是这么想的。说起来，以前他去我家，也爱翻抽屉找东西，或者说不找东西也得拉开看看，弄得我有时不太高兴。其实，长这么大，我还是第一次进到女生房间，他姐姐这是不在，我们俩在他姐姐房间里翻录磁带时，我心里总是有些打鼓，要是他姐突然回来，看到我们大模大样地坐在她床上，翻看她的照片，那肯定会发火的。大学里很多女生都不允许别人坐自己的床，更别说翻东西了。他姐姐也不是他亲姐，他们成为一家人也是没几年的事。

回到家吃了晚饭，我戴上耳机，坐在写字台前一面听着新翻录的磁带，一面发呆。我没有九十分钟的带子，找了盘六十分钟的，SONY的，单面三十分钟，也够了，歌曲本身每面都没有占满三十分钟，所以A面听完，还是录上了一段那个噪音。天保说得对，翻录的质量很好，基本听不出音质的衰减来。我忽然想起白天在他姐姐房间里看到的，书架上都是各类学习的书，英文词典厚厚的好几本，英汉、汉英、英英，全部码得整整齐齐，没有闲书，如果不是门上挂的女式外套，真看不出这是女生的房间，也见不到一般女生贴的那种港台明星照片贴画，窗台地上一尘不染，肯定天天打扫。我妈妈是干净人，但我家和他们家比，还要差一点。他们家里天保一间，姐姐一间，父母一间，还有个小厅，三室一厅在我们厂职工住房里是很少见的，一般人家都是一室或者两室，我隔壁家两口子一个儿子一个女儿，就一间屋，孩子大了只能住上下铺，睡觉拉帘。这当然也是因为他爸的职务关系，房产处管分房的人是很势利的，我妈曾想托人送礼换个好一点的房子，人家没收，说不好办，太多眼睛盯着呢，但如果职位高了，分个好房是顺理成章的事，厂长据说住的是四室，还有军代表们，单独有一栋小楼，据说也都是三室。我们家现在住的是两室，没有厅，吃饭只能挤在厨房里，狭长的走廊最多摆上三辆自行车就满了。每次从天保家回来，我都觉得自己家又挤又破。

厂里正在搞货币化分房改革，以后房子产权都归个人了，但需要拿一笔钱，我家的房子据说要拿七千块，我妈不干，说这破房子，一分钱她都不想拿，如果换成天保家的房，她愿意拿，哪怕多一点也行。我爸说人家老张那房子得拿一万二呢。我妈一拍大腿说："一万二也值啊，以后孩子结婚了带媳妇回来，咱这房吃饭都摆不开桌了。"我爸笑了，说："你不一直念叨着让儿子将来去北京、大连，然后咱们也过去吗，怎么又成了他带媳妇回来了呢？"我妈翻了个白眼，说："他能在北京、大连扎根落户，那指不定多久呢，再说，以后都是货币化分房了，他真在大城市买房，咱们也得帮着掏，就咱这点家底，能掏出几个钱？"

没钱，才是我家当下最大的问题。过去计划经济，大家吃大锅饭，家家都一样，也没什么可比的，争的无非是谁家出国了，去了多久，谁涨工资被落下了，回头看都是蝇头小利。而现在不同了，厂里效益不好，据说辽宁许多工厂都停产了，工人们全部下岗，在我们小城，只有我们厂和钢厂还在维持生产，但颓势也很明显，化工厂、纺织厂都彻底停产了，职工全休失业，玻璃厂、水泥厂也差不多了，电厂受影响，一电厂停了，二电厂还正常。出来做买卖的人多了，满街都是摆摊的，卖布的尤其多，全是纺织厂女工，有个过去的工友找到我爸，说一起去"南朝鲜"倒腾旧轮胎，回来能找到买主，赚得多，一把就够半辈子了。我妈开始动心，后来听那人说得掏几万块入股，我妈又退缩了。"咱又不懂朝鲜话，又没关系，只能一直听人家指挥，不行。"别看我妈就念过中专，但直觉很准，后来那人骗了好几个过去同事的钱，人就失踪了，再也找不到了。

4

地下商城里的商铺像蜂巢一样密集排列着,每一寸空间都被利用了,商贩们像工蜂一样忙碌,倒腾货物,接待顾客,扯着嗓门说话,每个人都使足了力气,大喇叭里的流行歌曲不厌其烦地重复着,可能店主觉得既不用吆喝,又要有动静,这样是最省力的,完全不顾噪音污染。当然地下商城里不只是噪音污染,还有空气污染,人味、油烟味、尘土味,空气污浊得让人窒息。衣服铺子里亮眼的衣服挂在墙上,主打的衣服则是摊床上铺着的,都有价签,但那只是参考,所有人都明白是可以讲价的,讲多少要个人判断,如果不买,最好别上手翻,更别问,容易被人白眼。如果还价了还不买,那就更遭人恨了,天天有人因为这个吵架动手。东北人即使做生意,也缺乏服务意识,谋生都如此艰难了,却仍把脸面看得比什么都重要,你和他砍价,他就来气,你不买,他更来气。

在这个小城里,每次出门,都会遇到熟人。熟人分两种,一种是会聊几句打个招呼的,比如曾经的同学、近邻等;更多的是彼此都知道对方,但并不说话的,这样的人太多了:一个中学不同班或者不同年级的，街区里别的栋的小孩，同学家的兄弟姐妹等，简直数不胜数。上大学后，我惊异于有些同学在学校里交朋友的速度，他们几乎和每一个认识的人都说话，在我家这边是不行的，至少我觉得不行，因为那就意味着每次出去都要和好多人说话，太浪费时间了，再说，也没什么话可说。所以,不需要说话的人遇到，大家不要有眼神交流就好，不尴尬。那天在地下商城里我就和一个熟人意外遇上了，当时我刚买完烟花鞭炮，走过食品摊床时，有个女声喊我的名字，那女声是卖朝鲜咸菜的摊主喊的，她面前的辣白菜堆得小山高，红彤彤的，散发着呛鼻子的酸辣味，女摊主一边麻利地给上一个顾客算账找钱，一边对我嫣然一笑："不认识我了？我是苏海容。"

我立刻想起来了，海容是我初中同学，初三时坐我后面一排，和天保关系不错，和我并不熟，虽然她并没有和天保同学过，我都忘了他俩咋认识的。那会儿她戴个黑框赛璐珞眼镜，很不起眼。和现在这个戴着大围裙、手脚麻利的咸菜摊主判若两人。

"真的没认出来？我现在戴隐形。"她说着又笑了。她的牙齿很好，洁白无瑕，在同龄人里很少见，我们大多被四环素害惨了，牙齿黑黄不齐。

"你不是护士吗？"我搜刮着记忆，我印象里，她初中毕业去念了护校，后来好像进了厂医院。

"我刚下夜班,帮家里看摊,这我姐承包的。"她用下巴点点,这是她自家的买卖。

"哦……"对着满眼的红白绿紫的辣白菜、蒜茄子,我又陷入无言的窘境,好半天想起一句:"你是朝鲜族吗?不是吧?"

她摇摇头,又来顾客了,她一边招呼人试吃,一边看着我手里拎着的烟花爆竹,问:"你怎么不在家那边买呢?"

我解释说家附近的摊位卖的东西不行,都是本地货。看她忙,我刚说要走,她喊住我,递给我一个系紧的塑料袋。

"大米糕和辣白菜,自家做的。"她解释道。她额头上都是汗珠,人也有点发福,白胖胖的像个糯米年糕,摘掉眼镜,像是完全换了个人。在我记忆里,她应该是满族,上课时从不发言,老师叫起回答问题时总是脸通红,半天答不了一句,大概是生活的磨砺,让她变得这么外向。

我推辞了下,还是接过去了,拿在手里沉甸甸的,道了谢,她点点头,手里不停地忙着归拢咸菜,一边对我说:"天保说你喊他一起去厂里洗澡,到时候我也去。"

我有点没反应过来:"洗澡?你也去?"

她看我的样子,爽朗地笑道:"你想啥呢,天保说他姐姐也要去,得找个女生一起做伴,他刚才还在这儿,说周六晚上,还没来得及和你说吧?"

是没说呢,我家又没电话,他没法通知我。

"你和天保……"我没说完。

这回她温柔地笑了,眼睛眨了眨,轻声地说:"你忙吧,回头再说。"便转脸去招呼顾客去了。

我确实没听天保提过,当然我和天保也没要好到无话不谈的地步,比如我自己的单相思就没和他说过。

当天晚上,我们正吃饭,有人敲门,打开一看,天保扛着箱可乐站在门口,说他爸让他送过来的,我妈忙把他让进去,说:"你爸客气啥,快进来坐会儿。"天保说不了,放下就走,又回头跟我说,周六晚六点半他来我家楼下喊我,跟他去厂里洗澡。

合上门,我妈看着我爸,说:"真是奇了,他家给咱家送礼,头一遭。""他家可乐老多了,都是人送的,根本喝不完。"我爸坐饭桌旁,小酒杯不停,借着醉意,大着舌头说,"你看不出来吗,老张是觉得我心思不稳,怕我走,他这是安抚我呢。"

"走?你去哪儿?难道你真的要辞职下海?"我问我爸。我爸说不是,调回一分厂,人家一分厂厂长主动找的他,欢迎回归,那边活多得干不过来,缺有经验的师傅呢,他回去,还能当段长。

"哇,那好啊。"我和我妈齐声说。我妈说:"老安这啥时候的事,你还瞒着我呢。"我爸说:"我不是瞒你,是我还没考虑成熟,如果想好了,春节后就得跟老张提。"

我打开箱子,取出三罐可乐,一人一罐,从外面刚拿进来的可乐冻得凉飕飕的,一口喝下去,半个胸腔都是冷的,我妈也破例喝了一罐,她说:"你必须说,来军品这步你是走错了,现在回去还来得及,再过两年,等干不动了,你想回也没人要了。再说了,"我妈说着说着火气就上来了,"留你也不能就送可乐啊,拿点真章出来啊,送可乐不是砢碜人吗!"

"不是砢碜,人家是个意思,其实一切,不就是钱的事嘛!"我爸很感慨,他接着说,"厂保卫处正抓人呢,偷盗贵金属的,据说是团伙作案,有人说是那帮捡煤渣的,背后还有人指挥,有人管销赃,搁过去,工人阶级哪有人干这事,还不是穷急眼了。"我妈说:"怎么没有,一直都有,你不要老觉得过去啥都好,过去日子好,肉都不能天天吃。现在肉顿顿吃,都吃够了。"我妈这话其实说得有点不符合事实,我们厂很多人家是不能天天吃肉的,比如楼下老太太。

我问我爸知道背后人是谁不,我爸说没证据,要有早抓了,但车间里很多人传,是那个老席家的孩子,叫席宝华那小子,他是团伙头子。

我听了一惊,席宝华不就是米耗子的表哥吗?咋会是他呢？我妈一边收拾碗筷，一边说："我知道那小子，他妈妈以前是职业高中的，教化学，我和他妈是去教办开会时认识的，有时也唠几句，但没啥交情。那小子聪明，心眼多，考上大学又退学了，他妈妈说是得肝炎了，别人传是在学校把人打了。"

我问他上的哪个学校，我妈说就是工大，和天保他姐一个学校，同一年的。

"哎，他也是从咱们五中考上的？"我怎么从没听说，学习好的本厂子弟我不可能没听过啊。

我妈说："不怪你不知道，他高中在市里的实验中学，住校来着。哎，要说那孩子，也是个人才，可惜了，好像打架也是因为谈恋爱。哎，对了，你可不能在学校搞对象啊，你看看，这都退学了，没啥好事。"

我妈就是有这个本领，任何话题，都能急速拐到我头上，以批评教育我作为话题的结尾。

我拿回来的泡菜和大米糕得到了爸妈的一致好评，我妈说她做不了这么好。我妈腌酸菜还可以，她说下回也给人家拿点酸菜，不能光拿人家的东西。我没好意思说，我跟那女生也不熟，送来送去算怎么回事。

春节前，我妈让我去换一次液化罐，免得过年时没气烧。

我们家属区本来都是烧煤的，没通煤气管道，很多人家便自己用上液化罐，这样省事，不用生火添煤，但需要定期去液化气站换罐，我只要在家这差事就是我的。液化罐需要用个钩子挂在自行车后座上，骑起来开始有些别扭，因为重量都在一侧，需要骑车人身体往另一边倾斜以保持平衡，骑一会儿就适应了。液化站在煤球厂旁边，在厂区的西侧，从我家过去有五公里的路程，属于比较偏僻的地方。那里也是工厂的煤场，小山一样的煤堆耸立在围墙后面，春天刮风时，满天的黑尘，白日里都能伸手不见五指，人称"黑风口"，每个经过的人都会被染成非洲人。冬天还好，因为雪掩住了煤山的大部分，只露出挖煤的一角来，我早上7点多就出门了，到那里时气站刚开门，人不多，很快就换完了，在驮着沉甸甸的液化罐往回赶时，我忽然想到我爸前天晚上说的话：偷东西的团伙是那帮捡煤渣的。在煤场旁的岔路口，我拐了进去。

　　煤场到厂里的各个用煤厂房是有火车道的，特别是炼钢车间，大量废料和煤渣用火车拉出来，开到废料场倾倒后，火车继续往前开，在煤场装车再返回。废料场离煤场不远，是一座差不多有二十米高的灰山，用废渣堆积起来的，这里早年是个垃圾坑，慢慢被废渣填满，又渐渐隆起成了小山，长度绵延几百米，铁轨就铺在山上，火车停下来，车厢往一侧倾倒，废料冒着热腾腾的蒸汽和烟尘顺着山坡轰然滑下来，有的渣还是暗红色，被风一吹，忽明忽暗地闪烁着。山脚下那群披着破旧衣服的拾荒者，早已等待多时，他们迎着倾斜的废渣爬上山坡，一手拿着筐，另一手举着铁刨子，在刚倒出的废渣里翻找着，全然不顾粉尘和烫伤的危险。没有烧透的煤块和铁矿石是可以回收的，只有最穷的人才会做这个，因为太脏了，收入也不高，过去只有外地来逃荒的人才会干这个。然而这次我看到的人明显要比以前多了很多，许多人穿着本厂的劳保服，都把脸遮得严严实实，只露出一双眼睛，直到这一趟车的废物渐渐被翻检干净，人群才慢慢退下，回到山脚，等待下一趟火车的到来。我跨在车梁上，隔着厂区的围墙久久地看着，他们就像一群蝼蚁，佝偻着身躯，在肮脏和危险中觅食，这样的人为了生存，什么干不出来呢？我们和他们，其实本质上也是一样的，在讨生活，在拼尽全力地活下去。

5

冬天我习惯于周五洗澡，周三在家洗一次头。周六那天已经是小年后了，节日的气氛已经很浓，零星的鞭炮不时响起，天保来我家时，我刚吃完晚饭，穿好衣服下楼一看，还有两个人——海容和天保姐姐。海容这回我是一眼认出了，还是那件红羽绒服，只不过摘了套袖和围裙，天保姐姐穿了件白色呢子大衣，薄薄的黑皮手套，高筒皮靴黑亮亮的，戴了顶毛茸茸的白线帽，我愣了下，才认出来。她俩只骑了一辆车，海容说她驮姐姐去，天保姐姐自我解嘲说，她没运动细胞，一直不会骑车，只能麻烦别人了。"不麻烦，麻烦啥？我驮两百斤大白菜都是咣咣的。"海容说。这话，听着有点吹。

三辆车四个人压着板结了冰的路面，几分钟就骑到了厂西门。黄色的厂大门被悬下的白炽灯照得雪亮，不留一丝阴影，节日的气氛也有了，门上挂了四个大红灯笼。周六晚上没什么人，警卫百无聊赖地来回溜达。我觉得就是因为他太闲了，所以拦住我们，要看工作证，海容和天保都有，我和姐姐没有。海容举着提兜说我们去车间洗澡，警卫不让，说节前这段出事比较多，领导指示，没有证件不能进，被查到了会挨批。警卫说话挺客气，但态度很坚决，不让进。

这咋办，我们几个面面相觑，我说要不就去外面家属澡堂吧，天保姐姐不置可否，天保不干，脸憋得通红，刚才就数他嗓门大，要不是俩女生拦着，他就和警卫吵起来了。我觉得肯定是因为进厂洗澡是他倡议的，进不去他觉得特别没面子。

海容看看我，看看天保，说："我有办法，走吧。"我们骑上车，往回骑了几下，她扭过头说，她知道条路，从技术大楼那边进。

"哎？"我和天保交换了下眼神，这条路我们小时候走过，很多年了，但那是从走廊溜进去啊，骑车怎么行？海容咯咯笑着说："你们跟我来吧。"这回她骑到前面去了，天保姐姐侧坐在后座，一手揽着海容的腰，时不时转过头瞥我们俩一眼，好像生怕我们不认路走丢了。东北的冬天下午5点钟就全黑了，路灯已亮，相隔不远，接力照亮公路，有个别路灯坏了，一行人就在忽明忽暗中，咯吱咯吱地骑着，冬天的车胎不能气太足，容易滑倒，所以骑起来很累，也很慢。我们沿着厂区东侧的围墙外骑行，十五分钟时间骑到了技术大楼，大楼在厂的正门北侧，是一座有着尖顶的米黄色曲尺形大楼，1958年建厂时就有了，典型的苏联风格，最上面的圆顶里是个会议室，我小时候经常溜进去玩。我们抬着车上了大门口的阶梯，掀开大门上厚厚的绿色棉帘子，传达室走出来一个老人，腰弯得厉害，披着军大衣，一手拎着暖水瓶，冲我们摆手："下班了，下班了，不让进。"

海容甜甜地喊了一声："爷爷。"调子拖得老长。老人黑瘦脸上的皱纹一下全展开了，咧嘴一笑，牙齿稀疏："小容啊，你咋来了呢。"他是当地口音，但说话有些硬，不知是不是喝多了。

海容说:"我们几个进厂洗澡,从你这儿借条道。"老人二话不说,回屋放下热水瓶,蹒跚着带着我们往走廊深处走,他有点微跛,几步就看出来了。

天保边走边说:"我忘了,你说过,你爷爷在这儿打更。"海容一笑,说:"我这招好吧,我有时候就这么进去找人。"

"那我们回来还从这儿走?"天保姐姐问。天保摆摆手说不用,警卫只查进去的,不查出来的,出来直接走就行。

周末的大楼没有人,走廊铺的还是最早的红漆木地板,走上去咚咚响,车轴嗒嗒地低声叫着,回音在黑暗中绵延悠长,我们像一群小毛贼,屏着呼吸,推车到了走廊尽头,黑暗处可见一扇弹簧门,俩把手上挂了把链锁,这锁就是个摆设,根本没锁上。海容爷爷拉掉锁,推开门,一阵凉风吹过来,外面的夜晚在星光和路灯下,反倒比走廊亮一点,我们依次推车出去,海容爷爷在后面说:"你们大概几点回来,我过来给你们开门。"

我有点不解,便问:"不用这么麻烦吧?把门一直敞着不就行了?"

海容爷爷摆了摆手说:"不行,这门改造了,敞着不关,关不严实,过一会儿就会嘀嘀报警。"

天保拉拉我,又对着老人说:"不用不用,我们出来就从厂西那边大门出去,出去没人查。"

海容爷爷点点头，一直看着我们走远，才把门关上。

"你爷爷一直在这儿打更？"天保姐姐问。海容说："是啊，能挣钱啊，我爷爷过年都来呢，年三十吃完年夜饭，他还要来，他自己喜欢。"

天保很熟悉行情，说："打更这可是美差，冻不着饿不着，还有钱拿，正经得是有点门路的才行。你家也找人了吧？"海容没说话，天保还要问，姐姐捅了捅他，便闭嘴了，我偷偷看了海容一眼，她并没有生气。

从技术大楼出来到二十九分厂只有五分钟的车程，厂区的路狭窄而干净，应是经常清扫，我很久没进厂了，有点好奇这里面的变化。黑夜藏不住厂区的衰败，生锈的钢铁部件躲在草丛中，像埋伏的野兽，头顶上的管线保护皮已经脱落，长长短短地悬着，远处不时传来机器的噪声，轰轰，咚咚，然后是长长的吼叫声，那是水压机在碾压铁坯的声音，鸣笛响起，一股白烟在远方拉出来，那是运货的火车。二十九分厂是一座长方形的红砖建筑，有七八层楼高，房檐上稀疏装着灯，勉强照亮厂房的上半部分，建筑外面围了圈围墙，但围墙没有门，缺口大开，一列平板货车就停在车间里延伸出来的铁轨上，车上黑乎乎的两坨货物，罩着迷彩苫布，看不出是什么，但有两根细管子斜探出罩子。我拍拍天保，指指那坨东西。"炮！舰炮！"

天保小声说："用火车拉到碾子山靶场试射，再拉回来检查。"又跟我解释，"那迷彩布是新装的，以前不是这种布。"

原来就是这个东西，我听我爸爸说过，当年为了引进这个，设计二处派了几十个人，在法国学习了三四年，运回来的图纸要用火车拉，消化图纸，试制，验收，改型，折腾了七八年。但采购量不大。这就成了恶性循环，采购量不大，单件成本就降不下来；成本降不下来，采购量就上不去。其实还是咱国家没钱，这东西在法国都是要淘汰的玩意儿。我爸说啥都能说到钱，就和我妈说啥都能说到我一样。人穷，厂穷，国家穷。穷，是一切问题的根源。

分厂的洗澡间就是厂房深处角落里的一间小屋子，不分男女，天保姐姐提议我们先洗："你们男生洗得快，我们慢。"她们在技术组的办公室里等我们，天保用钥匙打开办公室的门，合上墙上的开关，一排排管灯在天花板上闪动着亮起。屋子不大，十几张办公桌，每个桌上都斜铺着制图板，有的还钉着没画完的图纸，往里面走是计算机房，我探着身子往里看，一溜机器大多数还亮着灯，但屏幕是暗的。海容催我们快点去洗，天保领着两个女孩来到旁边一间小屋里，推开门，很朴素的陈设，只有一张办公桌，后面的柜子上码着资料，旁边还有个电脑桌，有一台彩屏电脑，屏幕还亮着。天保说："这是我爸的屋子，你们在这儿等吧,这儿暖和。"

我们脱了外衣,拿出毛巾肥皂,天保姐姐坐到电脑桌前,从大衣里掏出一个随身听来,把耳机戴到头上,说她要听会儿英语,便闭上眼睛不理我们了。我和天保对视了下,海容推推天保,说:"你们赶紧洗,我俩在这儿待着。"

周末车间没有开工,我俩沿着车间里画好的路线,天保在前面打着手电筒,周末时大多数灯都关了,只留了很少一点照明灯,空气里是强烈的机油和铁锈的味道,天保时不时用手电光柱晃一下,让我留心脚下,车间地上到处是铁板、油渍,还有铁屑和螺钉螺母。洗澡间简陋但干净,更衣间没有衣柜,就一排木椅子,衣服脱了就堆在木椅子上,里面是一排喷头,打开后,强劲的水柱喷涌而出,打在身上都有点疼,我俩瞬间都笑了。天保很瘦,但非常结实,臂膀肌肉一块块鼓着,肚子上无一丝赘肉,一看就是从事体力劳动的,他上的是钳工班,这是技术工种,很需要手艺,老钳工在厂里也很受尊重。洗完穿衣时我问天保,什么时候和海容好上的。他一边套着衣服一边说,没定呢。他还没想好,是海容老找他。其实我也感觉到了,好像海容对他更热情,他并不太热心,只是不拒绝而已。我说:"洗澡她和你姐做伴是对的,一个人就是男的,在这儿都有点害怕。"他说他根本没跟他姐姐商量,就叫海容了,他姐姐还有点不太乐意,好像他觉得自己多胆小一样,为这个他还跟他姐姐道歉了。我听了想:天保对姐姐和海容真是两种态度,一个是特别在意,一个是特别不在意,他为啥呢?

我们回去时,海容在办公室里瞎溜达呢,她有点坐不住,姐姐还在天保爸爸的办公室里坐着,一直戴着耳机。天保说外面黑,这样,他打手电送她俩走过去,等差不多时候,他过去接她们回来,车间走路危险,之前就是二十九车间,有个工人穿拖鞋去洗澡,脚后跟踢到钢板了,脚筋断了,当时就站不住了。海容说:"你别老吓我们,一会儿我们洗澡,你可不许偷看。"

这个玩笑一点也不好笑,天保立刻火了,说:"谁看你?肥猪老胖的,有啥可看的?"海容被吼得脸一阵青一阵红,眼泪在眼眶里打圈圈,但还是赔着笑说:"你看你咋这样呢,大老爷们儿这么易怒。"天保姐姐在一旁打断了他们,说:"半个小时,给我们半个小时时间。"说完提着兜子就走了,天保余怒未消地跟上,海容跟在最后。

天保送她们过去的时候,我一人在办公室里四处打量着,天保爸爸的那台彩色计算机很让我羡慕,我们学校机房都是单色屏,只有老师的办公室里才有两台彩色的,跟宝贝似的,根本不让我们学生用。端详了一会儿,我发现了个问题,电脑没有装驱动器，我走到隔壁机房看了下，都没有。哎？没有驱动器，就不能用软盘，那他们怎么启动呢？

一会儿天保回来了，我问了他，他说他也搞不太懂，好像是说用软驱容易中病毒，而且这不是军工部门吗，要保密，怕人用软盘拷东西，这些机器有个内部网，那边一启动，这边就能用了，具体他也说不明白，反正外人你开机也用不了，都有密码保护。我说这机器是真好，AST，彩屏，中关村至少得卖两万多。天保拉着我去计算机房，指指绘图机，说这是日本的，又指指角落里一台冰箱大小的机器，他说这个小型机从美国进口的，几十万美元呢，做复杂计算用，好像一共也没用几次，就这么放着。他手指画了个圈，所有这些机器，全都用网联着呢。

女生洗完澡，真的是焕然一新，热乎乎、香喷喷的。她俩跟着天保回到办公室时，都是喜洋洋的。穿上外衣，我们往车间外走，我又问了一遍从哪走，厂大门的警卫总让我有点担心忐忑。海容说没事，就走西门，放心吧。她和天保都这么说，我也不好再说什么了，从技术大楼那儿原路返回，也确实是绕远。

骑车要到西门门口，离着还有十来米就被警卫挥手示意下来，那警卫遮挡得很严实，但我发现已经不是之前的那个了。之前那个是中年人，这个看举止是个小年轻，听声音比我们大不了多少，尖嗓子，他一副不耐烦的样子，挥手让我们先停到一边，他去给过去的汽车开大门。开完了回来，他盯着我们几个挨个看，嘴里不知嘀咕着什么，盯着天保姐姐看了好一会儿，说："现在厂里不让家属进，你们这都是咋进去的？"

谁说不让？天保说他是技校的，有证。海容说她也有啊，厂医院的，说着就掏出证了。那警卫也不看天保俩人的证，指着我和天保姐姐说："这俩没有吧，没有的话，随便进厂，是要扣下的。现在啥情况不知道吗？偷鸡摸狗的，男男女女的。"

天保说："谁他妈偷东西了，你别瞎嘚嘚。"那警卫一听急了，伸手把肩上的步枪摘下来，端着枪说："你再骂，崩了你。"手里横卧着枪，边说边比画，我注意到枪居然还上了刺刀，天保反而乐了，说："你吓唬谁呢？你那枪里都没子弹的，你以为我不知道？你在这儿装啥呢？"

那哥们儿一下怔住了，旋即拍了拍武装带上的手枪套，说："这里可是装子弹的，卫兵不可侵犯懂不懂？"

我忽然想起这家伙是谁，也是以前我们街区的，叫韩贵林，比我大几岁，是个小混混，很小就打架逃学。怎么这些混混都当警卫了，这还不是监守自盗吗？

天保姐姐发话了，说："我们之前不知道不让进，刚才进来时没人说。这样吧，我们把东西给你检查下，下不为例。"

那小子觍脸一笑："那是得检查啊，没准还得搜身呢。"

这是什么警卫，简直就是流氓，海容指着他大着嗓门说："韩贵林你别以为我不认识你，你老妈不是地下商城卖衣服的吗？天天中午来我家摊买咸菜，老想赊账。"她又指着天保和他姐姐说："这是二十九分厂张厂长家里的，把他们家惹急了，不会有你好果子吃。"

警卫顿时气势有些衰减，但嘴上还是硬着，嗓门不肯低下来，梗着脖子说："二十九分厂厂长也管不了我们，我们是厂保卫处的，跟你们不是一个单位的，别拿官吓唬人。"

天保姐姐温声让我们把兜打开，给他看看，还把大衣里的随身听掏出来了，给他看了一眼，那小子摘下手套，接过随身听，掂了掂，还给姐姐。她又把自己的兜子打开，说："这里都是洗漱的和换的衣服，你看看，没什么别的。"

那小子脖子抻得老长，低头对着衣服看了会儿，又抬起脸一笑，灯光下显得无比猥琐，说太黑了，看不太清啊，伸手就要往里翻。

"哎哎哎。"天保和我们几个人都喊了出来，天保两步跨上去，我连忙拉住他，他指着警卫大骂："韩贵林你个大傻×，我明天就让我爸找你们马处长去，别以为我治不了你。"

马处长是保卫处的，整天穿个风衣，像个特务，一说他名字，韩贵林明显尿了，又不肯丢面子，说："你找啊，你去找啊，你敢骂警卫,不把你铐起来不错了。"

天保姐姐语气依然很平和地对警卫说:"检查完了吧,来,"她伸手把我们几个的兜子都拿过去了,一个个给警卫打开,"都检查下。"

韩贵林对我们几个的衣服显然没任何兴趣,只是假惺惺地逐个看了下,最后挥挥手,说:"你们赶紧走,一会儿我脾气上来真把你们铐了。"

出了大门,骑到天保家,我问海容住哪儿,她说住三十七街区。我说:"那你一个人回去不安全。"我看看天保,意思是应该由他来送,但他还沉浸在愤怒中,也不看我们,推着车就往单元门里钻。天保姐姐走过来,拍了下我的胳膊,小声说:"你送海容吧。"又朝天保扬扬下巴:"天保是小孩脾气,明天就好了,现在在气头上。"

我陪着海容骑回家,刚才的事很影响心情,两个人并排骑着,也不说话,半晌,海容才说:"你发现了没,天保特别维护他姐姐,刚才要是检查我的东西,他才不会那么气。"

我说:"你这是多想了啊,那韩贵林要是也这么翻你东西,他肯定也得发火。"海容听了这话没言语,只是叹了口气。浅蓝色大围巾裹在她脸上,只露出眼睛,她呼吸有些沉重,白雾从她头顶升起,飘过。又骑了好久,她转头来说,她这围巾是自己织的，她给天保也织了一个。我说："没看天保戴啊。"她说："他从来就没戴过，给他啥，他就扔一边了。"话语里有些幽怨。

我不敢再说话了，怕她哭出来。还好，也快骑到了，回她家我们需要骑过厂西的中学、小学，还有一片废弃的荒地，这里曾经要盖电影院，但只打了地基就荒废了，这段荒地的路连路灯都没有，她真不能自己骑回去。过节前，拦路抢劫的特别多。骑过那片荒地时，我们俩默契地加快了蹬车的速度，也不说话，一两百米的路显得很漫长，路是黑的，旁边荒地上的雪倒是亮的，反射出瘆人的暗光。终于骑过去了，俩人都长舒一口气，又一起笑了，她扭过头来看着我，眼睛里亮晶晶的，轻声说："小祥，我给你讲个事啊，你别和别人说，尤其别和天保说。"

"哦？你说吧。"我有些纳闷，她咋这副语气呢？神叨叨的。

"那我说了啊！但你一定不要和任何人说。"她又强调了一遍。

"哎！"我装作不耐烦的样子，"你要说就说，要不就不说，我不都跟你保证了嘛！"

海容赶紧说："你看你。那我说了啊，就是天保跟我说的，说他姐在大学里，同宿舍女生有人总偷喝她的奶粉，你猜她怎么治的小偷？"

我脑子里立刻浮现起天保姐姐温婉的样子，很难想象她发怒的样子，就在刚才，我们都生气了，她也没太变脸色。

海容看我半天没吭声，自己给出了答案："人家他姐姐不声不响，没骂街没去找辅导员，自己在奶粉里掺了些洗衣粉，还把罐子放那儿。"

海容说完，眼睛不住地看着我，好像想知道我啥反应，但说真的，我实在不知道该怎么说，是惊讶，还是夸奖，还是咒骂，我也不知道。

半天，我才问："那后来呢？抓到偷喝的人了吗？"

海容说："天保没说，我也没问。"

说到这儿，我们已经骑到她家楼门口，她要进楼门了，回头看我，黑暗里眼睛泛着幽光，说："谢谢你啊，要不等我下，我上去给你拿点咸菜。"我连声说不了不了，怕她强要送，赶快掉转车头，边骑边喊："再见啊。"

骑了几步忽然觉得，应该看她上楼才对，楼门里黑洞洞的，有的抢劫犯就躲那儿，连忙回头，看她还在那儿站着，黑暗中眼睛一直闪亮着。

6

我妈妈退休后一天也闲不着，年前在家又是拆又是洗，床单、被罩、窗帘轮番晾晒，屋里一直飘着湿漉漉的水汽。她忙碌时都是板着脸，我和我爸小心翼翼地，不敢招惹她。我猜想，她不高兴大概是因为我爸年前发的奖金太少了，虽然我也不知道具体我爸发了多少。

东北人的除夕饭就是那几样，红烧鲤鱼、红烧鸡块、熘肉段、炸茄盒、拌凉菜、蒜苗鸡蛋，必须有鸡有鱼，必须有头有尾，所以炸带鱼不能上，因为没有头。春节前市场上小青菜价格极贵，简直是明火执仗抢劫，就做这一锤子买卖，蒜苗是我妈妈自己在家用花盆发的，她才不会去市场上买。我家就三个人，一桌子菜哪里吃得完，这些剩菜放到外面阳台上冻起来，春节期间接着吃。半夜12点还有顿饺子，酸菜馅的，饭桌从厨房挪到我住的小屋，摆好之后，全家坐定，我爸给我和我妈都倒了杯白酒，说你们也喝点，咱全家碰一个。

我妈杯子举得高高的，说："我祝咱儿子学业有成，将来毕业分去个好地方，祝老安你工作顺利，顺利回到一分厂。"

我爸让我说，我说："祝爸妈身体健康，咱家的日子越过越红火。"这个毫无创意的祝酒词，引得我妈的一阵嗤笑，我爸还是表扬我，说讲得不错。

我爸最后说："祝儿子早日遇到意中人，祝咱家当家的越活越美丽。"我妈哼了一声："他还上学呢，还意中人呢，我都老眉咔眼的了,还美丽,美丽给谁看啊。"

我爸一饮而尽,捡了几粒花生米吃,又招呼我们也吃。这是我妈立的家规,我爸不动筷,我们不能动,他吃了我们才跟上。吃了几口菜,他放下筷子,说有个事得说一下。我妈说:"你有话赶紧说,别扭扭捏捏的。"

我爸说他再三思考,权衡利弊,决定不回一分厂了,还留在二十九干。

"哎!怎么不回了?"我很诧异,我妈也急了,说:"你现在做决定都不跟我商量了是吗?可以的啊,外面有人了吧。"我爸苦着脸,身子往后一仰说:"你扯啥呢,我这就是在和你们商量呢,听我说完的。"

我狐疑道:"不是因为那一箱子可乐吧?"我爸乐了,说一箱可乐就给收买了,他还算二十年党龄的老党员吗?

我爸说:"昨天天保他爸找我了,知道我想去一分厂的事,挽留我,说现在有经验的老技工是国家财富啊,希望我能留下来。"

我妈说:"国家财富也没看出他多心疼啊,给点实惠,说吧,给你许啥好处了?"

我爸说:"人家跟我透了底,厂里准备提人家老张,年前组织部和他谈话了,让他去厂里,当管生产的副总。"

"哇,那这是老张的好事啊,那你呢?"我妈步步追问得紧。

我爸说:"老张觉得二十九分厂是他起家的地方,他想找个信得过的来接替,所以,他和厂里推荐了我。"

"提成分厂厂长?一把手?"我妈目不转睛地盯着我爸,两眼烁烁放光。

"呃……"我爸有点含糊,不正眼看我妈,看着我说,"副的,副的,哪可能一步到位呢,现在那个副的老许这回转正,但老许都五十八岁了,马上就退,过渡一两年,再把我转成一把手。"

我妈放下筷子,眼睛直勾勾地琢磨了一会儿,忽然反应过来了,说:"不对啊,咱这是国家的厂,又不是他老张家个人的,他说了算吗,他答应的算数吗?"

我爸说老张和厂里新上去的那个一把手李总关系不一般,他现在在李总李大脑袋面前说话很有分量的。再说,二十九分厂提谁不提谁,他肯定是最有发言权的,毕竟他最熟悉情况。

我妈点点头,说这些她也知道,她是怕我爸被忽悠了,许了半天,留下了,最后啥也没捞着。

我爸说:"我和他毕竟是同学,这他不至于,当然组织部下来考察,真发现啥问题,那就不是老张能掌控的了。别说老张,真有硬伤就是厂长想也不行。"

我妈基本放心了,长出一口气,慨叹道:"你说你们俩都是技校同学，人家老张，一个工人，能从二十九分厂升到副总，这得是多大的本事。现在提干讲究学历，讲究年轻化，厂里干部全是大学毕业，一把手是研究生毕业呢，四十岁做到这么大企业的一把手，老张这副总也算是厅级干部了吧，真不简单啊。"

我爸点点头，说："我和老张都快五十了，再不提，就没机会了，我们这都是最后一趟车。"又笑说，"我和他是同学，也算嫡系了，以后咱们家日子不会差。"

我妈佯怒，说："看你那点出息吧，赶紧吃饭，都凉了，吃完一起包饺子，看春晚。"

"好好好，来，咱再走一个。"我爸举起杯子，喝之前说，"我提醒你们啊，这些都是秘密，现在是组织部考察阶段，不公示一切都有可能，你们先别往外面说啊。"

厂里是没有任何秘密的，我爸说要保密，但好像人人都知道了，那个春节，来我家拜年的人明显比以往多多了。我爸是段长，自己工段的工人拜年实属正常，工人们还是很淳朴的，来了坐下，也不会说什么客套话，抓把瓜子，吃块糖，扯几句闲篇，放下点年货就走。但那一年，还来了很多车间其他工段的，都是以往从没登门过的，还有技术组的大学生来拜年，大学生都是刚分来没几年的，成群结伙，都很客气，说请安师傅以后多关照,谁也不说破,又鬼鬼祟祟地好像什么都明白。送的礼呢,明显也比往年重,送饮料的多,也不知道为啥,那两年特别流行送饮料,扛一箱子就来了,关系好一点的,送烟,一条红塔山加一条三五,中西合璧。有一个技术组的描图员拎过来两瓶红葡萄酒,说自己妹妹在张裕酒厂,他们酒厂的酒很好,得过巴拿马金奖。最搞笑的是还有个工人拎来一个麻袋,偷偷摸摸,年初二晚上11点来的,说山里的野味,狍子肉,放下东西就走。我妈掏出来冻得邦邦硬的两条狍子腿,一个劲儿叹气,说这东西咋吃,谁会做,这不是出难题吗?她是埋怨,但我知道,她心里高兴着呢。

如果只是听鞭炮声,所有人都会觉得我们厂正是好时候,鞭炮放得震天响,初五以前那几天夜里几乎没法睡,鞭炮声成宿地响个不停,礼花透过窗户上的冰霜,把暗室染上彩色,片刻后又回归黑夜,如此往复到清晨。工人们恨不得花掉一个月的工资去买鞭炮,他们要用这种古老的习俗驱走霉运,迎来幸运。走在外面,硝烟弥漫如同战场,满地的红纸屑,礼花弹筒,居民楼外堆好的雪堆被炸得如同月球表面,不知有多少血汗钱就这样在顷刻间被挥霍殆尽了。

初二一早我先去天保家拜年,然后我俩再一起去中学的老师家里拜年,一天时间,辗转于厂西、铁西几片厂居民区。路上我问他,要不要去海容家。他笑了,说海容昨天就来他家拜年了,还坐了一会儿,拿来一大堆泡菜,还有打糕。她刚走,天保继母就说了,大过年的谁吃那个,一嘴蒜味,怎么见人啊。天保说:"你看,海容吧,就是不会办事,送个东西还不落好。"我说:"主要不是你后妈咋想,是你咋想。"他说他没啥想法,走一步看一步吧。

过年家家都是两顿饭,下午3点钟,我们回来了,饥肠辘辘的,他说要去我家给我爸妈拜个年,顺便说点事。我说啥事,他说这得跟我爸妈说。进屋后,小嘴甜,一口一个叔叔阿姨,说:"我爸让我来说,咱两家好几年没一起吃饭了,初七晚上,咱两家一起聚聚,都不是外人,我爸订了大利民酒店的包间,晚上6点钟,咱分别过去。"我妈乐得眉开眼笑,说:"天保真是懂事了,越长越精神。有女朋友没?没有的话,回头阿姨给你介绍一个,二中的老师,长得可好了。"天保脸有点红,说没有呢,先不急。我妈又要留他吃饭,说现给他炒俩菜,不麻烦。天保推了,说家里也等着呢。

他走后,我坐下吃饭,还是年三十那些剩菜,吃差不多了。我边吃边和我妈说天保有女友了,她别瞎忙活了。是我们初中同学,现在在厂医院当护士。我妈问我那女生家里干啥的,我说不干啥,地下商城卖朝鲜辣白菜的,就我之前拿回来那个。我妈听了直撇嘴,说:"天保他家能找个卖咸菜的?拉倒吧,别说他爸妈了,我首先就不同意。"我爸说:"这也不用你同意啊,人家俩人感情好就行。再说,工人找护士,不是门当户对吗?"我妈说:"不对,门不当户不对,现在天保家啥情况,厂级干部了,找大学生当儿媳妇都随便扒拉,还卖咸菜的,卖黄花菜吧。"

7

我家过年是不太走亲戚的,因为我爸妈的亲戚都不在本地,老人都过世后,和外地亲属走动就很少了。天保家也不爱串亲戚,但他的继母家是市里的,初五初六他继母带着他一家去市里娘家了。初七那天一早,我妈就开始念叨:"哎呀今天晚上吃饭,穿啥呢?"找了半天,翻出一件暗金纹绸缎棉袄来,还是我姥在世时做的,我妈穿上,对着镜子照半天,问我爸会不会有点老气?我爸正对着电视小品咯咯乐,看都没看就说:"你整这么隆重干啥,又没外人。"我妈说她就是不想被老张那小媳妇给比下去,"显得咱多没底气。"到了晚上5点来钟我妈就拉着我和我爸出去，说："咱得早到，不能让人家等，不好。"我本来说骑车，我妈说："别价，肯定得喝酒，喝多了骑不了，叫出租吧。"过节期间，出租车也涨价，本来五块钱随便去的地方，现在都要十块钱。我妈也没计较，两脚油，拐三个弯就到了酒店。

大利民也算我们厂区比较高档的饭馆了，基本外面来客都在这儿请，各分厂都是可以挂账的，据说天保他爸每周得有三个晚上在这儿喝。公家单位就这样，倒驴不倒架，工资都发不出了，公款吃喝还是没断过，美其名曰为了工作，喝酒是遭罪，实际还不是自己爱喝。进去后报了天保爸的名字，服务员给领进包房。还以为能早到呢，人家一家人已经在里面了。春节了，大家都打扮一新，天保继母我初二拜年打了个照面，这次坐下，正眼看到了，看着比我妈年轻，也更会打扮，披金戴银的，左右手还俩玉镯子。她是护士，我当时想她平时打针肯定不能这身打扮。天保姐姐还是那身粗线毛衣，很素净，没有一点首饰，隐约看出描过眉。天保穿了个西服，白衬衫雪白，人精神不少。我妈拉着天保继母的手，跟俩人多少年交情一样，一口一个大妹妹，特别亲。天保爸爸给了我一个红包，我爸妈连忙推辞，主要是他俩没想到，没给天保和他姐准备红包。天保爸说我上大学，他都没表示过，这次一并表示了。我爸妈拉着我，再三感谢，两家人圆桌旁站着，拉拉扯扯聊了好一会儿，才落座，凉菜也迅速端上来了。

凉菜就是大拉皮、蒜泥猪肘子这些，圆桌中间的玻璃转桌上稀疏摆了一圈，虽然都是经常吃的，但看到了，却仍不由自主地流出来口水。天保爸说他自作主张，菜都点好了，主要是酒，看我爸想喝啥。我爸说过节了，不能还喝嫩滨曲酒啊，咱奢侈点，来北大仓吧。我妈桌底下忙拽我爸。天保爸一笑，说他最近觉得玉泉方瓶更好，先来两瓶，五十二度的，咱好好喝，你们孩子、女士，就来红酒吧，一面坡出的，也不错，再来点可乐雪碧。大家一起说好，酒也很快拿上来了。

所有本地饭馆的菜都差不多，大利民家的菜，也就是厨师好一点，装修好一点，菜码精致些，这一点那一点，价格就上来了，比一般饭馆得贵一倍还不止。按惯例是上了凉菜上热菜，荤素搭配着来，最后才上甜点，美丽豆沙、拔丝地瓜这些。但我爱吃这个，就问服务员能不能一起上，天保姐姐附和说她也爱吃甜的，天保爸挥手让服务员全都一起上来。菜盘摞着菜盘，圆桌上高低搭满了盘子，服务员们很会摆盘子，怎么摆也不倒，后来我去别的地方，再没见过这样的做法，可能和我们当地菜盘大也有关。吃了一圈，酒也敬了两轮，天保爸掏出烟，给我爸递上，还给我也递了一根，我一犹豫，我妈说过年抽就抽吧，接过一看，中华，天保也从自己兜里翻出来一根点上。我又看看天保姐，她笑着摆摆手，我也笑了，女生抽烟的还是少。

天保爸这些年明显发福了，坐下来肚子腆着，发际线往后退得厉害，也有秃顶的迹象，但仔细端详，他和天保还是很像的，都是圆眼睛、薄嘴唇、方脸。他点着烟后，猛吸了一口，长吐出来，夹着烟的两指点了点我，问："小祥毕业去哪儿，有计划吗？"

我妈说："能去北京、大连最好，但是这不才大二嘛，还没开始谋划，我让他做两手准备，不行就考研。"

天保爸点点头，又抽了一口，说："你们可能也听说了，咱们厂设计院，还有一分厂，有一部分要搬到大连去。"

我爸点点头，说："听人说过，有一撇没一撇的，也不知道到啥阶段了，是不是还是纸上谈兵阶段？"

天保爸说："不是纸上，那边地都拿了，大连市政府也很欢迎，给了政策，如果顺利，今年就开始修建厂房和办公楼了。"

我妈眼睛一亮，问："那毕业回设计院，是不是就能去大连了？"

天保爸点点头，说："我就是这意思。但是呢，去吧，也不用太早去，初创阶段，环境比较艰苦，太晚去当然也不好，可以争取第二批第三批去，所以，我算了算，小祥毕业回来，干一年转正，正好去。"

我妈乐得一拍手："那太好了，咱子弟回来进厂也容易，只是去设计院，得你帮着说说话，老安谁都不认识，还是得你。"又端着酒杯站起来，说，"我代表我家谢谢你。"说完一饮而尽，喝得自己龇牙咧嘴的。

天保爸掐掉烟，拍着旁边天保的肩膀，说："放心，我把小祥那是当自己儿子看，他和天保就跟兄弟一样，他的事我必须得管，但是……"他停顿了下，语气凝重地说，"这个事我也不能打包票，一是搬迁的进度不是我个人意志能左右的，二是这毕竟是人家单位，不是我自己分管的，我只能找人帮忙，还得看人家态度。"

我妈说："你马上就到厂里了，你说话，设计院的领导敢不听吗？"

天保爸脸色有点变，忙摆了两下手，又指指隔壁说："嫂子，这个话可不能乱说，不能啊。"

我妈也发现自己说得太露骨，连忙赔不是，说："我这喝点酒就有点刹不住了，是我不对。"

天保爸四下看看，对着我爸说："主要是厂级干部任命，要报到北京去，等中组部的批准。没确定前，一切都有可能，确实不能乱说，影响不好。"我爸点点头，说知道。我妈也直点头，说都懂都懂，组织程序很严格。

天保爸看着天保说："我准备把这小子也弄大连去，去那边的一分厂，技校毕业就去。"然后，他又看着天保姐说，"秀娟呢，人家有志向，要出国，这我得支持，物质上，力所能及。"

天保姐浅浅一笑，轻声说了句："谢谢爸。"

天保爸仗义地说："谢啥谢，都是一家人，自家闺女，我只能赞助点钱，至于联系学校，申请签证，还是得你自己。"又指着天保姐姐和大家说："美国签证不好办，人家秀娟全都靠自己张罗，孩子打小就自立。"

我爸妈都跟着点头夸赞，天保姐姐大概是喝了点红酒，两腮挂了点酡红，温声说："也是靠人帮忙，美国外教给了我不少建议，其实签证我还是没什么把握的。但他一直鼓励我，说一把不成可以两把，如果能有全奖，银行存款也比较多的话，把握就会大很多。"

我妈啧啧赞叹："这外教好人啊，秀娟你是遇到贵人了。"

天保爸说："可不嘛，你回头得谢谢人家，到时候我给你备份礼。对了，你说外教叫啥来着，比尔，对吧？和那个新当选的总统克林顿一个名。"

天保姐笑着说："其实应该叫威廉姆，比尔是简称，和大家管天保叫小保一样。"

"哦哦哦。"大家都恍然大悟状。天保说:"那比尔·克林顿其实应该叫威廉姆·克林顿对吧?"天保姐姐点头称是。

天保的继母这时说:"我觉得自己命好,前半辈子受了不少苦,把孩子可算供出来了,后半辈子,我是要享福了,人的命,真是天注定。"说着说着就要掉眼泪。天保姐姐在旁边喊了声妈,掏出手绢给她母亲擦泪。

我妈赔着笑,说:"咱过节的日子,不哭,来,再走一个。"自己站起来,又兀自干了。喝完亮出酒杯给大家看。天保爸拍着巴掌称赞道:"嫂子酒量不减当年啊,好样的。"

这顿酒喝的,我看我妈后来脸色都变了,她一喝酒脸就惨白,越喝越白,满嘴都是车轱辘话。我爸先是递眼色,后来直接上手拍她胳膊,说:"行了行了,别感谢了,都感谢好几遍了。"

吃得差不多后,天保爸提议两家人一起去洗个澡,街里新开了一个桑拿浴,挺干净的,他去过,洗澡还能醒醒酒,出出汗。我爸听了有些犹豫,在那儿吭哧不出声,我妈一口答应,说:"行啊,咱也去蒸一下,蒸桑拿美容,'南朝鲜'女人据说都爱蒸这个。"

我和天保互相看了眼,和大人去洗澡,我是不愿意的,我知道他也不愿意,还没等我们说话,天保姐姐站起来了,叫了声爸、妈、叔叔、阿姨，又冲我和天保点点头，说她有事，约了同学，先走了。也不看天保继母伸出的手，摘下衣架上的外套，就出去了。她今天穿的还是前几天那件白色大衣。

天保继母说这孩子，真不懂事，作势就要追出去，被天保爸拦住了，说没事，姑娘大了，不要硬管。他又看看天保，说："你应该送你姐，天黑了不安全。"

我和天保一起出门，看到他姐姐已经拦了一辆出租，正要上去。我过去喊说要不要我们送，他姐姐连声说不用，进车后跟司机说去二十九街区一栋，就关门走了。

站在寒风里，看着远去的红色尾灯，我问天保："她不是说见同学吗，咋回家了呢？"

天保说："谁知道呢，估计她是不耐烦了，回家学英语吧。我姐最爱学英语，天天捧着随身听在那儿听。"

我和天保没去洗桑拿，我俩去职工电影院门口看灯展去了。我们厂每年过年都有灯展，每个单位出一个。车间各工种都不缺，原材料应有尽有，做出来的灯着实好看。说真的，如果不是受地区限制，很多灯都可以拿到省城的冰雪节上露一脸，准保满堂彩。比如我爸他们二十九分厂那年的灯，是一个军舰，五六米长，铁丝箍好轮廓，蒙上彩纸，里面有小灯泡，还有轰隆隆的小喇叭配合着闪烁发出炮声，吸引了一大群小孩在那儿争论，这究竟是巡洋舰还是驱逐舰。还有的分厂做的是宫灯，用料扎实，巨大个，一圈八仙人物走马灯转个不停，真是眼花缭乱，每个作品上都写明了制作单位。人群熙攘，我俩只能慢慢在里面蹭。

一般来说，我们家这边冬天在元旦时气温降到最低，夜里会达到零下三十度，在春节时气温开始往上爬，过完正月十五便有明显感受了，但那一年不知为啥，春节里还是寒风凛冽。早上我还特意看了下天气，零下二十五度。寒地生活过的人都知道，零下二十多度时，差两度，听起来区别不大，出门时一下就能感觉出来，特别是如果还有大风的话，那种冷，是深入骨头缝里的，冻得人身体发疼的冷。那一天，就是又冷又刮风，灯展的热闹让我们片刻忘记了寒冷，刚喝过酒的身体也暂时麻痹，但等我们溜达完一大圈后，风一吹，立刻就哆嗦起来了。

这时，我看天保脸色不是很好，上下牙打架，他说刚才热，把帽子摘了，风一吹，不行了，半边头有点疼，想回去了。他一说我也忽然觉得冷得受不了，我说那我也不看了，我送他回去。他说没事，让我自己看吧。我说怎么可能，我自己看啥，走吧。我俩拦了辆出租车，回到天保的家，春节出租司机拉活都拉疯了，赶时间，不肯送到楼门口，在外面大马路上就把我俩赶下来了。我俩不约而同抬头看看天保家的阳台，天保姐姐的屋子已经拉上粉色窗帘，灯亮着，客厅的灯也是亮着的，天保的屋子是黑的。他让我不用送他上楼，走吧。

那天晚上，我肯定也是喝多了，睡觉时非常难受，外面的鞭炮礼花声比前两天还要激烈，几乎吵了一整夜。昏沉中，我做了个梦，梦到我在舰炮前，看着它喷吐着火舌，硝烟滚滚，弹壳泼洒，世界被火光和轰鸣覆盖了。我被震撼得失去了一切感知，忽然炮火又变了声音，喷出来的不是火舌，而是一群群彩色的鸟，叽叽喳喳，遮天盖地扑过来，把我团团围住，裹紧，使我晕眩，窒息。

大约是到后半夜，鞭炮声弱了些，我才沉沉睡去。醒来时，天已经亮了，是个冬天里最常见的雾天。屋里半明半暗，我忽然想到没听见爸妈回来的声音，爬起来走到隔壁，爸爸还在床上，妈妈已经起来了，正在厨房烧水洗脸。我问她桑拿怎么样，我妈说挺好的，我爸洗完躺在休息厅就睡着了，呼噜打得山响，别人都乐。正说着，我爸也起来了，趿拉着拖鞋上厕所，出来时，我妈已经打好了热水。洗完脸刷完牙，一家人坐下来吃早饭，剩饭熬的粥，就着萝卜干和克东腐乳，大鱼大肉吃完再吃这个，特别舒服。我妈说："老张那个后老伴，我忽然想起是谁了，就是儿子小时候有次我带他去打针，那女的态度很差，青霉素打屁股,别的护士都是慢慢往里推针管,她可好,猛地一撑,儿子屁股上立刻起了个包,疼得哇哇哭,我当时就急了,和她吵起来了。那人,真不行。"

我爸说:"你现在说这个干啥,这是多久的事了?你就不该当儿子面说这些。一天到晚净整没用的。"

我妈说:"这女的,有手段,我看有其母必有其女,那姑娘,别看不出声,也是个厉害主。"

我说:"天保说了,他姐姐在学校里老多人追了,还有外教呢。"

我妈说:"老外最没眼光,咱中国人觉得丑的,他们当个宝,喜欢得不得了。之前咱厂那德语翻译,一脸雀斑,跟一个过来出差的德国专家好上了,嫁到德国去了,自己这边老公孩子都不要了,心太狠。"

我爸说:"现在人想出国都想疯了。那个翻译我知道,叫小白,有人说她是和老公商量好的,假离婚,她先去那边站稳了就把孩子办过去,然后老公再以孩子父亲的名义过去探亲,想法留下。这路线走的,真曲折。"

我妈意味深长地说:"所以我有点怀疑,昨晚天保他姐那个外教,使那么大劲帮她办美国签证啥的,是得了多大好处。反正我们二中那个许成琳的姑娘去美国,她天天在教研室吹。

别人传其实是她闺女跟外教睡觉,才得来的推荐机会,是睡觉,不是搞对象,那个外教据说同时跟好多女生睡觉。"

我爸听了怫然道:"据说,据说,你当孩子面说这些没凭没据的干啥!你出去千万别说这样的话,传出去就完了。"

我妈一瞪眼:"你当我傻啊。我当然不会说。我就是看着那小媳妇劲劲儿的,心里有点不舒服。那个女孩也有点那劲儿。"说完,我妈忽然脸色黯淡下来,哀叹道,"我就是替隋老师觉得不值,前脚刚走没几天,老张就跟这个女的了。真的,老张人挺好,按说我不该说这些,但是真的,都是女人,我就是觉得不值。"

我爸越听越不高兴,说:"人家老张岁数也不大,有条件再娶也正常,你好我好大家好的事。要是隋老师有灵,也会同意的,有个人照顾老张和天保,不挺好,不然这爷儿俩只能天天买着吃,老张连煮面条都不会,以前连换裤头袜子,都是隋老师给他准备好了,放床头,不然他都不带换的。"

就这么一边说着,一边把早饭吃完,我爸说今天节后第一天上班,也就是去转一圈,点个卯,中午就完事了,过个年人心都浮着呢,正经收回来,咋也得过完十五。说着,起身拿衣服走到窗边,嘴里念叨着:"今天不知道冷不冷。"忽然诧异起来,一指窗户外面,"哎,怎么这么多人往那边跑呢?"

我家是二楼,也是临马路,对着厂区,但是视野不好,因为路边种了一行树,树冠刚好挡住了窗户的视野。我爸一说,我和我妈也凑过去看,隔着马路另一侧的厂西墙铁栅栏前,趴着好多人,还有人翻墙往里跑。再看厂区里,荒地远处有许多人,人群漫过荒地,不停地往那块聚集。我们家的视野实在太差,我爸说他一会儿进厂过去瞅一眼。我可没他有耐心,自己立刻就下楼了,帽子都没戴上,呼哧呼哧地跑过马路,在铁栅栏边找到个空隙看过去。荒地的边缘,过了铁道线,有一堆人围着,好几个警卫,吆喝着驱赶人群,人群大多是上早班的工人,穿着工作服,赶也不走,有的还跟警卫玩起了老鹰捉小鸡,你赶我就退两步,你走我又凑过去。

"怎么回事?"我问一旁的人。

"好像是死人了。"一个和我差不多大的青工说。

"啊?死人了?谁死了?怎么死的?"我一连串的问题,得不到回答,他知道的大概也是别人跟他说的,没有更多的信息可以透露。

这时另一个人说话了:"好像是偷东西的,被警卫抓到了,听说开枪了。"

"啊!开枪了!"在场的人都是一惊,虽然我们这里打架斗殴是日常风景,死个人也不算稀奇,但开枪打死人,好像很久没听说过了。我又问了几个人，没人说得明白。站在那儿愣了会儿，我忽然有了主意。

我跑到天保家，咣咣砸门。一会儿他出来了，眼睛浮肿，脸色蜡黄，还穿着睡衣，看样子是没起，说昨天回来还吐了，喝酒真遭罪。我说对面空地好像出事了，死人了。他一听，立刻忘了难受。我俩跑到阳台上，端着望远镜，仔细眺望。

人群围着的地方是厂里过了铁道线处，再往里就到十四车间的料场了。警卫已经拉起了黄色警戒线，围出很大一块空地，里面左边一个右边一个，盖着两块白塑料布，风吹得黄线和白布不停摆动。难道说，死了不止一个人？

我俩轮流看，但一直有人挡着，白布盖得严实，实在获得不了更多信息，只得放下望远镜，回到屋里。这时我才发现，他家里静悄悄的，其他人都出去了。

他说他爸一早参加团拜会，7点就走了，姐姐不舒服，兴许是感冒了，她妈妈带着去医院了，打个点滴。

"哎，喝一次酒，你看看，你不舒服，我不舒服，你姐也不舒服，真遭罪。"我说。

"可不是嘛，以后高低不能再喝了，一喝就止不住。"他也说。我俩又唠了会儿闲话，我便告辞了，让他好好养两天，等好点了，再见面，不急。最后走时，他让我把望远镜再留这儿两天,等他姐回来,他让她也看看,我说没问题。

这一天过得心神不宁,中午之后,人群渐渐散去,厂区里的那片空地周围也只剩下一个警卫看守,看热闹的人都没了。不知什么时候,两具盖着白布的尸体也没了,应该是中午时来车拉走了。直到快晚饭,我爸才回来,刚进屋我妈和我就把他围住,让他赶紧说说到底是啥情况。其实我妈好奇心比我大,白天下楼好几圈,就为了跟人打听,结果也没问到啥。

我爸不慌不忙,慢悠悠脱了外套,又拿搪瓷杯子泡了杯花茶,喝了一口,这才开口。

他说死了两个人,一个是本厂警卫,叫韩贵林的;另一个是家属,二车间老席家的儿子,席宝华。初步判断是席宝华进厂偷东西,被警卫发现了,俩人动枪了。

啊!死的两个人,我都认识,不能叫认识,应该说知道吧。死的人如果自己是知道的,听起来就非常震惊,远比一个不知道是谁的人要震撼。

"怎么动枪了呢?"我妈问,"警卫把席宝华打死了,那警卫自己呢?"

我爸说席宝华好像也有枪,是猎枪,俩人对射,都死了。

这个消息,把我跟我妈惊得目瞪口呆。半晌,我妈才回过神,去检查了下门,在屋里坐立不安,她突然发现,危机无处不在，随时可能顺着空气，渗进家里。

我爸说班上的人今天没干别的，凑一起就议论这事了，一会儿看看咱厂闭路电视台有没有动静。

闭路电视台根本没报，还是春节回来第一天，厂领导团拜，看望生产一线职工这些，命案的事影子都没有。我妈啪的一下把电视关了，遥控器往茶几上一扔，气哼哼地说："真是报喜不报忧，眼前出这么大事，闭路电视台那几个家伙，是瞎了嘛。"

我爸说："不报那也是正常的，这事还在调查阶段，没个结论，咋报？再说咱厂以前那些盗窃伤人的事，从来也没报过啊。"

8

我在家养了两天，其实我喝得不多，第二天晚上就基本恢复了，但我觉得天保好像状态很差，最好还是等两天再去找他。等到初十下午，他还没来，我正打算去找他时，忽然楼下有个女声喊我，一看是海容。

我让海容上来，她犹豫了下，还是上来了，跟我妈打个招呼，我妈眼睛像CT一样把她从上到下打量了遍，我介绍她就是节前送我咸菜的。我妈恍然大悟，说："你们同学好好唠。"拿了几个橘子，便悄无声息地从我屋退出了，顺手还把屋门关上了。

海容面色很难看，她好像不知道该怎么说，吞吞吐吐的，最后终于开口了，问我知道那命案的事不。

我说："厂区谁不知道啊，多大的事啊，去商店买个醋，都能听到店员和顾客议论，这可是大案子，动枪了。"

她说："你记得那天我领你们从那个技术大楼进厂的事不？"我说："当然记得，咱们回来不是没走嘛，还跟警卫起了点冲突。"说到这儿我忽然想到警卫韩贵林也是死者，一下打住了话茬儿，那是我最后一次见到他，然后他就死了。

海容犹豫半天，说初七晚上，她爷爷打更，好像那谁，天保姐姐带个人又从那儿进厂了，和她爷爷说是她朋友。她爷爷有印象，就让进了但没从那儿出来。

我说："不能啊，那天我们两家聚会，喝酒了，天保姐姐说有事先走了，我听到她打车回家啊。你爷爷不是认错人了吧。"

海容说："不可能，跟我爷爷都说话了，自己说的是我朋友，前几天一起进去洗澡的，怎么可能认错呢，她说落了点东西在里面，要进去拿一下。"

我靠在椅子上，两手垂着，仰望着天花板发呆，过了一会儿说："也不是不可能啊，人家确实落了啥，进去了，对吧？

出来也是从厂大门出来的。"

海容说关键是另一个人,是个男的,一直站在暗处看不太清,她爷爷眼神晚上是不太好了,有青光眼。

我没反应过来,问那人是谁,她爷爷认出来了吗?

海容说:"没认出来,但说好像是穿了件皮夹克,大围巾挡着脸,"又指了指床上自己摘下来的那浅蓝色围巾,"我爷爷说和这个一样。"

我愣住了,这个围巾,天保也有一个,我记得海容说过,但他从没戴过,而且那天晚上,我和天保一起回的家,他穿的也不是皮夹克,是羽绒服,他没有皮衣。

屋里寂静无声,只有日光灯镇流器的嘶嘶声,过了一会儿,海容又说:"那个死的人,好像是穿的皮衣。"

我说:"哪个?贵林?贵林是穿警服的。"

海容说:"是另一个人,席宝华。"

我俩又陷入了沉寂,过了一会儿我站起来,在地上来回走,激动地嚷道:"不可能!哪有这么巧,你爷爷岁数大了,眼神不好,又是大晚上的,看不清很正常。"

我这话说得很没礼貌,但海容并没有计较,她摆弄着自己的毛衣一角,翻来翻去,一会儿抬起头说:"我爷爷年纪大,眼神是不太好,但耳朵可不背,比一般小伙子都灵呢,要不咋能一直打更。那天他在屋里正听广播，忽然感觉外面有动静，出来一看，是天保他姐和另一个人，而且这俩人已经溜进去了，他们是没想到我爷爷听到了，不然就偷摸进了。"

不知为何，我还是习惯性地为天保姐姐辩解，说："人家可能就是不想打扰你爷爷呗，也不是说要偷摸进去干啥坏事。"话说完，我也意识到了，也许，她真的是有什么不可告人的秘密，便沉默了。

我俩又没话说了，忽然屋门轻轻敲了几下，我应了一声，我妈推开门，满脸堆笑，问要不要再吃点水果，她拿俩冻梨进来。

我和海容异口同声说不用不用。当然，我妈是不听的，冻梨马上就端进来了，白瓷碗一碗一个，黑黝黝的，外面一层厚冰包裹着，我妈为了让梨化得快，还在碗里加了点凉水。

事情的真相，大概就像这东北大冻梨，在坚硬冰冷的铠甲下，是柔软得不堪一击的果肉，等待我们击破，探寻。

我和海容商量再三，决定一起去找天保，但我先和海容说好了，首先那个人不可能是天保，因为我陪他一起回家的，那个女的是不是天保姐，存疑，但就算是，也不能说明和命案有关系，我们多了解下情况。

天保的脸色还是不太好，人很憔悴。下午四点多钟，家里还是他一个人，他说他爸妈都上班了，他姐姐这几天不舒服，白天在医院打点滴，晚上才回来吃饭。海容说："打点滴也不用打一天啊。"天保看了她一眼，没说话，往自己床上仰脸一躺，看着天花板，心事重重。海容伸手过去摸摸他额头，他皱眉偏了下头，海容收回手，嘴里嘟囔着："也不热啊。"

我和海容商量过，主要我来说，我先把海容爷爷看到天保姐姐的事说了下。天保静静地听着，没反驳。我接着问他，那天他回家，他姐姐在家不。

对于这个问题，我设想过，天保一定会有反应，反问我为什么问这个问题，甚至可能会发怒，但他并没有，他直接回答："我觉得应该是在家。"

"什么叫应该是在家呢？"

天保说："咱们不是当时在楼下看了吗，我姐姐屋子亮着灯呢。我进家后，她屋门是关着的，我喊了一声，她没应声，我想应该是戴耳机听不着。推门，门从里面插上了，我就没再喊她，她的大衣挂在走廊衣架上，皮靴也在衣服下面摆着，人肯定是在屋。之后我就回屋躺下了，迷迷糊糊地，似乎有人开门，但也可能是做梦，后来太难受了，喝了不少饮料，起来上厕所去吐，那时我姐还出屋了，去客厅给我倒了杯开水，让我别再喝饮料了。"

我问那是几点钟，他说那会儿他爸妈还没回来。他爸妈后来说那天是夜里12点才回来的，和我爸妈打的同一台出租车，所以是那之前，他估计应该是11点左右。

我看看海容，有几个时间点需要明确下：首先是那天她爷爷看到天保姐姐是几点钟。海容说："我问了，我爷爷开完门回屋坐下没多久，收音机报时了，晚上8点，所以是那之前一点。"

那天晚上吃饭，我们5点多就到饭馆了，正式开吃应该是六点不到，天保姐姐走大约是7点半，回家应该是7点45左右，如果下楼，再赶到技术大楼，坐出租的话，时间是够的。当然天保说他姐姐一直在家，衣服、鞋都在屋，灯也亮着，这也是证据。

其次是我送天保回来，是几点钟？我自己想了想，我到家差不多9点一刻，从下车地方到我家就是七八分钟的路，所以天保回家应该是9点多一点。

那第三个时间点，凶杀案是几点钟？这就不知道了，警方才掌握，据说因为有枪击，所以市公安局都来人了，动静很大，参与的人很多，保卫处的人下了封口令，不许跟外人说案情。没想到天保说，他大概知道时间。

"哎？你怎么会知道呢？"我和海容都很惊奇。

天保翻身起来，问我们记得那天厂大门的事不？那天回来后，他和他爸说了，说得比较严重，说贵林那小子跟他姐流里流气的，天保他姐还拦着不让说。他爸当时就拍桌子了，第二天去找马处长了，让马处长给那小子点教训。所以，马处长就把那小子训了一顿，又调去巡逻了，而且是夜班巡逻，还是春节的时候，谁都不乐意干。

"那夜班是几点开始？"我问。

天保说保卫处的夜班和工厂的三班倒时间不一样，这是特意安排的，怕工人和警卫串通时间。警卫的夜班是晚上9点到早上5点，巡逻的时候是两个人一组，互相盯着，防止偷懒，也防止监守自盗。

"所以贵林的上班时间是9点钟，能确定凶案就发生在9点以后吗？"我问。

天保说能，因为9点钟时，天保和另一个警卫一起从厂西门出来巡逻，沿着设好的路线走，半个小时后，俩人就散了，所以另一个警卫最后见到贵林就是9点半。

"怎么还能走散？就俩人，他们干吗去了？"我不解地问。

天保说这谁知道，没准上厕所去了，回来一看人没了。这都是天保爸回来说的，再多问也没有了，人家保卫处不能说。

怕这么讲我们还不明白，他拉着我俩去了阳台，拿出望远镜,让我对着厂里看。他在旁边解释说:"俩人说是巡逻,其实大多数时间也是待着的,就在对面那个十四车间楼上有个屋子,他们在那里,能看到这一大片荒地的情景。在那屋子看一会儿,再下来走一圈,往西边沿着铁路线走,一直到煤场里,在那边煤场也有个点,在那儿再待会儿,然后往回走,一夜里来回差不多走三四趟。"

我一边听,一边用望远镜看,西边煤场被一幢幢红砖厂房挡住了,根本看不到,但正对面的十四车间楼上的屋子我是能认出的。外墙上有一个铁楼梯,折了两折,靠近楼顶有一个小门,旁边一扇窗户,遥遥对着天保家,如果站在那里,确实可以看到整个荒地的全貌。

我把望远镜让给海容,又问天保:"你怎么知道得这么清楚?"

他说:"你这望远镜留我这儿,我有事没事就举着看,很快就全掌握了。我还跟我家人说呢,这帮人太死板,这个路数,如果是小偷弄清规律了,完全可以绕开他们进去。"

我们都沉默了,站在阳台上,一起望着远方出神。天保又补充道:"其实他们也没那么有规律,有时候也会在屋里躲着不出来。我开始还想着是不是为了让贼摸不透呢,后来才反应过来,是刮大风,嫌冷,这些人啊,一个个的,啧啧。"他边说边摇头。

就在他说话间,风又刮起来了,吹得人脸生疼,我有个毛病是迎风流泪,不敢对着风,赶紧转头,这时忽然注意到了天保姐姐的房间在阳台上也是有门的,其实之前我也看到了,但没留心。我往右边走了两步,这里有一扇门,通往天保姐姐的房间,窗帘没有拉上,屋里和我前几天看到的一样,规整干净。我指了指门,问天保,如果他姐姐进屋后,打开灯,合上窗帘,从这里出来,绕过客厅,再出去,那不就留下一个上锁的房门吗?让他以为她一直在屋里。

天保说,这他也想到了,但衣服呢,鞋呢?

我说:"那可能是故意留下来的呗,给你造成错觉,她穿别的衣服鞋,谁都不是只有一件外套一双鞋。"

天保说:"你这么说,当然都对,但是,我想知道,她为什么这么干?"

这个问题,无法回答,这时海容抱着胳膊说太冷了,咱回屋吧。我们三个推开门,回到了天保的房间,海容忽然问天保:"我给你织的围巾呢?你咋没戴?"

天保含糊着说:"戴过两次,不习惯,就挂大门口的衣架上了。"说着出去拿,翻了一会儿也没找到,回来说,"怪了,不知道哪去了,可能被我爸戴走了吧。"

海容噘着嘴,委屈得很。天保安慰道:"不会丢的,放心吧。"

我说:"海容爷爷说,看到和你姐在一起的人,戴着那个围巾。"

天保向我们保证,那不是他,因为他喝多了,就在家躺着。我们不信那也没办法。其次,这个颜色的围巾,戴的人很多,她爷爷看到的,不见得就是这个。

最后,还有一个问题,我憋了好久,还是得问天保,他姐姐和席宝华,认识不,有什么特殊关系吗?

天保摇摇头,说他从没听他姐提过这个人,就知道席宝华和他姐是一届的,都在工大。他姐外语系,席宝华好像是计算机系,都是从同一个地方考去的,照理肯定互相知道,但多熟,那就不知道了,而且……他停了停,说:"我翻过我姐的书、影集,从没见过这个人。"

海容说:"你还翻人家女孩东西呢?你可太变态了。"

天保冷冷一笑:"变态怎么了?不也有人追吗?"

又聊了会儿别的,天保情绪很低落,越来越不耐烦,躺在床上,翻身向墙,脊背对着我们,拿着本小说在那儿翻来翻去。我和海容看了看,明白他不想再说话了,便说我们走了,有事再过来和他说。

送我们出门时,天保忽然看看我说:"今天说的事,不要和别人讲。"又转过去对海容说:"你爷爷看到的,也别和别人说。"他沉重地说,"我爸不会过日子,没人照顾不行,要是这二婚黄了,他就没法再找了,那他……"他没说完,我们都明白他的意思,如果这次的事闹大了,影响到了他父母的婚姻,那他得难受一辈子。

下楼后,我往家走,海容推着车,默默在一旁陪着,走到我家楼下,海容说:"天保的意思,是让我们帮他隐瞒他姐姐那晚的事,可能他还知道些事,没告诉我们。"

我点点头说:"如果我们说了,那可能以后跟他就没法处了。"

海容看着我,眼神里,有许多话没说出口。

9

探寻真相的念头,就像一个小虫子,在我心里爬啊挠啊,弄得我心神不宁,坐立不安。我妈也看出来了,说:"你咋了,抓耳挠腮的,闹相思病了?"

我后来想了想,天保对于这事这么求我们保守秘密,除了怕影响父母的婚姻,也和他对姐姐的感情有关。天保属于那种特别崇拜强者的人,比如小学时我们同学里有一个学习特别好的男生，他就特别喜欢和人家玩，好像和学习好的在一起，他也就沾上了好学生的光芒一样，明明那个同学不太喜欢搭理他，他却毫不在意；他和海容初中不是同学，但为啥能好起来，我也想明白了，是因为我和他说过，海容跑步特别快，运动会女子组总是第一。然后，他就想法和海容熟络起来了。

天保姐姐，长得好，学习好，就这么凭空而降到了天保家，我都能想象到，天保跟技校的同学们得吹遍了。说实话，我学习还行，但还远比不上人家，天保对姐姐的偏爱，这是性格决定的。

可天保姐姐和席宝华究竟啥关系，我想到一个人，对于席宝华的事，问米耗子，应该是最清楚的，他们老在一起，又是亲戚。但我和米耗子实在算不上熟，就买过一次望远镜，我现在连他家具体住址都忘了，只记个大概，而且我这么贸然找过去，也不合适。

我先是去之前新华书店门口他们摆摊的地方，过节之后，出摊的都回来了，没看到米耗子的摊，我去和旁边一个书摊的人打听。那书摊我有时在他那儿买书，也算脸熟，书摊的人说米耗子哥儿俩本来就是临时摊位，都不缴税的，属于游击队，不在这儿定点，而且，那人小声对我说："你知道席宝华出事了吧？"

我点点头:"没人不知道。"

书摊主说他们俩完全是席宝华说了算,米耗子就是个小跟班,席宝华出事后,估计米耗子以后也不会出摊了。

这咋办?我想不出找谁去打听,所有我熟悉的人里,好像没人和米耗子有关系,站在书店门口,我忽然想起来,地下商城离这里很近,不如去找海容商量下。

海容没在咸菜摊上,今天看摊的是一个比她年长几岁的姑娘,和她神似,就是再大一圈,更粗粝些。不用说,这是她姐姐。

我过去说找海容,自我介绍是她同学。她姐姐说海容今天上白班,让我去医院找她,门诊第二注射室。

厂医院我好久没去了,小时候身体不好,动不动就感冒发烧,每次都被爸妈用自行车驮着来打针,让我对这里心生畏惧。进去后那股熟悉的消毒水味,还有大厅里悬挂的大幅白求恩油画,都能让我腿肚子发软。说个笑话,长大以后,听到白求恩的名字,我心里还有点哆嗦,就是在厂医院落下的后遗症。

海容看到我有点意外,问我咋来了。我说:"跟你说点事。"她会意,说患者排队呢,让我等会儿,一会儿中午饭点换班,再找个地方说。

我在走廊里等了一会儿,海容出了门诊注射室,带着我到了一间无人的诊室,把门带上,摘下口罩,长出一口气。

我和她说我找不到米耗子,她说:"你不用找了,米耗子给抓起来了。"

"啊?米耗子也进去了?跟席宝华是同伙?"

海容走到窗边,看了会儿窗外,回头说:"应该是拘留吧,肯定是牵扯进去了。医院其实是消息最灵通的地方,医护人多,来看病的人也多,都是职工和家属,啥消息都能问到。"

我默然,说:"那就没法知道了,天保姐和席宝华到底有没有关系,多深的关系。除非问本人。"

海容走近我,小声说:"天保姐姐前几天不是一直来打点滴嘛,这事很奇怪。"

"怎么就奇怪了呢?感冒了兴许是,打针那可不得打个一周啊。"我不以为然。

海容说:"不是,天保他继母给他姐单独弄个房间,在里面躺着打点滴,一早就来,门从里面插上,吃饭也是外面买的盒饭。别人问就说女儿要考试,一边打针一边复习英语。谁打点滴打一天啊?复习英语,回家复习不行吗?"

"那她是很严重了?不能动了?不能吧,不能动,咋来的呢?"

海容说:"走路都没问题,人我那天看到了,正好走过去,很正常,但是……"她停了下来,看着我的眼睛,小声说,"还是别人看到了告诉我的,说他姐姐一只手受伤了,纱布包着。"

"哦,手受伤了,这……好像也没什么。"

海容终于说出了最大的秘密:"那个手,好像是受了枪伤。"

"啊!"我惊得目瞪口呆,"枪伤,那可是得报警啊,她妈妈不敢不报吧。"

海容直和我比画:"你小点声,别大呼小叫的。"又压着嗓门说,"不是那种子弹的枪伤,好像是那种钢珠弹的,就是小钢球你知道吧。那个打到手腕上了。不严重,可能是怕感染,打几天抗生素。"

钢珠,我想起了我爸爸说的命案,席宝华是有猎枪的,那就是猎枪子弹了,一打一大片那种。

海容点点头:"兴许是。"

过完正月十五,再待一周我就该开学了,枪击案的风波逐渐平息,主要是没有更劲爆的消息传出来。我爸得到的消息是,厂保卫处和市公安局联合调查组初步认定这是一起长期偷盗国家财产的案件,席宝华是盗窃团伙的头目,领着一伙歹徒,主要是捡煤渣那帮盲流,这次该团伙被一网打尽。席宝华在追逃过程中被击毙,其他帮凶大多数被抓获,有几个外逃的,正在追捕中,我厂保卫处干警韩贵林在保护国家财产时,与歹徒展开激烈搏斗，不幸牺牲。市公安局的人，也基本同意这个结论，但还有些细节没有完全查清，比如组织分工、销赃渠道等。

我说死者为大，但是韩贵林那就是小流氓，这是比较公允的评价。我妈让我不要这么说，人无完人，人家确实是为保护国家财产牺牲的，追认为烈士是够格的。

我爸慨叹说当警卫本来是清闲工作，不累，也不危险，就是年纪大了没一技之长不好办，没想到摊上这事。厂里的警卫基本都是有点门路的子弟，值班时溜号、喝酒、赌钱，不太过分上面也不怎么管。我说上班喝酒可有点过分。我爸说让你冬天大半夜地在外面待好几个小时你就知道了，喝酒御寒，所以上面人也理解，别喝得东倒西歪就行，东北男人谁吃饭不喝点酒。我当时就想，以后我肯定不喝，又想起灯展那天我和天保的情景，忽然间有个念头，贵林那天可能也喝酒了，不然，抓个贼至于开枪吗？就是开枪，朝天开枪示警就够了，何必虎了吧唧地往人身上打呢，不过这只是我的猜想，席宝华先朝贵林开枪，后者被迫自卫还击，也有可能。

临走前，我最后一次去天保家，他姐姐正要出门，和我打了个照面，她神色平常，看不出一点异样，还是套上那件白色呢子大衣。她穿靴子时，我特别注意到，她手背上还是贴着纱布，但只是一小块，看来伤口已经好得差不多了。

我和天保说了听到的案子的情况,他说他也都听说了,消息都差不多。然后,我俩低头对坐着,陷入尴尬的沉默中。作为朋友,我们经常在一起时无话可说,这很正常,但今天的感觉不同,共处的时候有些煎熬,因为有很多话说不出来,憋着难受。

良久,我抬头对他说:"这次的事,你姐没牵扯进去,你也放心了。"

他怔怔地看着地面,说:"是放心了,但我也想要知道,究竟是发生了什么。"

会是什么呢?能有什么呢?我和他说:"我想过很多种,有一种可能,就是你姐和席宝华关系不一般,席宝华听说了上次贵林对你姐态度轻浮,怒了,带着你姐去找他,结果失控了。"

天保摇摇头说绝对不可能。虽然他不认识席宝华,但他相信席宝华没蠢到那个地步,在警卫上岗带着枪的时候去袭击,真想收拾贵林,等他下班啊,埋伏在单元楼里,哪儿不行?非跑厂里去。

我问他注意到他姐姐手上的伤没有,他说当然,包着呢,他继母说是手被车门砸了下,怕伤着骨头,打了几天针,后来好了。

我点点头,关于钢珠弹的事,我还是别说了,说了也没什么用。

天保说他姐姐出去打针的那几天,他把家里,特别是她屋里都翻遍了,想发现点啥不对劲,没有发现。

我说:"你希望发现什么呢?钱?枪?信?还是什么?再说,真有什么,那也不一定在你家啊,很可能是在别处,比如席宝华他家。"

他茫然地说:"我也不知道自己想找什么。席家那肯定早就被警察翻个底朝天,如果真有点什么和我姐有关,那他们肯定早就找过来了。"

我告诉他我马上就开学了,开学后再回来,至少得"五一"了,而且也不一定能回来,这学期我要考英语六级,得好好准备。

他点点头,站起来,像是忽然想起来什么,说:"一说英语我忘了,有一个东西,我一直没想通,你看看。"

他领我进了姐姐的房间,从书架上拉出一盘磁带,我一看,还是我之前翻录的那盘:姜育恒,"育"写成"玉",他小心地看了下磁带,放进台式录音机,按下了按键。

磁带里,又传来了那个怪异的噪音,嘀嘀嗒嗒响个不停,放了两分钟,他按停,再按快进,再按下,还是一样的声音。他拿出磁带,翻面,又按下,仍是那个噪音,整盘磁带,全被噪音覆盖了。

他看着我说:"这是我发现的,唯一想不明白的地方。"

我说:"你之前说,这声音应该是在学校翻录时弄的,她最近也没回学校啊。"

他说:"对啊,而且不止这一盘,还有几盘,也都是这声音。那些,都是。"他指着书架上几盘磁带,脊背上写的都是英文名,可能原本都是录的英文歌。

再没有什么可说的了,我告辞。出门时,我还是跟他表了态,让他放心,我不会说他姐的事,绝对不会。

他点点头,说:"我很放心,海容也是这么跟我说的。"

"海容难道最近来过?"我问,话刚说出口就后悔了,人家是处对象,来不是应该的嘛。

他笑笑,没回答,关门前和我说:"等你'五一'回来吧,咱们再见。"

走回家的路上,我一直想着他欲言又止的神情和录音带里的噪音,还有他刚说的话,这是他唯一想不明白的地方。那是不是还有别的地方,他想明白了,就不和我说了呢?

临走前的最后一顿晚饭,我妈多炒了一个锅包肉,这是她的保留节目,轻易不做,主要是考验刀工,她眼力不太行了。吃饭间,我说起了怀疑天保姐姐和席宝华认识的事。我妈开始也没多寻思,说那认识也正常,但人啊就是,你看看都是同龄人，现在一个要出国了，另一个死了，这就是自己选的路不同。

我说到海容爷爷那天看到天保姐姐的事，还有天保让我们保密的话，我爸我妈都惊了。

我妈说："我告诉你，一定一定不要乱说话，把人家姐姐给牵扯进去了，那就把他家彻底得罪了。"她就是这样，自己可以嘀咕，我嘀咕就不行。

我爸插嘴说："人家女孩可能就是真落了点啥，进去拿，和这命案没任何关系，就是时间赶巧了。"他这说法和我当初的第一反应完全一样，我们可真是父子俩，思维模式都是相同的。

我妈不耐烦地打断我爸的话，对着我说："小祥我跟你再强调一遍，绝对不能说这些乱七八糟的，别人来问，就是警察来问，就说不知道。你爸，他爸，现在都是节骨眼上，要是因为这点破事把正事耽误了，那他家得恨咱家一辈子。"

我妈这话说得太重了，她不光语气重，表情也很吓人，是动了真格的了。我爸也严肃地看着我，说："万一真有人问，你就说不了解情况，不要乱推理。"说完又对我妈说："你把孩子吓着了。"

我当然不会说，我相信也不会有人找我问，无论怎么找，也不会找到我头上。只是这件事，就像一块黏在衣服上的口香糖，不妨碍行动，但心里总是觉得硌硬，总想把它揭开、拿掉。

大二下学期的课排得比较松，学校是为了让我们准备考英语四六级，我上学期过了四级，这学期要准备六级了。"五一"时，我并没有回家，虽然在家的时候舍不得走，但真离开了，我并不留恋那里，而且我心里还有点胆怯，怕又一头撞入了迷雾，遇到什么新的难题。

我爸提拔的事通过了，"五一"前几天，我妈特意打电话到宿舍楼。大学四年，我妈很少往我们学校打电话，后来毕业分配的时候还打过一次，都是大事，她不想在信里说，一定要在电话里说。

电话里的声音，断续嘈杂，有些失真，听起来像是另一个人。我在宿舍传达室里，拿着老式黑色拨盘电话，听着我妈唠叨，她是晚上跑到我爸办公室给我打的。我能想象，她就在原来天保爸爸的办公室里，关上门来，单手叉腰，得意的样子。

她说："天保爸的事也正式发文了，中组部已经批了，他爸已经搬到厂行政大楼上班了，一个萝卜一个坑，他的坑留给你爸了。"

我说："我爸不是说，先是副的，过渡个两年，等老许退了再接嘛。"

我妈非常得意地说："一步到位，那老许心里明镜似的，申请退二线了,把位置给你爸了。老许这样一是得了感谢,二是不用坐班了,想来来,想走走。"

我问天保姐姐咋样,她语气警觉地反问我说:"能咋样,人家回学校上学了,国外的录取通知书都下来了,美国伊利诺伊大学,全奖,七月份去北京办签证。"最后,我妈又叮嘱了我一遍,好好复习,六级一把过。

我嗯嗯啊啊地应承着,挂了电话。想说的话,最终还是没有勇气说出来。

我本想告诉我妈,我恋爱了,就是那位家是省城的大眼睛姑娘,姓毕,我们寝室的男生都叫她毕姑娘,在他们的撺掇下,我终于在周末的舞会上,设法制造了和她单独跳舞的机会,和她诉说了衷情。

毕姑娘的大眼睛水汪汪的,像一潭深水,看不到底,她对我眨着眼,几缕秀发挣脱了发带的束缚散乱出来,我花痴地忍不住伸手去她耳后整理,她嗔笑道:"你怎么才来说,我等你半天了。"

那真是一生中最让人陶醉的时刻,我听不到周围的声响,看不到乱哄哄的人群,世间万物皆不存在,只有我们二人。

可这些,我都没法和我妈说,她指望我去大连呢,而毕姑娘呢,毕业是要回省城的,在她和她家人眼里,哪里都比不上省城。我也和她说了我将来的打算，她低头想了想，说要是大连工作好，她也可以和家人商量下。

如果她也去大连，那就太好了，但是我不能让她和我一样，也去我们厂，工业企业不适合她，在我眼里，她是仙女，仙女怎么能戴着安全帽，穿着劳保服，踩着大头鞋下车间呢？她愿意我也不愿意。

但我妈妈的电话，还是勾起了许多回忆，之前的许多谜题，又如夏季的洪水一样排山倒海涌出来，去找谁打听呢？问天保当然是首选，可我又怕他有啥想法，想来想去，我把电话打到了医院，找人，等，去叫人，再等，终于，海容气喘吁吁地接上了电话。

我刚说话，她就大喊一声："吓死我了！我还以为是谁呢，八百年没人给我打过电话，你以后可别打了。我还以为我爷爷出事了呢。"

我连连道歉，说我就是想问问，案子的事啥进展，还有天保姐姐那边，有啥事？

海容小声又快速地说："我这边有人，不方便，这样，你把号码给我，我一会儿打过去。"

很快，海容打过来了，这回声音正常，她说案子没太大进展，盗窃团伙基本一网打尽，有抓也有放的。据说厂领导还去贵林家看望了，夸他妈妈养了个好儿子，问有啥要求不。他妈妈让厂领导帮着把贵林弟弟的工作解决了，那弟弟连技校都考不上，厂领导说特事特办，答应了，进来接贵林的班。

天保姐姐那边呢，据说公安局和保卫处的人找她了解过情况，问她和席宝华的关系，她说就是认识，但不熟，没啥来往。警察也问了天保家人，都说不清楚席宝华是谁，干啥了。估摸着也是为了核实天保姐姐的话，反正后来就没动静了，估计这事就过去了。

我想起刚才她的话，又问海容："你爷爷咋样，他那边都挺好的吧？"

她起初没反应过来，立刻答道："没事，还是老样子。"又忽然明白了我的问题，犹豫了下，又说，"人家不让他干了，说他岁数太大，耳朵背，不合适。我爷爷耳朵才不背呢。"话语里含着委屈，又用很小的声音说，"我爷爷没说那事，就说那晚啥都没听见，一切正常。"

10

"五一"时，我的新女友说她要回家，但刚确立关系，跟她回去不太合适，我就留在学校了，但在学校里，我也学不进去，炽热的恋情容不下半天的空当，三天不见，我已经被相思煎熬得瘦了一圈，浑浑噩噩地在图书馆里发呆。

忽然一个干巴瘦小的家伙坐到我对面，冲我笑着打招呼，我乍一看不认识，又觉得在哪儿见过，再一定神想起来了：米耗子。

"你咋来了呢！"我吓得站起来，椅子刺拉拉在地上划出一阵噪音，引来一大波怒视。

米耗子连忙拉我，说咱出去说，出去说。我不情不愿地跟他一起走到外面走廊，找了个背人的地方。这小子估计在里面没少遭罪，人瘦得都脱了相，颧骨老高，但还是白得很。他看出我怀着戒心，便解释道："我啥事没有，警察审了半天也没啥，就放出来了。"

我还是不放心，问他确实是放出来的，不是自己跑出来的？

他急了，说："你扯啥呢，我真想跑，那也跑不出来啊，再说，我能跑哪去啊？"

我想了想，也对，心稍微放下些，又起了怀疑，问他找我干吗，也没多熟，怎么突然来我这儿了。

他让我放心，绝对没别的意思，就是想看看我同学里，有没有想买俄国货的，他有进货渠道，一起在校园里兜售下，利润好说，对半分。

他倒是挺大方，上来就对半分。如果没有之前那些事，我确实不是不可以考虑，但出了这么多事，我可不想跟他有啥来往。我正打算一口回绝，忽然想到之前在家时，我还想找他呢，他这不自己就来了嘛，不如周旋下，熟了后多问问。

我就打马虎眼，答应说先去同学宿舍问问，回头有情况和他说。他很高兴，拍着我的胳膊说："小祥，以后咱俩好好合作，肯定能让你毕业前成为万元户，用上大哥大。"

大哥大就是香港录像片里的手提电话，老贵了，我可不敢想，能买个汉显寻呼机，我就满足了。

第二天中午我刚从图书馆回宿舍，他已经在寝室里等我了，跟我们寝室几个人聊得正热乎，一个个叼着烟，喷云吐雾的，看我回来拿饭盒，说别去食堂了，跟他出去下馆子，他请客。

我们找了个附近专做学生生意的小饭馆，从他点菜的犹豫劲儿，我判断他手里没什么钱，但还非要请客。我说要不我来，他感激地一笑，还是声明得他来。最终，我们点了三个便宜菜，要了两瓶啤酒。

在饭桌上，他从怀里掏出几块手表，都用手绢包着，说这是他手头的，我可以问问，八十块，有没有人要，都是苏联海军的军官配表，样子看着是不错，做工有点糙，走得准不准就难说了。我接过去，看了会儿还给他，说假期好多人不在，等假期回来，我在我们系男生宿舍问一圈，看有谁想要。他说好，心满意足地收起手表，捡起筷子大口夹菜吃。

我这时才问他，为啥抓他，咋审问的。

他说当天就来人把他拽走了，关到保卫处，先不问话，人铐暖气管子上，让你弓着腰，半蹲不蹲的，一会儿就受不了了，隔壁还有人在挨揍，嗷嗷惨叫，把他吓够呛，等提审时，乖乖问啥说啥，可痛快了。

我说："就是问你表哥的事呗，他的事你参与了多少，都知道啥？"

他说："我参与啥，我表哥啥都不跟我说，嘴可严了，进货底价都没告诉过我，我就是跟着跑腿，听吃喝打下手。"

我问他："不是说你哥有团伙，你是不是也是一员？"

他说："你可拉倒吧，我哥搞啥团伙，就我和我哥俩人，跑跑边境，进点货回来卖，真没别的了。那些捡煤渣的，我和我哥是认识，但并不熟，那些人确实是偷厂里东西，但这警卫都知道，我跟我哥可没参与过。"

我说那厂里不都传，你哥就是盗窃团伙的头头嘛。

他说真没有，他和我发誓，席宝华才看不上盗窃那种勾当，但是……他说不下去了，端着酒杯发愣。

但是什么？我问他，他憋了会儿，还是下了决心，说："我在保卫处也交代了，反正也不算啥秘密了，就是出事那天晚上，我哥找了捡煤渣那伙人，说他在厂里发现了一个新的垃圾场，没人注意到，有不少废铁，还有铜，把那伙人馋坏了。"

"然后呢？"我追问道，目不转睛地看着他。

他端起酒杯，喝了半杯龙江啤酒，说："但我哥说，厂里有警卫巡逻，晚上他给那帮人发信号，那些人看到信号，就扒着运货回去的火车进来，捡了东西再扒车出去。"

"信号？啥信号啊？他们是用大哥大？"

"哪可能？"米耗子笑了，"一帮捡破烂的，哪来的大哥大，过年嘛这不是，信号就是发信号弹，十五连发的，过年期间别人看到也以为是哪个上夜班的人放的，不会多奇怪。等在外面的看到了，就动身。"

"那你哥直接领着他们去不就得了，为啥还要自己先进去，发信号弹，让别人再进去呢？"

米耗子说这个问题他也问了，他哥说人多目标太大，而且那里也不是天天都有，他先进去看看，有的话就发信号，没有就不用进了，那些捡破烂的也觉得他说的稳当，就这么商量好了。

"那你哥是从哪儿进的？那天是不是你也跟去了？"我问

米耗子。

他看着眼前吃得精光的碗碟,说他哥没告诉他,他自己也没去,他哥不让。但他后来听别的人说,进去的人被警卫发现了,有一个一直追着他们,没偷成。

"一个警卫?"我问。

"对,一个,巡逻不是两人一组吗?另一个可能去追我哥了。"

"我明白了。"看着他,"追你哥的,就是贵林吧。"

他点点头。

吃完饭回到图书馆,捧着《大学英语精读》,一个单词我也看不进去,脑海里全是刚才米耗子说的话,那天夜里的情景,像放电影一样,一幕幕浮现在眼前:

晚上大概8点钟,席宝华和天保姐姐从技术大楼进了厂里,9点半到11点间的某个时刻,席宝华朝天放了信号弹,捡煤渣的人扒车进来,货车是一趟趟的,过年时尤其少,所以放过烟火后,需要等一段时间,当然也可以步行,从废渣山到七车间那里至少有四公里,走路的时间有点长,还是应该扒车。在这段时间,席宝华和天保姐应该是躲在某个地方。

看到信号弹,巡逻的警卫走过去检查,发现了捡煤渣的那伙人，开始追，那伙人四散逃开，两个警卫分头追。不知为何，贵林发现了席宝华和天保姐姐，追逐中发生了枪战，二人中枪，姐姐一人逃走。

这样的话，有几个问题，首先是既然从技术大楼进，为什么不原道返回？

这个问题很简单，技术大楼花园的门是关上的，没法虚掩，会报警，如果敲门呢，长走廊怕是很难不让海容爷爷听到，更何况他们也不想惊动海容爷爷。天保家对面的围栏不高，虽然缺口堵上了，但翻过来也很容易，出来后过马路就到了家，这条路实际是最近的，比走厂大门还要近，但这条路的问题就是要穿过一大片荒地，如果有警卫在高处眺望，很容易发现，所以，信号弹的用处是招来人，引走警卫。

但是警卫居然分头追，说明一个人，也就是贵林，发现了席宝华，另一个人去追捡煤渣的，如果有人和席宝华在一起，贵林是看到了，但他死了，讲不了了，也说明另一个人没有看到和席宝华在一起的人，不然会说出来的。

还有个可能，席宝华是故意跑出来，吸引警卫的注意，为了让和他在一起的人有机会脱身，单独逃走，这个可能性很大。

天保姐姐和席宝华进厂干什么？偷废铁是不可能的，而且他俩也拿不了多少。偷其他贵重金属，有可能，但如果席宝华有渠道，自己就行，不用拉上天保姐姐。所以一定得是天保姐姐能接触到的，才行。那只能是二十九分厂军工车间里的什么。

能是什么呢？如果是天保姐姐能接触到的，为什么一定要带上席宝华呢？他一定要起作用才行。

撬锁？我想起了天保拿钥匙打开二十九分厂办公室的情景，也不需要，天保姐姐可以轻易在家搞到钥匙，另配一副。

这个问题，我实在想不出，而且，我一直是假设那天和天保姐姐一起进去的，是席宝华，如果真是他，那他们到底是什么关系？如果是他们俩，为什么警察和警卫们没有查到脚印一类的线索呢？

为了能和米耗子继续交流下去，我打起精神，放假结束后，在男生宿舍里真问了一圈，还颇有几个有兴趣的，都是军事迷，一说是军表就来劲了。我当时觉得，如果不是卖得贵，完全可以有更多顾客，但我的同学还是穷的多，花几十块钱买块表，大多数人接受不了。

米耗子乐颠颠来了，带着表，一晚上卖掉八块，熄灯后，站在宿舍外的路灯下，他拿着钱，数了两遍，点出十张十块钱的，递到我手上，我愣了：八八六十四，收入六百四十块钱，利润一人一半，我一百他一百，那就意味着是两百块的利润，够高的。

他又数了一遍自己手里的钱，掉眼泪了，说他妈妈得了肾炎，在厂医院透析，前几天没钱交费给赶出来了，他明早就回去交钱。

虽然我并不相信他这个人，但此刻，我相信他的眼泪，我把手里的一百块钱又放回他手里，说："算我支持的，给你妈看病用。"

他眼泪又下来了，哽咽着说："那我替我妈谢谢你了，小祥。"

我问他："你表哥，跟天保他姐，究竟是啥关系？"

他止住哭，撸了把鼻涕，稳定了下情绪，清清嗓子说："我哥和她是同一年上的工大，又是老乡，一个厂的子弟，来往挺多的，我哥第一学期回来还说让她和我家人见面啥的，但人家女孩不乐意，人家就没想明确关系，后来我哥不是给开除了嘛，他俩就更不可能了。我听我哥说过，这个女孩心特别高，给自己规划得老远了，毕业就要出国，一定要离开这里。"

"那你这意思就是他俩处过对象，后来黄了呗，对吧？"

米耗子说："应该是。女孩对外从没承认过，但我哥特别认真，一直放不下。你不了解我哥，他属于那种越是难越想挑战的人。"

我问他："你哥因为啥被工大开除？"

他说："学校里有个外教，岁数不大，以谈恋爱为名，老祸祸女生，我哥和别人一起把那老外给揍了。正常我哥也不至于，我估摸着，那些女孩里，可能有天保他姐。但具体有谁我哥也没说过，他是怕影响女孩名誉。"

米耗子说完，很是遗憾地说："我哥真的是可惜了，高中参加省里计算机大赛得了一等奖，去工大计算机系每学期都拿奖学金，为个女生退学了，太可惜了。工大多难啊，咱五中一年才能有几个考上的。"

我一下想到了在天保家里看到的那张照片，两个人，穿着一样的情侣衫，笑着，那就是恋人的样子，我现在和毕姑娘合影的话，也会是一样的笑容。

如果那外教是祸祸过天保姐姐，关系已经结束的话，那她不可能抽屉里还保留着那张照片，更不可能让老外帮她办留学。所以，席宝华揍老外，与其说是义愤，不如说是嫉妒，是情人的嫉妒。

我最后问他："你哥哥和天保他姐后来还有联系吗？就是你哥离开学校后。"

米耗子神秘一笑，说："我哥不和我说这些，但我知道，他们一直还有联系，而且还是很不一般的联系。"

"哦？你怎么知道的？你有没有跟警察说过这些？"

米耗子说："我说过他们有联系，但警察好像没太在意，他们把我哥家翻个底儿掉，仓房里的煤池子都给挖了，啥也没找到。但我是出来后才确定他们的关系不一般的。"

"哎哎哎,你赶紧说,你是怎么发现的,根据啥?"

米耗子掏出一张照片来,递给我,是张很小的竖版彩色照片,很厚,颜色像油画一样浓重,画面很暗,在路灯下,很难看清,我仔细辨认,勉强分辨出画面来:

是一个女孩的背影,双臂伸开,做拥抱状,站在一列火车前,就是二十九分厂厂房外的那列火车,因为那个迷彩苫布我认识,还有那两根伸出的管子,那是炮。

那女孩穿着的,是件白色的大衣,戴个毛线帽,就是天保姐姐去洗澡那天的打扮。照片拍摄时,女孩可能是不知道的。

米耗子怕我看不明白,赶紧解释:"这是二十九车间外面,看到没,那女孩,就是天保他姐,衣服我认得,我在外面见过她。这个是用一次性相机拍的,美国宝丽来,一卷能拍八张。"

"你是后来才找到这张照片的?"我问他。

"答对了!"他拍拍我肩膀,"这个夹在一本武打小说里,这小说是我偷偷从我哥那儿拿的,拿来后我扔家里一直也没看,警察查我哥家查得细,但来我家就简单看看,没发现这张照片,我是前几天收拾东西才发现的。这个照片的拍摄时间,肯定是今年过年前,你看这炮,还有这后面的枯树枝,明显是冬天。"

我想起天保说迷彩苫布是部队去年刚装备的,即使照片没有具体时间，也还是可以推断出是今年过年前。

想到这张照片可能引发的后果，我把它捏得紧紧的，眯起眼睛说："我拿回去再看看，这里看不太清。"

"哎！"米耗子一把从我手里抢过照片，适才可怜悲伤的面孔不见了，换了副凶狠的嘴脸，"不能给你，这个我还有用呢。"

他能有什么用呢？我回到宿舍，摸黑洗脸刷牙上了床，翻来覆去地睡不着，米耗子刚才路灯下那副表情，让我觉得，他并不是个耗子，有了机会，他也会变成一条疯狗，或者野狐狸。

六月份的时候，我们考完了六级，我感觉考得不错，然后是专业课考试，考前猛突击一阵，学业的繁忙让我忘记了之前发生的事。米耗子再没找过我，我后来偶尔想起，还有点纳闷，想他难道不应该趁热打铁，找我继续开展业务吗？但他一直没有登门，我也就很快忘记了。他的业务，还有天保姐姐的事，对我来说，都远不如当下的考试重要，更比不了我和毕姑娘的热恋重要。

毕姑娘算是接受了我作为她的正牌男友，她说放暑假时，我不妨跟她回家待两天，我可以住她亲戚家，有空房，她领着我在省城转转，去看看松花江，还有太阳岛，有一首老歌就是唱的太阳岛，也算是全国闻名的景点了，我长这么大还没去过呢。我给我爸班上打了个电话，汇报了下我的计划。当然我没说毕姑娘，我只是说和几个同学一起。我爸很赞同，只是提醒我注意安全，出门在外要低调，远离是非。

11

天保姐姐和席宝华为什么要一起行动，他们究竟想拿什么东西，我在一个偶然的机会，找到了答案。

考完期末考试，大家闲下来，都去机房玩，进屋脱了鞋，找台电脑，只要不玩游戏，看机房的人是不管你做啥的，有的同学学五笔打字，学WPS,有的学C语言，我呢，主要是背单词。

这个背单词软件，是我校一个计算机系的老师自己写的，在我们学生里推广，找人试用，我觉得还不错，很有效，拷了一版，每周都来背两次，一个个单词在屏幕上停留几秒，之后给出中文意思，背完一组还有小测试，检查学习效果。两个学期下来，我已经初步背完了托福的基本七千词，想着再多背点新单词，临放假前，我就去教研室找这软件的编写老师。

进他屋里时，老师正摆弄一台方盒子仪器，就在电脑旁边。我打了个招呼，问这是啥东西。他说这是教研室刚买的存储器，用磁带的。

磁带？我说现在不都是用软盘吗？五寸盘，三寸盘，我们每人都有一盒。他说软盘其实不好保存，磁带更稳定，存储更安全。

"是什么样的磁带呢？"我问。

他按下按钮，取出磁带，递给我，就是一盘普通的磁带，和我们平时用的歌曲磁带外表完全一样。我说这不就是平时录歌的普通带子吗？

他说："对，普通磁带就可以，但是机器要用特制的机器，才能读出数据，普通录音机读不了。"

我灵机一动，问他："如果是录好数据的磁带，用普通录音机播放，会是什么样？"

他笑了，按下那台方盒子的按钮："用这个播，用录音机播，都是一样的声音。"他说。

嘀嘀——嗒嗒——嘟——和我在那盘姜育恒录音带上听到的，完全一样。

我惊得久久说不出话来，原来天保姐姐的那盘磁带，是用来录制数据的，书架上那么多盘，录的都是数据！

是什么数据呢？只能是在二十九分厂技术组的计算机房里录来的，还有天保爸爸房间里的计算机里。

老师看我有些异样，问我怎么了，有什么问题吗？

我忽然想起那些计算机，都没有软驱的，便问老师："这个机器，是怎么接电脑的？是不是得拆开机箱才行？"

老师说："不用啊，机箱后面有打印机接口，把打印机线拔下来，把这个插上去就行了。"

二十九分厂技术组计算机房里，是有打印机的。

我想到了天保姐姐大衣口袋里的随身听，再看看眼前桌面上的磁带机，明白了，这是同样的东西，有着同样的功能。

我手里拿着的，是一盘六十分钟的磁带，我问老师："这样一盘磁带，能录多少数据？"

老师想了想，说："这得看机器，也看什么数据，比如咱们一般用的三寸盘，别看不起眼，就1.44M，可以存五十万汉字，打印出来厚厚一大摞。所以一盘磁带，如果用的机器好，压缩比高，大概可以录10M的东西，存储许多文档和文件。"

一盘都能存很多，天保姐姐书架上那么多盘，那岂非是很大的数据量？

我当即有了判断，席宝华是学计算机的，天保姐姐找他，就是为了让他帮着进入二十九分厂技术组的电脑系统，帮着录制数据。

可这些我怎么去求证呢？去问天保姐姐？她一定不承认，

怎么可能承认呢?

终于放假了,我和毕姑娘一起去了省城,在松花江畔,在太阳岛上,是我们花前月下、成双成对的身影,相爱的话说了一万遍也说不够、听不够,即使无话可说,四目相对,也是满心的幸福和无尽的快乐。我曾经问过她一个问题,如果情与法有了冲突,该怎么办?她不解地问我:"你是香港电视剧看多了吗?《法网柔情》还是《赤脚绅士》?"我说我很少看电视剧,太费时间,看个《英雄本色》《江湖情》那还可以。她说:"这得看具体情况吧?家人捡到钱没上交,你去举报,那有点过分,但如果家人杀人放火,你不去举报,那也很过分。"

我不知该怎么和她说好,虽然恋人之间应该无话不谈,但把自己的烦恼一股脑地倾诉给对方,是在消耗别人的精力,我更愿意给她带来欢乐。我想了想,说:"家人杀人放火去举报,有的人可能是出于正义,更多的人可能是怕最后连累到自己,我觉得总是考虑正义的人还是挺少的。"

毕姑娘迷惑地看着我说:"不懂你为啥说这些,你想做什么就去做吧,我都没问题。"

在省城的最后一天,我和她说去看看在工大上学的高中同学。毕姑娘那天正好和家里人有事,得了她准许,我坐上公共汽车，来到工大。

工大是个非常大的大学，跟一般大学不同的地方，是大马路横穿学校，所以校园里就有公共汽车，这让我觉得很新鲜。辗转打听，我找到了天保姐姐，我记得她马上就要毕业离校了，我来得很巧，她再过几天就回家了。

见到我，她有点意外，但还是礼貌接待，说话很有分寸，既不见外，也不是多亲密，我约了她去外面咖啡馆坐坐。坐下后，我随便要了两杯咖啡，她微笑看着我，等待我说明来意。

来之前，我排练过好几版谈话，要么绕来绕去，再到主题，要么先闲聊，找破绽，冷不防地提出一个问题，看她反应，但都觉得不合适，效果不会好。她比我大两岁，但成熟很多，玩小伎俩，怕是骗不过她的眼睛，所以，我选择了最后的一种：和她讲一个故事，就是我的推测。

故事从工大学校讲起，两个同一工厂的子弟考入同一所大学，谈起了恋爱，但女生并不愿意公开这段恋情，因为有更重要的事等着自己。后来女生和外教好上了，可能是真心喜欢，也可能是为了出国，男生因爱生妒，把外教打了，被开除回家。女生留在学校，大四时在外教的帮助下，考取了国外的大学，得了奖学金，即将出国留学，但是，念书需要花钱，找人帮忙需要有代价，而代价是，帮外教搞一套敏感的军品数据。

女生回到家乡，得到了被开除的前男友的谅解，在被开除的男生帮助下，过年期间潜入军工车间的办公室，侵入计算机系统，录取了大量数据。在出来时，被工厂警卫发现，男生为了引开警卫的注意，故意往另一个方向跑，和追上来的警卫互相开枪，双双死亡。女生脱险，回到家，公安机关问讯后过关，带着数据回到学校，交给外教，圆满完成任务。

我讲述故事时，语气平静，不激动，不夸张。天保姐姐全程专注地看着我，面色如常，只是讲到男生和警卫双双死亡的时候，她眼里忽然有东西闪烁了一下，旋即恢复。故事讲完，她笑着说："讲得不错。如果没猜错，这里的女生是我吧？"

我说："对，不然我也不会突然跑来当你面讲故事了。"

她两手往外一摊，说："你说了这么多，可有什么证据吗？没有证据，这不就只能是个故事，或者说，一个笑话吗？"

我说："证据很多，比如那天你和席宝华是从技术大楼进去的，海容爷爷看到了。"其实海容爷爷没看清那男人是谁，我这里也是使诈了。

她点点头，又问："我怎么进到技术组里？办公室都是有锁的。"

我说："这个太简单了，天保他爸身上就有钥匙，你很容易找机会配一副。"

她笑了，说："这个问题确实有点幼稚，那还有一个，天保知道，那天晚上我在家，我衣服鞋都在家的。"

我还没回答，她自己说了："我可以穿另一套衣服鞋走，对吧，你一定这么想的。那天天保喝多了，迷迷糊糊的，也弄不清楚。"

我点点头，她又想起一个问题，抿嘴笑道："你太高看我了，何德何能，让一个男生为我跑前跑后，半夜进厂偷东西。再说了，这么机密的事，我应该自己做，为啥找人一起？"

这个问题我早已经想好，立刻回答道："你是文科生，他是学计算机的，没有他的帮忙你根本进不去电脑。天保说过，二十九分厂技术组的计算机是有内部网的，一般人是进不去的。至于他为啥这么帮你，因为你们还在恋爱，至少你是这么让他觉得的，让他以为你只是为了出国才跟外教在一起，跟他才是真爱。你一直在利用他！"我有意把"利用"这两个字说得很重，寄希望于能够凭此击穿她的心理防线。

天保姐姐脸上温柔的微笑不见了，眼睛里这一刻有泪花闪现，她哑着嗓子，冲我低吼道："不许你这么说我！你不知道我做了多大的努力！"她尽力不让眼睛里的泪珠掉下来，扭头看着窗外。侧颜立体，额头宽阔，鼻梁笔直，下巴圆润，如雕塑般完美——她眼神空洞，好像过去的事又出现在眼前，喃喃地说:"为了爱可以不顾一切,他,我,都是这样的人。"

我想起出事那天早上爸妈说的德语翻译的事,一下有了新想法,探询地问:"所以,你和席宝华是真爱,和外教是逢场作戏,你是为了出国才这样,你出去后,也会把席宝华办出去?"

天保姐姐冷笑一声:"我为什么要告诉你?你只要知道,多少人为了出去会不惜一切代价就行。那个外教,威廉姆,那么多女孩扑他,因为他帅?得了吧,还不是都借机会出国,他就是个乡巴佬,一身毛,一股味,恶心极了。"说到这里时,她露出厌恶的神情。

我不知该怎么说,因为我从没有想过,一个人可以为自己的前程,做这么大的牺牲,我能想象,她在外教面前一定是一个逆来顺受的女仆,而在席宝华面前,则是高贵的公主。谁会愿意一直当女仆呢?谁不想当公主呢?

我们俩陷入了尴尬的沉默,她一直看着窗外来往的车辆,不理睬我。我也一直没有说话。来之前我曾暗暗希望,她会有力地驳斥我所有的猜想,还自己一个清白,让我为自己的胡思乱想而惭愧,但她没有。这让我又失望,又难过。

好一会儿,她转过头来,笑吟吟地问我:"你说我录数据,那最关键的问题,数据在哪儿?没有这个,前面那些都是不作数的。"

我就在等她这个问题，我拿出自己的随身听，放在桌上按下播放键，从耳机里隐约传来嘀嘀嗒嗒的噪音，我说："这个就是证据，这是我从你的磁带上翻录的，这些都是数据。"

她笑了，笑容有些僵硬，说："这就是噪音，以前在广播站翻录姜育恒歌曲的时候弄上的，你拿它当证据，太没说服力了吧。"

我斩钉截铁地说："这不是噪音，这就是数据，这么重要的事，你当然得事先做试验，试验也不会就是简单录几分钟，而是实打实地录满一盘，再检验能否正常读出数据。只是这些数据没什么价值，后来录歌又都洗掉了，但没洗干净，留了个小尾巴。"

我按了快进，播放，又快进，又播放，全是一样的噪音，我说："这个，是出事后，你第二天去医院时，我在你家里找到录音带，重新录制的。我们学校机房里新进了设备，可以读取数据，读出来了，都是二十九机房的文档数据。"

她的笑容在脸上停滞了，片刻又松弛下来，恢复了温柔的模样，目光如水，声音慵懒，像撒娇一样对我说："真没办法，被你抓到了。"

实际上，说最后这句话的时候，我是捏着汗的，因为我只是把最初翻录姜育恒歌带末尾的那点噪音重复录制，占满了整个录音带。我当然也不可能用这个数据在学校机房里读出数据来，这完全是我编的谎话，但我只有这个武器。

她忽然笑了起来，用手捂住嘴，手指像嫩葱一样洁白无瑕，良久，才恢复平静，面容潮红，问我："那你打算怎么做？"

我说："劝你自首，争取宽大。"

她又笑了，笑得更厉害，头趴在桌上，身体直颤抖，好像我刚讲了一个多么可笑的段子。良久抬起头，眼睛里笑得都是泪水，手抚胸前，感叹说："好久没有这样了，实在是太好笑了。"一边说一边还在笑，好不容易停下来，神情平静地看着我说，"幼稚！我为什么自首？我是有多傻？"

我说："你要是不自首，我就自己交出去录音带，那就是等人来抓你了。"

她冷冷哼了一声，脸色沉下来："你不会的。"

"我为什么不会？你为什么觉得我不会？"

"因为你不敢。"她说，"你没有那个胆量。"

"笑话！我有啥不敢的？"我口气强硬，不肯示弱。

她用纤细的手掌打着手势说："我给你分析下，如果你交出去，会发生什么事。首先，我的家人会知道，然后你的家人也会知道，我爸爸会受牵连，但是以他的人脉和厂长的关系，这件事他并不知情，他应该能得到比较宽大的处理，比如从厂里下来，回二十九或其他分厂当头头。我爸肯定因此恨透了你家，会想尽办法，找人也得把你爸撤了，你爸能回去当段长就不错了，很可能只能当个老工人，五十来岁了，在别的分厂也找不到地方。然后……"

我要说话，她伸手打断，继续说下去："然后，你爸被提早下岗，买断工龄，几万块钱打发了，从此郁郁寡欢。其次，你想通过进厂再去大连肯定不可能了，由于我爸的影响，你连本厂都回不去。最后，你妈妈积郁成疾，早早得病死了。"

这句话太恶毒了，我实在不敢相信，这是从她嘴里说出的，她那么温柔恬静，但是，她说的确实也是有可能的，我妈是个极为要脸面的人，这事肯定会把她气个半死。

从小到大，我爸妈教育我的都是人要善良，但他们从没想到社会上有那么多的丑恶，当我们这些秉承善良的人遇到那些丑恶之时，我们该怎么做？以德报怨？以恶制恶？他们从没教过我，很可能他们自己也不知道。

天保姐姐站起来，拿着包，走到我旁边，弯下腰，在我耳边说："小祥，乖，听姐姐的话，忘了这一切，你的前程，你爸妈后半生的幸福，都会因你的稳重而得以善存。我也会永远记得你的好的。回头去了美国，姐姐给你寄歌带。"

她口吐芬芳，体香如麝，我在那一刻，头晕目眩。等清醒时，她人已经走了，只留下桌上印着红唇印的咖啡杯。

从省城回来后，我回了家，毕姑娘没有跟我回家，她说还不到时候。我刚到家，便听到了一个意外的消息：就在我见到天保姐姐之后两天，米耗子和天保姐姐两个人在松花江畔双双落水死亡。据说捞上来时，两个人死死抱在一起，不得已只好把两个人的手指掰断才下葬。

这个消息上了省城和我们市的日报，人们众说纷纭，目击者说看到两个年轻人黄昏时在江边争吵，男人追着女人，最后一起失足落水。七月正是汛期，松花江涨大水，没人敢下去，第二天才在下游某个桥洞处捞上来两人的尸体。有人说是恋人殉情，有人说是见色起意，但我知道，这是一个复仇的故事，是一个勒索未得逞而最终走向毁灭的惨剧。米耗子的照片，便是他勒索的工具，但他没想到天保姐姐会那么刚硬，会和他正面对抗。最终的死亡，也维护了自己和家人的体面。

很多年来，我时常会后悔，如果当初我收走米耗子的那张照片，就不给他，那后面的结局就会完全两样了，没有人会死，所有人都会得偿所愿。我的一念之差，影响这么多人的命运，这让我每次想起，都觉得脊背发冷，悔恨难熬。

故事的最后索然无趣，我爸爸在二十九分厂厂长的位置上顺利干到退休，我毕业后进到本厂设计院，通过天保爸爸的运作，两年后转去大连分部，天保也去了大连分厂。我们分别在大连结婚生子，爸妈退休后来到大连，和我一起生活。对了，我和毕姑娘没有成，天保倒是和海容结婚了，海容后来在大连开了一家韩国餐厅，生意还可以。女儿死后，天保继母一度有些精神恍惚，后半生信了基督教，非常虔诚。

有一个细节，我一直没有讲，我想留到最后，因为我也是很久后才从天保那里得知的。那是很多年后在大连，有次家庭聚会，又喝多了，我和天保俩人酒后醉醺醺地在街上走，看着天上的星星，有一搭无一搭地说起了往事，渐渐就说到了1993年春节的事。

天保停下来，摇摇晃晃地看着我说："我是后来才听说的，席宝华和贵林俩人的死亡场景，是马处长前阵子和我爸说的。"

我俩脸都要贴上了，他的酒气全喷到我的脸上，他说："贵林一共开了五枪，第一枪应该是鸣枪示警，后面四枪都打到席宝华身上了，三枪要害，一枪是腿。席宝华的猎枪一共只有两颗子弹，都打出去了，一枪打在贵林身上，一枪打的头。"

太凶狠了,这两个人,都是狠人。时隔多年,听他讲这个场景,还是让我感到震惊。

"但是,"天保趴到我肩上,在我耳边轻轻说,"现场应该还有一个人,但因为第二天围观的人太多,把现场破坏了,分不出脚印了。"

"哦?何以见得还有一个人呢?"我问,声音有点颤抖,我脑海里浮起了天保姐姐的样子,温婉清丽,永远停留在二十出头。

"是个老警察分析的,"天保低声道,"那个老警察觉得,可能是两人互相开枪,都被对方打伤了,这时,出现了第三个人,这个人分别捡起枪,把另一边的人射杀了。就是说……"

我忍不住替他说完:"用贵林的枪,把席宝华打死,再用席宝华的枪,把贵林打死,或者顺序相反。"

天保下巴放在我肩膀上,往下点了点,表示同意,又过了好久,才说:"这只是一种推测,但因为证据不足,最后没有被采纳。所以,找了个各方面都能接受的结论,把案子结了。"

我感觉全身都浸入了冰水中,手脚都没有了知觉。天保一直趴在我身上,大半身的重量,都压给我,让我久久喘不上气来。

1

李刚在路边停好车,和小蔡一前一后踩着雪,往十四街区的仓房走过去,这是12月份的一个工作日的早上7点钟。入冬以来下了几场雪,仓房顶上盖了厚厚一层白被,空气里弥漫着煤烟味,还有种说不清的臭味,越往里走,臭味越浓。他俩都穿着墨蓝色冬季外套,戴着制式棉皮帽,头顶警徽,臂章上写着经警。看热闹的人大多是下夜班的职工,还有些买早点的老人,纷纷让开条道,俩人在仓房胡同口的警戒带前停下了。这片仓房年头很长,是多年前住在这片楼区的居民们私自搭建的,厂子房产处也默许了,后来厂西盖的住宅楼索性统一盖了仓房,每户都有,私建就停止了。这些自盖的仓房连地基都没有,材质各异,高矮胖瘦也不同,光是门就有许多种,桌椅板凳拼的，树枝编的，铁皮包的，都是主人各显所能的智慧结晶。唯一需要遵守的公德是留出一条条狭窄的通道，像北京城里的胡同，曲里拐弯，纵横交错，胡同的地上有许多冰，看得出是刚刚冻上的，走起来哧溜滑，李刚俩人弯腰钻过警戒带，小心翼翼地看着脚下往里走。煤烟味道越来越大，长长的消防管顺着仓房里的过道蜿蜒进去，一个消防员穿着全套防护服，从胡同里面拖着水管往外走，看到李刚他们俩，便掀开头盔罩。李刚一看是海峰，厂区这边的消防中队的队员，也是本厂子弟。李刚主动说话："我怕里面不好挪车，把车停外面马路上了，下来走了一段，咋样了？"

海峰点点头："我们车也停得远，大车进来不好掉头……"他的橙色消防服上已经布满了污垢，走到俩人跟前，又说："早完事了，怕有余火，就没着急撤……"他用戴着大厚手套的手往里一指，"走进去左转，就能看到，你们头儿已经到了，在那儿看着呢。"

小蔡也打招呼："最近好像着火的事挺多，几点来的？"

海峰感慨道："那可不，一到年底了就这样，上周一次，这周又一次，等春节时候是最忙的，一天得出来好几趟，这个是后半夜发现的，3点来钟吧，接的火警电话，我们过来一看，都烧差不多了，几下就灭完了……"说到这儿，他声音低下来，小声地对李刚说,"灭完发现,有人死了。"

李刚和小蔡交换了下眼神,他们都是一早在睡梦中被电话叫起来的,冯眼镜在电话里已经说了有命案,海峰说:"我这边忙完了,该走了。"一边说,一边拖着消防水带往外去。胡同很窄,李刚俩人侧身贴边给他让路,李刚不忘说一句:"辛苦啊!"海峰笑着回了句:"谢谢领导慰问。"三人都笑了。应是被这笑声吸引,胡同里面又冒出老陈来,老陈是他们保卫处的同事,年近五十,昨晚值夜班,老陈凑过来,瞅瞅这个,看看那个,有点埋怨地说:"咋才来呢?我和冯处长5点钟就到了,天还漆黑呢。"李刚没说话,小蔡嘀咕了一句:"现在也刚亮。"老陈平时干活一贯拈轻怕重,这回比他俩早到现场,回去至少能吹一个月,老陈又压低声音说:"头儿在里面,心情不太好。"李刚点点头,和小蔡接着往里走,在胡同十字口往左拐了个弯,这是个死胡同,里面右侧有一堆黑乎乎的断壁,还在冒着热腾腾的白烟,不用说,那就是着火点了。

过去盖仓房主要是为了存放煤,1990年代以前厂家属楼做饭是烧煤的,煤站定期挨家挨户送煤,后来统一安装天然气管道,楼房区就再没人烧煤了,仓房的功用就成了堆破烂。冬储土豆大白菜这些得放到菜窖里,因为仓房没有取暖设备,最近这些年,有些街区的仓房已经陆续扒掉了,但十四街区这片还保留着，只是越来越少维护，每次大雪大雨后都有坍塌的。他俩站在断墙边，探头看着里面，火早熄了，黑漆漆乌糟糟的一片狼藉，没有一丝生气，地上铺了一层厚冰，残存物里能依稀认出一辆自行车的框架，横梁和轮毂上也挂着一圈冰，在狭窄的地面上，有一堆半人高的物体，被白布盖着，看不到里面。

"你俩可算来了。"忽然听到一声招呼，冯眼镜在废墟另一侧的断墙后闪出来，把他俩吓了一跳。冯眼镜没穿配发的寒带皮衣外套，而是搞了件浅灰色羊绒大衣，他自己主动先解释："昨晚喝多了，在我大舅哥家住的，大清早的老陈来电话，说这边着火了，我正好离得近，走着就过来了……"他说话时心平气和，没有看出不高兴来，他低头看了看自己肚子，又说，"我大舅哥的衣服，太小了。"这衣服确实不合身，大衣扣一系，全箍他身上，整个人像个水桶。

李刚问："刚才海峰说死人了？哪儿呢？"

冯眼镜皱着眉头，轻叹了口气，用戴着皮手套的手指着盖白布的那坨物体："那个。"他见李刚和小蔡都发愣，又补充道，"挨着酸菜缸，一起盖上了。"

李刚小心跨过断壁，伸手掀开了白布单。首先认出的是半个酸菜缸，已经炸开，酸菜都涌出来了，被冻在一起，上面有一层黑灰，旁边还有堆东西，也是黑乎乎的，能清楚看出是个人形。一个坐着的烧焦的人，低头，双臂微弯垂在身体两侧，像在打盹。刚才胡同口闻到的臭味来自他身上，是烧焦的皮肉味。

味觉和视觉的双重冲击下，李刚全身的汗毛都竖起来，他屏住呼吸看着尸体，头颅圆滚滚的，早没了头发，面容狰狞，眼睛没有了，只剩下两个洞，牙齿全露在外面，像疼得在无声呐喊，身上的衣服也基本烧光，黑色躯体上挂着血红肉色。小蔡抽了口冷气，颤声说："我把鞋套带来了，你穿上，别破坏现场。"

冯眼镜哼了声，说："这水一浇，再一冻，现场都给造完了。我给法医那边打电话了，六院的救护车很快就过来拉走，你们拍照吧，只能是尽量。"

小蔡也跨了进来，一下没站稳，身体一摇，赶紧扶着李刚说："我还没看过这样的呢。"冯眼镜在外面说："别碰尸体，让法医化验。"李刚觉得有点憋不住气了，用手捂住口鼻，上下打量了一番，尸体脚上的尖头皮鞋还算完整，其余的衣物基本就认不出了。小蔡干呕了一下，冯眼镜大声提醒："要吐出去吐啊，可别吐在现场。"小蔡说："我就受不了这股油味。"李刚下意识地吸了口气，除了焦臭味外，还有股化学品燃烧后的味道，应该是煤油的味道。他低头再查看，酸菜缸旁边，有一个扁平的铁桶。大半桶身被冰盖着，只露出一角来，估计是那种十升的油桶。他招呼冯眼镜，用手指了指铁桶，冯眼镜点点头说："我一来就看到了，煤油着火，所以烧这么狠。"

六院的救护车来了，几个人把尸体用白布盖上，再用担架抬出来，仓房外面聚集的人越来越多，烧死人是大事，一下就传开了，几个人一边抬一边大声驱赶，冯眼镜气得直骂："这帮玩意儿上班不积极，看热闹一个个热情老高了。"他们把人抬到救护车边时，一个中年女人从人群里挤出来，高个，短发，棕黄色的貂皮长大衣，妆化得很顺眼，脸色苍白地对冯眼镜说："那个仓房，是我家的……"又看了眼尸袋说，"是他吗？让我看一眼。"

冯眼镜好像认识她，但并没有打招呼，只是说："别看了，都没人样了。你留个电话吧，有消息回头和你说。"

女人点点头，涂了口红的嘴唇微微发抖，神色黯淡，李刚看着她，心里一动："她好像并不怎么难过，更多是受了惊吓。"

和女人的谈话直到下午才开始，尸体送走后，他们留在现场拍照，又检查了一番，初步判断应该是煤油引燃的，那个铁桶应该没装满，不然烧得会更厉害。煤油这东西很多人家里都有，爱钓鱼的用煤油灯照明，野餐烧烤炉子也有用的。李刚家里就有一个，优点是方便，容易点着，缺点是不如炭耐烧。仓房里没找到煤油灯，也没找到烧烤炉，一共烧了两家仓房，死者家和相邻的一间，那个邻居的仓房早就废弃了，人也搬走了。李刚辗转打电话过去时，那人漠不关心，说："烧就烧了，全是破烂，也省事了。"

死者身上钱包里面残留着半个本厂工作证，叫王冠军，是原二十八车间，现在叫耐火材料分厂的会计。他家就住十四街区六栋这边，前几年搞房改，房子都被个人买下来了，但经济条件好点的都买新房，他家还住这儿，说明经济一般，仓房应该是很久以前别人盖的，被他接手了。大多数人家的仓房就是存放破烂，很少使用，王冠军家的仓房比一般人家的仓房要大一些。"这里面有啥呢？"李刚问女人。

女人摇头："破烂呗，能有啥，啥家里不要的，一时又不舍得扔的，就堆那儿了，都是他弄，我多少年没进仓房了。对了，我俩早就分开了，我现在住四十二街区我妈家，偶尔来这边拿点东西。"她说话时，掩盖不住满脸的疲倦，早上时见到的一脸妆容已经洗去，现在就简单画了口红和眼睫毛，没有涂粉底，脸色蜡黄，下眼袋很大。她叫张春丽，是厂第二招待所的前台经理。本厂有两个招待所，最早的一招始建于60年代，设施渐渐老化，房间数量也有限，90年代初又修建了二招，服务员和厨师都是经过专门的培训才上岗。二招开业当时是件大事，很多职工家属的子女挤破脑袋都想进去，最后优中选优，挑了一批。张春丽就是那一批幸运儿之一，干了十多年，张春丽成了所剩不多的元老。她昨晚值了一宿的夜班，早上回家时听到了消息，上午她回娘家补了个觉，吃完午饭后被叫到保卫处这边。

虽然已经年过三十了，但张春丽还是风姿绰约，属于第一眼美女，她从兜里掏出一张照片，递过来："你们要的，王冠军的照片，不过是以前的，他近期的我就没有了，我们早就不一起拍照了。"

李刚接过来一看，不由得暗暗感叹一声好看！一对青年男女偎依在一起，穿着都是90年代的时髦打扮，女的军绿色连衣裙，男的上身石磨蓝牛仔夹克，下面同色仔裤，白色耐克篮球鞋，神情得意。特别之处是男的烫头，女的反而是短发。看背景是某处风景区，青山绿水，照片里的两个人俊男靓女，看着就让人愉悦。

李刚看看照片，又看看张春丽："你头型一直没变。脸也没啥变化。"这话说得有点言不由衷，女人明显是老了，老了很多，神情也很憔悴。

女人说："这是我们1992年去秦皇岛旅游，在燕塞湖拍的。刚结婚一年吧。"

小蔡插嘴："王冠军长得不错，穿得也挺好看，他咋还烫头呢？"

张春丽低头轻笑了下，说："谁烫头是这种小细卷啊，他那是天生的，自己不喜欢，他以前总剃寸头，后来别人说看着太歹，就留起来了。"她笑起来非常好看，一扫刚才脸上的疲倦忧愁，很是赏心悦目。

王冠军确实长得不错，李刚端起照片又看了看，五官标致，眼睛很有神，没有一般人拍照的那种紧张木讷。李刚桌上还有一份王冠军的人事档案，那上面的照片是黑白的，更年轻一些，剃的就是寸头，神情木讷。从履历表上看，他1970年出生，比张春丽大三岁，今年虚岁三十五。80年代末进二十八分厂当财务，是国营正式工，二十八分厂烧砖的工人都是大集体编制，正式工不多。看简历，他中学毕业后没考上大学，在社会上混了几年，又去哈尔滨念了一个财会中专，回来就进厂了。

张春丽这时说："这小子就是长得好，别的一无是处。我年轻那会儿爱玩，去咱厂文化宫跳舞，被他看上了，追了快一年。结了婚我就后悔了，他没上进心，爱玩，爱赌，还在外面撩女人，挣的钱也不往家拿。我俩一直没孩子，离婚也省事，但他不肯，就这么拖着，得有两年了吧。前阵子他终于松口了，同意办手续，现在好了，人没了，那个房子当初还是我家拿钱买的呢，他家都没拿钱，现在他妈肯定得跟我争，那家人都不讲理。我可是倒了霉了，摊上这么个东西……"说到这里，她止住了话头，眼圈也红了，眼泪在眼睛里打着转。李刚知道，那不是为死去的人流泪，是为自己的苦命流泪。

小蔡问："最后一次见他是啥时候？他昨天干啥了你知道不？你自己昨晚一直在值班？"

张春丽掏出手绢，小心地拭了拭眼角，稳定住了情绪，从容地说："昨晚我上夜班前，回家一趟，就是我和王冠军的家。别人送我爸一瓶好酒，古井贡，我妈让我给他拿过来，这小子爱喝，见好酒不要命。我上夜班路过十四街区，给他送过来了，他挺高兴，说晚上就给喝了……"小蔡插话问："那是几点？"

张春丽回想了下："应该是6点来钟吧，我们二招值班有工作餐，我都去单位吃，所以走得比一般上夜班的早。反正上楼没待几分钟我就走了，他那会儿还没吃饭呢，他说一会儿弄个烩锅面，冰箱里有猪头肉，再炒个花生米，自己喝点。"

李刚问："刚才你说你们感情不太好，早就分居了，你咋还给他拿酒呢？这么看不还可以嘛。"

张春丽长叹了口气，眼睛看着窗外，喃喃地说："我真不愿意，是我妈非让我拿。也不是我妈喜欢他，她想让我俩好聚好散，就是离了，咱这么大个地方，也经常能见着，搞太僵了不好。我妈要脸，老怕他在我背后讲究我，其实有啥可怕的，他一直也没少说。"

小蔡问："后来呢？你几点听到着火的消息？"

张春丽稍微想了下，说："应该是快下班的时候，早上5点来钟吧，我们值班后半夜一般就留一个在前台，别人都在宿舍里休息，有事再起来。我那会儿正眯着呢，班上人喊我，说有电话打到前台了，找我的，我一接，消防队的，说我家仓房着了。完了我就出来了，对了……"女人说到这里，想起来啥，瞪着眼对他俩说，"这个王冠军，昨晚大概10点来钟吧，给我来过电话，也是打到前台，我同事接的，转给我了。"

"哦？"李刚和小蔡对视了下，李刚问，"他因为啥打电话？"

张春丽不屑地说："他没啥事，他就那毛病，喝多了就开始哭，完了打电话，熟人挨个打，说对不起人啥的。每次都整这一出，第二天再问，啥都想不起来了。他昨天也是，电话里呜嗷地哭，我在前台接的，气得我骂了他几句，给挂了。"

"打到前台？"小蔡发现了问题，"你也是二招的主管了，也没配个手机？"

"没有！"张春丽不满地说，"可不嘛，我说我自己弄一个，单位给报个五十块钱月费也行啊，不行，我们那领导……"她撇了撇嘴，不再说下去了，过了会儿，又说，"所以我为啥给他挂了,我们二招总机就三条线,他又没啥正事,再把别人的事给耽误了咋办?"

"电话里到底说啥了?多长时间?"李刚问道。

张春丽摇摇头:"我也没掐点看,应该就几分钟的事。开始是别人接的,我又听,一听就知道喝多了,说活得失败,对不起我,他愿意离婚。我说我这儿上班呢,有事回去说,他还磨叽,还哭,我就恼了,挂了……"说到这里,她打了个哈欠,用手掩着嘴说,"不好意思,我回去也没睡成觉,一会儿一个电话,全是亲戚朋友的,还有几个不放心,中午跑我妈家看我来的,我这一会儿还得去上班,这周轮到我值夜班,还有啥事不?"

李刚和小蔡互相看了眼,李刚说:"没啥事了,我们想起来啥,再去找你了解。"说着,三个人都站了起来,张春丽拎起包往外走。李刚注意到,她的包是名牌,又穿着貂皮大衣,这个女人的经济条件还是不错的。送她往外走时,小蔡追问道:"王冠军和谁的关系比较好?"

张春丽头都不回地说:"你们找田田去,他俩打小一起长大,互相啥事都知道。"

"哦,田田,大名是啥?哪个单位的?"小蔡问。

张春丽已经走到保卫处的大门口,掀开棉帘子,说:"田晓刚，六分厂的。我走了啊！"帘子一掀开，外面一股寒意呼啸着涌进来，起风了。

田晓刚，一说这名字李刚就觉得熟悉，他去问冯眼镜有印象不？冯眼镜靠在老板椅上，看着天花板想了会儿，一拍桌子："让山炮来。"

山炮进来了，听到田晓刚的名字就说："田田嘛，知道，六分厂的。之前抓过他一次，他好赌，在家里打牌也就算了，上次是在车间休息室打牌，带彩儿的，给举报了。那小子胆小，吓得哇哇哭，说要是被开除了全家都得饿死，最后六分厂的书记跟劳资处的人求情，给个记过处分，再有一次他肯定走人。咋了？你们又抓着他了？"

李刚把事一说，问山炮知道王冠军不，山炮想了会儿："没啥印象，至少我办案没碰到过。"

冯眼镜接过话说："王冠军我倒是知道点，他家最早住十街区的，他爸以前咱厂组织部的，家里哥三个，他哥1984年严打给毙了，好像是把人捅了。他还有个弟弟，前些年说是得罪了社会上的人，跑路了，也不知道死活。这小子也没学好，打架，撩女生，就是长得好。他老婆张春丽，你们刚见过，当年可是咱厂有名的美人，被这小子追上了，都快领证了。女方家里一直不愿意，这小子拎把菜刀，跑女的家里去了，说谁不同意我砍谁，砍完我就地抹脖子。就这么着，俩人结婚了，结了婚这小子也不好好过，老在外面扯，又闹离婚。最后，这样了。"冯眼镜直摇头，很为张春丽惋惜。

小蔡说："我说上午那会儿感觉你和王冠军老婆认识，他两口子你都熟呗？"

冯眼镜摆手说："不熟不熟，咱厂的，打听下基本都知道，前些年因为接待任务，我总去二招，跟张春丽还算认识，路上碰着也打招呼，跟王冠军从来没说过话。早上这种场合也没法说话。说啥啊？问人家离婚办咋样了？按说这话我不该说，但这小子死了是好事，不死他就还得折腾别人。"

李刚说："头儿，他大哥被枪毙的事，能不能问问，没准王冠军也有关系呢。"

冯眼镜靠到椅子上，思索了会儿，说："这是个思路，我想想找谁去问呢。那阵子比较乱，咱们处那会儿还叫公安处，看门还是部队的武警呢。我打几个电话问问吧，办案的也不知道还在不在。"

第二天上午，按照冯眼镜的嘱咐，小蔡去六分厂把田田找来了。田田是开大铣床的，穿一身油腻的工作服，没穿棉外套，冻得呲呲哈哈地进来了，一坐下就说："是王冠军的事吧，刚才蔡警官和我都说了，我肯定全力配合，知无不言。"

李刚听了哂笑："还蔡警官，咱都一个厂的，就喊他小蔡吧，喊我李刚就行，我们都这么叫。"

"哎，好，好。"田田忙不迭地点头答应着，他是个娃娃脸，一说话脸上就浮起笑意。他和王冠军打幼儿园时就是一个班的，小学初中都是同学，高中不是一个班，都在本厂子弟学校念的书。田田高中毕业后参军了，退伍后进厂当工人，自从接班进厂给取消后，这成了许多本厂子弟的一条路。王冠军有高血压，参军体检不合格，只得另外想办法。王冠军的父亲在厂组织部工作之前，还当过一阵儿十车间主任，有点能量，找了不少人。最终给弄进来了，只能去二十八分厂，这个厂不在厂区，在江边，位置很偏，但怎么说也是国营身份。

田田说有阵子没见王冠军了，俩人关系是好，但很少凑一起打牌。因为王冠军爱好太多，唱歌、跳舞，夏天钓鱼，冬天滑冰，还爱打扮，手机也老换，摩托罗拉新出的旋转手机，第一时间就搞了一个，穿的是麂皮夹克，花了好几千，反正是个场面人。李刚纳闷："他一个会计，哪来那么多钱，这消费水准，咱厂一把手估计都比不了。"田田眨眨眼，含糊地说："具体我也不太清楚，各有各的生财之道呗。"

这话听着很消极，山炮火了，拍了下桌子，训斥道："有啥说啥，别遮遮掩掩的，小心我跟你们分厂领导反应，说你又玩上了。"

田田笑脸瞬间变哭脸："天地良心，我哪还敢玩啊，大哥我不瞒你说，现在别说在厂里，就是节假日在家我都不敢玩了，我就怕又上来瘾了，收不住自己。你们知道我为啥最近很少跟王冠军联系？一个是消费太高，我还得养家呢，二是他有时候去歌厅，带小姐回来，会叫人一起打牌，我就怕我赌没戒掉，黄又染上了，所以都躲着。他也知道我啥想法，后来也不叫我了。"

"带小姐回自己家？这小子玩得挺开啊，他不还没正式离婚吗？就这样了。"李刚鄙夷地说，他很看不上这种人。没结婚的爱玩还可以理解，结了婚还这样，就有点不要脸了。

田田犹豫了下，小声说："他跟张春丽早就不行了，他说张春丽在外面有人，他自己在外面也有相好的。就是，你们知道吧，他有不少女朋友，但这阵子有一个比较固定的，叫小雪的，在天地豪情歌厅坐台的。反正上两次我们吃饭，他都带着，长得挺好的。你们要不跟她聊聊，不过我没她电话。"

"行，我们会的。"小蔡在本子上记了几笔，抬起头又问，"他最近一次和你联系，是啥时候？"

这时山炮出去接了个电话，片刻开门探头进来说："我有点事，得出去趟。"李刚忙说："没问题，你忙你的。"山炮的身影一闪而去。小蔡示意田田："咱们继续。"

田田笑了："我刚进来就想，你们啥时候问我呢，昨天晚上，他给我打了个电话……"他没说完，就被李刚和小蔡同时打断了："具体几点？说啥了？"

田田翻出手机来，拨了几下，给他们看："昨晚10点13分，通话5分16秒。"他放下电话接着说，"王冠军酒品不好，喝多了爱哭，完了就打电话。昨晚我在家都要睡觉了，一看他这电话，估计十有八九。果然，开口就是哭，说对不起，让我原谅他，人生失败，不想活了啥的。我本来想多安慰他一下，张春丽跟他闹离婚，他心情一直不好，但我老婆不乐意，旁边跟我又是翻白眼，又是掐胳膊的，嫌我影响她看电视了。没办法，我哄了他几句就挂了，他也没啥事，翻来覆去就那几句，他每次喝了酒都是这套嗑。"

"你就没考虑过，他要自杀吗？说这些话，你没当个事？"李刚心想这难道就是遗言。

田田苦笑地摇头："可拉倒吧，谁能自杀他也不能。他每次喝了都那样，这么多年，我都习惯了，第二天就跟没事人一样。"

"那他到底有没有对不起你的地方呢？"李刚问，问完自己先笑了。田田也笑了,摇头说:"那没有,我俩一起长大的,冠军吧,性情中人,毛病不少,但人不坏,别人看他不顺眼,那是不了解他,他就那样。"

小蔡问:"他跟张春丽闹离婚,到底是因为啥?都有外遇?张春丽的外遇是谁?"

田田垂下眼皮,想了想,抬起眼看着他们,认真地说:"王冠军疑心重,看张春丽跟谁说话,都觉得像是那啥,你们知道吧。俩人婚后老干仗,他动手打过几次张春丽,打得挺狠的,所以后来就没法过了。他俩分居得有两三年了,张春丽回娘家住。在我看,不管张春丽有没有外遇,他们俩都过不到一起去了。你们想啊,人家二招前厅经理,接触的都是来咱厂出差的客商,还有上级领导、外国专家,档次多高啊。回家一看,王冠军就一个砖瓦厂小会计,一个月挣千八百块钱,那肯定是越来越看不上啊。"

"那张春丽到底有没有外遇呢?你听王冠军说过具体的人没有?"小蔡追问道。

田田摇摇头:"没有,他只是怀疑,也没调查,俩人感情早完了,没有那争风吃醋的劲儿了。他俩一直没离成婚,主要是王冠军想拖两年,等张春丽年过四十了,还咋找?我后来劝过他,既然不想过了,就好聚好散。你过得好,她过得好,这才是最好的结果。他后来也想明白了，也松口了，说等过了年的，结果……"田田手一摊，说不下去了。

2

周大厨自从春天时中风之后，就没法下厨炒菜了。那天刮大风，他站在江边看跑冰排，看到高兴处刚张嘴要喊，忽然就说不出话了，右半边身子不听使唤，嘴巴也歪了，眼泪鼻涕口水全顺着右边淌，然后就倒下了。作为沿江春野味饭庄的老板和掌厨人，他是饭店上下二十号人的定海神针，后厨忙碌时，烟火中看不到他消瘦的身影，炒锅声里听不到他那公鸭嗓子的叫骂，伙计们心里都有些失落。还好他恢复得不错，周大厨女儿秀芳开车拉着他走访了各路名医，最终是在市里一个老中医那儿针灸了两个月，每周三次，眼瞅着见好，嘴不歪了，身体也正了，半边胳膊也能挥动了，周大厨一家喜上眉梢，秀芳差点当场给名医跪下，掏了个巨大的红包。照这趋势，春节后老爷子就又能回厨房了。现在是十二月份，大厨走路说话已经和平常人无异，仔细看才能觉察出，他讲话时多少有点含糊，吃饭时拿筷子夹菜还不是太利索。周大厨每天中午过来和大伙一起吃饭，厨房备料时他进来看看，指点下。晚上饭点前他就回去了，要早点休息，9点前必须躺下，这是他的孝顺女儿秀芳要求的。所以真正上客时周大厨是不在的，但影响力还在，饭馆生意也没受啥影响，还是如往常般红火。

"我爹生病，我咋没见你难过？你这个人，是不是麻木无情？"秀芳有一天质问林双海。她最近刚文了半永久眉，眉毛黑得很不自然，有种随时在瞪眼睛生气的感觉。她和林双海说话时总是这种不耐烦的样子，好像随时要发脾气。她跟店里别人说话，倒是都挺和气的。

林双海皱皱眉，吭哧半天，最后用手指点了两下自己的胸口："心里，我心里难过。"

"哼，得了吧。"秀芳眉毛挑起老高，不屑地说，但转脸又是一副笑吟吟的表情，"我爸说，这回大菜你主勺，完了他要给你介绍下那些客户，咋样，你高兴不？"

"没，没必要吧。"林双海还是无所谓的表情。他在切菜，把发好的笋干切成一片片，冬天的水很冷，他的手冻得红肿，有数不清的小口子，整个手看着像两个水淋淋的红萝卜。这些话他都听过不止一次了，饭馆的生活枯燥单调，同一件事没完没了地做，备料，炒菜，清洗，人都像木偶一样，干久了都不会思考了。任何一点新鲜事，都值得他们谈论咀嚼很多遍，比如研究个新菜，弄到一种新食材，大伙要围着讨论好久。不是他们多热爱业务，而是他们太无聊，实在没有别的事可做。

把林双海介绍出去的话，周大厨之前就说过，秀芳当然也说过。大厨三年前收留他在饭店打杂，半年后就开始打荷，跟着大厨学炒菜，林双海说他以前在食堂帮过工，没干过饭店，但人聪明，啥事一学就会。周大厨说，这南方小伙儿天生适合吃这碗饭，一再给他加工资，把他留住。春天周大厨中风后，林双海成了饭馆实际的主厨，不过没有和外面人说，毕竟很多客户来这里吃，都是仰慕周大厨的名声和手艺，传出去有点不好解释。但林双海的菜做得无可挑剔，正好借此机会，周大厨也想退休了。反正他是老板，拿不拿工资无所谓，他想给林双海一些股份，把林双海彻底留住，最好呢，能跟秀芳结婚。两口子一个管前面客户招呼，一个管后厨，让饭店就这么永远红火下去。

秀芳看着林双海切菜，先片成片，再拿出一小部分切丝，刀声细密，节奏如一，切出的笋丝牙签般粗细均匀。北方很难见到新鲜笋，这东西北方人也不会吃，但他们家是野味饭庄，主打各种山珍野味，笋是必须的配菜，所以每年都会从浙江富春江那边订一批笋干，自己泡发，切好，放到冰水里，做菜时随取随用。其实这个打荷备料的活儿可以让别人做，但林双海说自己闲着也是闲着,他总是这样。饭馆里的伙计都是拿一份钱做一份工,谁会没事多做呢?只有他例外。

林双海切菜时表情专注,他个子也就一米七吧,在北方男人里算矮的了,当地二十来岁的同龄人大多数都是一米七五到一米八的个头。林双海的长相一看就是南方人,眼睑外露,双眼皮大眼睛,嘴唇有点厚,皮肤细腻,是那种南方人的黄白,和当地人粗糙的暗黄色不太一样。伙计们有时没事会逗他:"小上海,你确定,你祖上不是越南人?"他们觉得林双海叫起来太外道,念快了就成"小上海"了,但实际上林双海不是上海人,他都没去过上海,但别人这么叫他也答应着,算是认了。连周大厨偶尔也会喊他小上海,只有秀芳不喊这个绰号,她不喜欢和别人一样。

广涛这时回来了,见到林双海在切菜,立刻摘下帽子手套,脱下外衣,嘴上叨叨着:"哥,不好意思,我回来晚了,市里回来的车在二道江那儿堵了会儿。"他把毛衣也脱了,穿上白色褂子,赶紧接过林双海手里的刀,嘴上一直在说:"不好意思,是我的活儿,你都帮着干了。"

林双海站到一边,想了下,从冰柜里拿出一大块肉,放到另一边砧板上改刀切起来。秀芳噘着嘴对广涛说:"你们都欺负他,啥活都让他干。"

广涛苦着脸:"秀芳你咋这么说呢,谁敢欺负海哥啊,他就跟你爸半个儿子一样,哦,对应该说,大半个女婿,对吧?"说到这儿,他停下刀,冲秀芳挤了挤眼睛。

秀芳佯怒道:"少占我便宜!"挥手作势去打,广涛往旁边夸张地歪着身子去躲。当然,秀芳不会真打过去的,他们都知道。自从看上林双海以后,秀芳再跟伙计们打闹就很有分寸了,绝对不会有身体接触。她怕林双海介意,虽然林双海从没说过什么。

林双海现在切的是鹿肉,野生梅花鹿是保护动物,但养殖的是可以吃的,主要是为割鹿茸,鹿肉不算金贵,但有股特别的腥味,一般人家里不会做。在他们沿江春饭庄,这属于最普通的野味菜,用霉干菜烧的甜咸口,用番茄酱烧的酸甜口,都好吃,配料重一些,完全吃不出鹿肉的膻味。今晚顾客就点了松仁狍肉,狍子肉订了还没到货,他们就改成鹿肉。林双海要先把肉切成大片,裹上松仁,卷成卷,放到酱汤里卤三四个小时取出,晚上叫菜时直接切片端上就行。

秀芳接着说:"今天晚上这桌,都是市里的领导,大老远跑咱这儿吃来的,还都不敢开公车,怕被人发现了去说。我爸说了,吃完了,他领着你,去前面敬一圈酒,他跟请客的廖局长关系挺好,都打过招呼了。你说咋样,愿意不?"

林双海被她纠缠得没办法，只得停下来，伸直腰，用手捶了捶后背说："周叔说咋办，就咋办，我都行，你们觉得好就行。"

秀芳开心地笑了："就等你这句话。"说完立刻觉得自己有点失态，又板起脸，吩咐道，"哎，晚上吃饭时，给我做个拔丝黄菜，我好久没吃，有点馋了。"

饭馆的人一般是晚上5点钟吃饭，吃完开始干活，如果生意好，11点多会再加个夜宵，就是煮个炝锅面，来份饺子啥的，但5点这顿饭不含糊，要吃饱吃好，不然干不动。沿江春饭庄工钱给得不算高，生意又好，工作很忙，但伙计们都很稳定，员工吃得好是很重要的一条，除了特别昂贵的食材，一般的都能吃。周大厨自己胃口差，经常就摊个荷包蛋浇点酱油，配着白米饭吃，但伙计们该吃的一点不带少的，可不像有些饭馆，老板一家大鱼大肉，伙计们天天炒土豆丝。秀芳爱吃甜食，时不时就让林双海给自己做个美丽豆沙，拔丝地瓜啥的。有回她让林双海做拔丝香蕉，林双海挠挠脑袋："香蕉，那东西水分大，得裹面糊，做出来不太好吃。"

"我不管，我要吃，你赶紧做，做不好，你就琢磨下，怎么能做好。"秀芳颐指气使。

林双海想了想，最终做出的秀芳很满意："这个味道太好了！放的桂皮粉？"她咬了两口，惊叹道。

"对!"林双海笑了,他一笑,牙齿雪白,整个人神采飞扬,一扫平时的阴郁气质,"我吃麦当劳,那里的苹果派里放了桂皮粉,我就琢磨着,可以用它做香蕉试试。"

秀芳很高兴,拍了他肩膀一下:"爱琢磨,要不我爸咋喜欢你呢?"

今晚秀芳要吃的拔丝黄菜,也是个甜品菜,东北管鸡蛋叫黄菜,嫌鸡蛋名字不吉利。拔丝黄菜这种菜做起来麻烦,又卖不上价,很多高端饭馆都不给做了,除非老顾客非要吃。说起来也简单,鸡蛋液里加淀粉水打匀,锅里一点点油,低温把鸡蛋液摊成薄饼,取出切象眼片,进油锅炸成蓬松块,白糖熬成糖浆翻炒挂上就行,难度不大,关键在于淀粉水的比例和熬糖的火候。林双海做得极好,秀芳吃过一次就赞叹:"比我爸做得还好。"

周大厨就坐在旁边听着,一点都不生气,笑眯眯地说:"少吃点,太甜。"

秀芳的哥哥,周少杰,坐在圆桌的另一头,阴沉着脸,没说话,把希尔顿狠狠地抽了一口,掐在烟缸里说:"赶紧吃,吃完还得干活。"

周大厨算是本地最早富起来的人,80年代末时,原本属于热电厂后勤处的沿江春饭庄有点搞不下去了。电厂想甩包袱关掉，但职工们不好处理，那时还没有下岗一说。饭馆掌勺的周大厨站出来，自己提前退休，要承包饭馆，大伙都说他傻，这事是那么好干的吗？要是好干，也不至于弄得快黄了。但周大厨主意拿得稳，饭馆从电厂脱离关系，年老的职工退休，年轻的愿意留的都留，再从社会上招几个学徒，没两年饭馆生意就蒸蒸日上。电厂这个单位很特殊，50年代国家在这座小城修了好几座大型工厂，电厂也是同时期配套修建的，70年代末扩充产能，又修了二电厂，一套班子统一管理。不光负责本地生活用电和工业用电，还向大庆地区供电，电厂的工资待遇在本地几个企业里不算出众，但有一条，职工福利特别好，啥都能搞到，啥都敢发。80年代时，钢厂、重机厂职工冬天就是分土豆白菜大萝卜，过节时发点带鱼最多了，猪肉都很少发。电厂能发牛羊肉、大马哈鱼，发橘子，发香蕉。那会儿东北人哪在冬天见过橘子啊，各单位的人眼都绿了。秀芳后来觉得，自己爹搞饭馆，职工吃得特别好，也是沿袭了电厂的老传统，嘴上不能亏着。

周大厨家里生不出儿子来，就把哥哥的儿子过继过来了，这就是周少杰。这小子学习不行，初中毕业就念不下去了。找人给弄到电厂技校，技校念完本厂子弟可以进厂接班，每家一个名额，周大厨从单位办早退也和这个有关。但周少杰心气很高，觉得电厂容不下他的鸿鹄之志，出去混了两年，经常让家里汇款，啥都没弄明白，又灰溜溜回来了。回厂已经回不去了，只能委屈他在饭馆里，本来跟着大厨学学做菜，有个一技之长也挺好，但他不肯，说油烟大，熏得恶心。那就管账吧，账也管不明白，一度造成严重亏空，差点进货的钱都没有，气得周大厨把大鱼盘子都摔了，下了狠心，周少杰以后在饭馆吃饭行，干不干活随便，零花钱也给，想管事，做买卖，没门。周少杰都快三十岁了，还吊儿郎当的，穿的衣服和自己的年龄很不符，更像十六七岁小混混，尤其爱穿黑色紧身裤，尖头皮鞋，腰带上挂个大铁链子，走东北民间摇滚范儿。他也是沿江春饭庄里唯一一个对林双海不太友好的人，他总觉得林双海是外人，周大厨不能对外人比对家人还好。

"你别跟我哥计较，他就那样，他也没坏心眼，就是爱蔫不咚地鼓捣。"秀芳怕林双海生气，就劝他，林双海摇头："我没计较。"秀芳等他接着说，他却没词了，只说了这么四个字。秀芳只得说："反正我哥怕我，你要是觉得他欺负你，你跟我说，我收拾我哥去。"当然，她也知道林双海是不会找她说的。

晚上的宴会很成功，八个菜，看着也不多，花了两万多，光酒水就有三千多。廖局长在店里寄存了两瓶茅台，全喝了。周大厨很高兴，趁着廖局长喝得还没神志不清时，把林双海领进包间了。一番介绍，廖局长大咧咧地坐那儿，喝得满脸通红，一手剔着牙，一手伸过去和林双海握手。周大厨殷勤地介绍各个菜的做法来历，林双海拘谨地低头在后面肃立着。廖局长似听非听，左顾右盼，忽然打断了周大厨的话："老周，你这里啊，我前后吃过不少次了，确实做得好，但有一样菜，你还没做过，要不要开发下？"

周大厨一愣，脑子快速回想着廖局长之前吃过的饭局，会少了哪个菜呢。没等他想到，廖局长打了个嗝，拍拍自己的肚子，说了答案："熊掌，哈哈，对，就是黑熊的掌。"他这么一说，酒桌上其他人也都跟着乐了，今晚请的是市里机关单位的几个头脑，都是和廖局长关系好的。统战部的老李说："那是保护动物吧，现在好像搞不到了，林区里据说都见不着了。"

周大厨也说："70年代的时候，我在电厂食堂招待省里来的人，做过两次，后来就没机会了，实在搞不到食材。这两年偶尔也有林区的人过来问我，我都没敢收，来路不明，怕收了惹麻烦。"

廖局长摆了摆胖手："咱林区的熊不行，我跟你说，比人都瘦。"他扔掉牙签，换了副诡秘的腔调说，"要是有上好的熊掌，你能给做吗？我弄你这儿来。"

一桌人眼睛都直了，在座的都是好吃的，寻常口味的吃遍了,天天就想着吃点特别的,市委侨办的小孟却泼了冷水:"那东西,别最后吃了就跟这一样,盛名之下,其实难副。"他指了指桌上那盘烟熏飞龙,就稍微动了几筷子,剩下一大半。

周大厨端起飞龙看了下,又闻了闻,放下说:"飞龙其实挺好吃的,但咱搞不到活的,只能是这种冻的,味道就差太多了,有机会弄到新鲜的就好了。"

廖局长不介意地摆手说:"这个不怪你,我知道,你之前就跟我说过了。熊掌呢?"他饶有兴趣地问周大厨,"味道咋样?值不值得搞?"

周大厨肯定地说:"值得!熊掌主要是准备麻烦,要用各种高汤煨,鸡猪牛骨熬的高汤。熊掌本身也要发好,不能有沙子和毛,不能有腥味,做好了确实很好吃。口感呢,类似牛蹄筋,但有种特别的味道,很难形容,反正一吃就知道,肯定和别的东西不一样。"

在座的人听了,眼睛都亮了,廖局长拍了下桌子:"好,那就搞。那什么……"他勾勾手,把周大厨叫到自己身边,小声在他耳边说,"我有个认识的,答应从俄罗斯那边,弄一批熊掌过来。价格你不用管,放你这儿,你给做,完了你收些手工费,咋样?"他看了下自己的手表,接着说,"就春节前吧,我这哥几个,再过来,之前我先安排人把货送上来。钱的事,你回头发短信告诉我。"他声音不大,但一屋子人都竖着耳朵听得清清楚楚。

周大厨喜上眉梢:"没问题,这个得提前一周准备,料备好了放冰柜里,当天吃当天做。"

"那好!"廖局长的金丝眼镜片一闪一闪泛着光,拍了拍周大厨的胳膊,"那就搞起来!"满屋人一片喝彩,又掀起了一轮敬酒潮。

3

区公安局的法医几天后给出了报告。因为死者身体又是烧,又是浇水,又是冻,所以给不出太准确的死亡时间,大约是头天晚上6点到夜里3点左右。死者的肺部里面有少量烟灰,表明他在着火时还有气息,体内酒精含量已达80mg/100ml,属于醉酒。最意外的是在他血液中检出氯胺酮,这是K粉的有效成分,吸食后人会进入昏沉的幻觉中。可能也是因此,着火后他无法及时逃出。此外,没有在身体上找到伤口,也没有骨折的痕迹。所以,目前看,意外死亡的可能性比较大。王冠军很可能是吸毒后,在仓房碰倒了煤油桶,把自己给烧死了。

从法医那儿回来,李刚和小蔡跟冯眼镜汇报了尸检结果,还有推测的死亡原因。冯眼镜拿着报告,翻来覆去看了两遍,扔到桌上,难以置信地问:"这小子吸毒?你们走访他身边的人,有人说到这个吗?"

李刚摇头,这几天他和小蔡已经问了不少人,除了歌厅的小雪因母亲生病回讷河老家了,已经通知她尽快回来。所有认识的人对王冠军的评价都不高,二十八分厂的同事觉得这小子人品不好,爱传闲话,爱撩闲,也很计较。邻居们觉得他没啥礼貌,见人也不搭理。连他父母都觉得这小子不孝顺,从不给父母钱。反正除了田田,没人说他好话。但吸毒,确实没听任何人说起过。李刚问冯眼镜:"K粉,咱这里有人吸这个吗?一般不都是大麻、冰毒啥的吗?"

小蔡激动得直搓手:"哎呀,哎呀,吸毒的,那肯定有上线啊!抓着贩毒的,至少能立二等功!"他激动是有缘由的。明年,也就是2005年,厂保卫处就要完成改制,一部分人转归地方公安系统,一部分留在企业。企业经济警察转制的事全国都在搞,过去工厂职工待遇高,大家都不乐意去地方,但90年代的下岗把大伙给折腾怕了,而且地方待遇也一天天好起来,所以大家又都愿意转归地方了。但转地方有年龄限制,只要四十五岁以下的,其他年纪大的只能留在企业等退休了。

小蔡和李刚肯定可以去地方，如果这时破个毒品案，进去时评级肯定有好处。

冯眼镜都五十岁了，转不了地方了，留在企业也升不上去，对于立功的事不咋热衷。他又看了眼法医报告的签名："哦，姓张，小年轻吧。不是我说啥，顾法医退休后，现在这两个年轻法医，我是不太信得过的，医学院毕业才几年啊，他这不是检错了吧？"

李刚说："那不会，试剂和科学手段是不会错的，有可能漏检，但不会犯这么大错。我们俩当时也再三和他确认过了，他说是市局的要求，不明死亡的，社会关系复杂的，都要查一下血液里是否有毒，所以这个不会有错。而且他还说了一点，王冠军身体里的氯胺酮含量极高，这么大的量，一般人身体是根本承受不了的，他应该是个老毒客了。"

冯眼镜更怀疑了，大眼镜片一闪一闪地看着他们俩，摇摇头说："王冠军一年到头就猫在咱这里，老毒客，那说明咱这里存在一个长期贩毒的网络，这可能吗？"

小蔡说："有可能他是去市里买毒品，周末去一趟市里，来回就半天时间，也不费事。"

冯眼镜看着他说："你们调查到他经常去市里吗？"

小蔡支吾了下，说："没有……"对于这个假设他不死心，又说,"一个月去一次,总是可以的,买一次,够一个月的量……"冯眼镜立刻打断他,用手指敲着桌子:"有点脑子,你见哪个吸毒的一个月买一次,你想这么买,贩毒的也不肯啊,贩毒的身边毒品带的都很少,不然抓着就是重罪,啥都不懂在那儿异想天开呢?"

小蔡被他说得脸红了,低下了头。

冯眼镜想了想,说:"我下午去区里一趟,正好要跟区局的几个头头说点事。有毒品的线索,市局肯定也很重视,反正我对咱区这个法医,不太放心。你们接着查吧。"李刚和小蔡交换了下眼色,冯眼镜看出他们有话要说,就问:"咋了?"

小蔡支吾地说:"头儿,就我俩跑,有点忙不开,能不能让别人也来支援下,这么多人呢。另外,能不能把那桑塔纳旅行车给我们用,这大冬天骑车来回来去的,真挺累的。"

冯眼镜瞪起眼睛:"有啥跑不开的,就咱厂这片,都住一起。桑塔纳山炮开走了,他有用,别人都有事,总不能让交通组支援你们吧。现在厂里交通多忙啊,老陈他们值班都排不过来,我跟你说,要不是因为这是命案,我都想把你俩调去支援他们了。"

小蔡不服气:"山炮咋把车开走了呢?他不也是刑侦组的吗?就那天跟田田谈,他露一面,然后人就没影了。"

冯眼镜眼珠一转:"山炮临时借调到区里了。昨天你们没参加例会,区分局在破一个抢劫团伙的案子,人手不够,找咱处要支援,我让他去了。"

"啊?还有这个呢,团伙作案?"李刚和小蔡俱是一惊。

冯眼镜说:"那可不。这个团伙主要抢劫跑区间的中巴车,从咱区去市里,去龙江,去昂昂溪的,他们都抢过。流窜作案,一共三个人,半道拦车假装搭车,上去就掏刀开始抢。山炮去正好,他跟龙江、昂昂溪分局的人都挺熟的。"

办公室外面的走廊上传来音乐和唱歌声,这是他们保卫处的人在排练节目,元旦前要组织文艺汇演。三个人一时都沉默了。冯眼镜侧着头听了会儿唱歌声,笑着说:"这老李唱得还挺好。"然后又转脸问李刚,"差点忘问了,王冠军家里搜得咋样了?张春丽那天晚上值班,有没有旁证?"

李刚点头:"家里没发现啥特别的,王冠军是在家喝的酒,从古井贡酒瓶子看,他大概喝了四两酒吧。没有别人在场的痕迹。他为啥去仓房,这个还要继续调查。张春丽是7点来钟到二招上夜班,先吃的工作餐,然后就在前台,一直有人和她在一起。王冠军的电话10点钟左右打到总机,是她同事小谢接的,小谢一听是王冠军的声,就转给张春丽了。张当时很不高兴,开着免提把王冠军骂了一顿,然后挂了。到晚上12点钟去值班宿舍休息，一直到早上5点来钟，消防队打电话到总机，小谢把张春丽喊起来。整个夜里都有人和张春丽在一起，她没出去过。我们回头再和二招的人核实下她的话，看有没有出入。"

冯眼镜边听边点头，听完了说："从二招到她家，打车的话几分钟就能到，如果有人接应，来回一趟半小时也够了。借着上厕所的机会出去一趟不是不能，但冬天出门，身上的寒气进屋后一时半会儿消不去，也不容易隐藏。"

小蔡说："张春丽和王冠军两口子不和，闹离婚，但田田说，王冠军也差不多答应离了。要是因为这个把王冠军杀了，动机有些不足。"

冯眼镜笑说："你不了解女人，她们是不理性的。"

李刚还想和他说田田的事，冯眼镜却掏出手机看了看，站起身，抓过桌上的汽车钥匙，一边穿外套一边说："行了，那你们接着查吧，我得赶紧过去。你们现场勘察完事了吗？"

小蔡说："当天就勘察过了。回来看了下拍的照片，一会儿再去补拍一些。"说话中，冯眼镜已经穿戴好，往办公室外走，李刚一边跟着走，一边抓紧说："田田那边也查了，他九号晚上下班后就一直在家，我们跟他老婆谈过，感觉没说谎。"说话间，冯眼镜已经走到保卫处大门口，挥挥手和他俩说："你们继续,咱们过两天再碰一下。"说完掀开棉帘,半个身子已经出去了,又扭头回来说,"张春丽啊,这个人物可不简单,你们要留心。"

李刚俩人回身往办公室走,大办公室里正在练歌。老李声情并茂地唱着《涛声依旧》,感情充沛,气息很足,还有好几个同事坐着当听众。办公室没法待了,俩人只得又来到走廊另一头的小会议室里,关上门,歌声才被挡住。小蔡很不高兴:"忙的忙死,闲的闲死,还说别人没时间要支援,支援啥啊?唱歌啊?"

李刚安抚他:"老李也不是交通组的,人家元旦表演节目,也是工作任务,你就别计较这个了。"

"不是我计较,你说,咱俩骑车跑断腿,一早去六院见法医,大冬天吭哧吭哧来回骑,差点拐沟里。老冯可好,去哪都开车,你看着没,那切诺基现在成他私人专用的了……"小蔡越说越不高兴。李刚没吭声,做调查时间都花在路上和等待上,为确定一个细节可能要花好几天的时间。冯眼镜把着公车自己用确实不合适,但这也是常态。现在人人都会开车,厂里的小车班司机活儿越来越少,因为总厂的头头脑脑现在去哪都尽量自己开车,除非是喝得实在开不动。看今天冯眼镜这架势,中午又得喝,喝完了开车也不安全。但他还是尽量不和小蔡议论这些,小蔡的嘴巴太大，你前脚和他说，后脚他就传出去了。这也不是没发生过。

他们取了相机，换上便装，走出保卫处。俩人决定不回家了，就在外面找个小饭馆先对付一口。在奔向铁西的路上，小蔡还在嘀咕："山炮这跑去调查，还不是为了跟区局的人套近乎。你看吧，明年转制，他肯定能挑到好岗位。"

山炮是很会来事的，跟冯眼镜的关系也很好。冯眼镜让他去，可能也有这层意思。但李刚不愿意背后议论人，所以还是说："咱俩刚接了这案子，没法脱身，头儿让他去没毛病。"

铁西商店马路对面的住宅区临街的一楼全部改成了底商，开小饭馆的最多，当然还有药店、电脑房、影碟出租屋等。他俩连进了两家，都是满座。这两年工厂从上个世纪的不景气中渐渐恢复过来，效益越来越好。过了元旦，就该发年终奖了，那时候再过来吃饭，得排队。进到第三家烤肉馆，又全是满的，小蔡感慨："大伙是真有钱了啊，这大中午的，不在食堂吃，不回家吃，跑这儿改善了，吃一肚子肉，下午上班不犯困啊？"老板娘过来招呼，问他们愿意拼桌不，里面包房大桌，已经有三个人了。小蔡说："我们不吃烤肉，速度太慢，有啥快的？"老板娘说有套餐，烤肉给你们烤好了端上来，大米饭管够，俩人点头，跟着老板娘进去了。

所谓包房就是一个小屋里摆着两张大圆桌。一张桌已经全满,另一张桌靠墙坐着三个人,老中青,岁数大的老工人坐中间,左边一个长脸中年工人,右边一个小个青工,都穿着三分厂的棕色工作服。桌子靠外边一侧还空着,俩人脱了外套,在外侧坐下了。老板娘问喝酒不,李刚摆手:"不用,尽快上。"

那三个人的份饭已经上来,一人还要了一瓶啤酒,一边吃一边闲聊,主要内容是关于年底发奖金的事,说今年奖金系数调整后,分厂技术组的人拿得多了,一线工人的少了。这三个人大概是一线工人,都不太满意。老工人说:"咱们一把岁数还得倒夜班,开床子多累啊。我现在眼睛也不行了,看游标卡尺得戴花镜了。技术组可好,一年四季在办公室里一坐,冻不着热不着的,凭啥啊?"

长脸说:"孙总上台后,对技术、对市场的人特别照顾。我表弟在经营本部,就是个一般科员,说年底奖金已经发了两万多了,春节前还有。你们说,这咱咋比?"他这话说得整个屋的人瞬间安静了下。李刚心想,妈的自己年终奖也就两三千到头了。虽然工厂效益好,但保卫处的奖金一直没涨多少,大伙心里都有点不平衡。小蔡听到工人们的谈话,脸色变得很难看,桌子下面捅了捅李刚,还和他使眼色。李刚应付道:"行了行了,知道了。"

份饭端上来了，热气腾腾的，一人一份烤牛胸口肉，一碗大米饭，还送了份咸菜。俩人埋头吃起来。

这时老工人又说："你们估计，今年咱分厂劳模有谁？"

长脸接话答道："别人我不敢保证，肯定有老猫。他今年不是有个技术革新嘛，说拿到省里评奖了。这要是评上了，别说厂劳模了，没准都能当上人大代表，明年三月进京开会了。"

老工人摇头："那不至于，当人大代表他还年轻。不过这小子确实挺能钻研的，技术组里他加班最多，出了成果，评先进也是应该的。"

第三个年轻小个工人说："他挣那么多钱，天天穿的还是破衣喽嗖的。我礼拜天街上碰着他，还一身工作服呢，这也太省了。"

"那小子就喜欢钓鱼，我听人说……"长脸充当内行，"钓鱼这东西，也挺花钱，钓竿啥的，都挺贵。"

老工人压低声音说："前些天，十四街区不是仓房着火嘛，说烧死个人，你们都听说了吧？"

"昂，知道啊，咋了？烧死那小子是二十八那边的，我听说。"小个工人答道。

老工人一笑，拿着啤酒瓶对嘴喝了一大口，左右看了下两个同伴，说："死的那小子叫王冠军，我估计啊，老猫最近挺高兴。"

"啊？为啥？"两个同伴同时问道。李刚和小蔡俩人若无其事地埋头吃饭，但都把耳朵竖起来了。

老工人说："那王冠军的老婆，叫张春丽，是老猫的表姐。所以他跟王冠军啥关系？小舅子！不过不是亲的，是表的。"

"哎哟！你这扯的。"那俩人都乐了。长脸说："这也太远了点，小舅子还表的，有这种叫法吗？"小蔡也没忍住，低头乐出声来。老工人隔桌看了小蔡一眼，继续说："老猫跟他表姐一家好像走得挺近的。他表姐家里姐妹两个，没男孩，干力气活啥的都叫老猫去。前些年老猫跟这个王冠军还一起钓过鱼，后来不知咋了也不来往了，估计是吵架了。反正是不和。"

"哎，我说老郝，你咋啥都知道呢？咱分厂也好几百口子人，每家每户啥情况，你好像都知道；谁家夫妻吵架了，谁家儿媳妇和婆婆不和了，你都知道。你跟老猫好像也没走多近啊，咋他的事你也这么了解呢？"小个工人感慨道。

不等老工人回答，长脸说："我知道了，你听老齐说的，就是老猫的师傅。"

老工人笑眯眯地拍了拍他肩膀："回答正确，老齐以前跟我是一个床子的师兄弟。老猫大学毕业分到咱车间，都得有个老师傅带着，那会儿就是老齐带。现在老猫跟老齐关系也挺好，每年过年都去老齐家拜年。要我说,老猫这孩子还是挺不错的,比你们都有良心。"

"哎!这话说的。我们过年也都去你家啊,给你和嫂子拜年。"两个同伴纷纷说。

李刚和小蔡都已经吃完结账了,这三个人,还在聊得火热。看他们面红耳赤的样子,下午上班,肯定工作效率不高。

出了饭馆,俩人又去了趟王冠军的家,他们叮嘱过张春丽先不要回家收拾东西,要等他们调查完事。俩人在王冠军家里又翻了一阵儿,没有找到任何毒品,注射器也没有,药品也都是些常规的感冒药抗生素一类的,种类甚至比普通家庭还要少些,毕竟他们两口子没孩子。给各处照完相后,俩人坐在王冠军家客厅的沙发上歇会儿,小蔡说:"王冠军喝多了,为啥去仓房呢?是不是毒品都藏在仓房了,要吸毒得下楼去拿。夏天还好,冬天多冷啊?再说吸毒的人瘾一上来都恨不得马上就吸,不放身边不太合理吧?"

李刚说:"确实不合常理,但也不是不可能。我到现场的时候,脑子里蹦出的第一个问题就是他为啥去仓房?如果是吸毒,就说得通了,他和张春丽还没离婚,张偶尔还回家。他不想让张春丽知道,所以把毒品藏在仓房里,每次吸的时候就溜进仓房,吸完出来。可惜的就是,仓房烧得太狠了,查不出啥来。"

俩人又下楼去烧毁的仓房看了下,这里仍拦着警戒带,到处都是一坨坨的乳白色的冰柱,他们从邻居家借了两个铁镐,开始敲冰块。冬天户外干活很难受。活动起来一身汗,停下来风一吹立刻就透骨凉。就这么敲着,20分钟后,现场的冰被打扫得七七八八,露出废墟下面的真面目,焦黑的污垢,烧成一堆灰的煤块。他们一样样地查看、拍照,找到了手机,已经烧成黑乎乎的一摊。如果不是里面露出的电路板,真的很难认出是手机来。李刚用证物袋把手机装起来,小蔡说:"这里的SIM卡,肯定也用不了了,可惜了。我们查不了通话记录了。"

李刚说:"咋不能呢,我回头去移动公司,要一下通话详单就能知道。他都给谁打电话了,也验证下田田的话。"

吸毒的工具没找到,临近尸体处有一大摊红色东西引起了李刚的注意。他蹲下去,用手摸了摸,是蜡,看数量应该是很大一根或者几根,冷凝成一大摊,已经看不出原先的形状。李刚拿着数码单反相机,拍了几张,天色有点暗了,再晚一会儿拍照就不太方便了。小蔡看着他拍照,用脚指了指蜡说:"以前咱们这边动不动就停电,家家都得备点蜡。我家也有,这几年基本不停电了,就没人用了。他这估计也是不要了扔仓房了。"

李刚说:"我没去野外钓过鱼。如果是照明,用煤油灯,还是用蜡烛灯?"

小蔡说:"那当然煤油灯好啊。现在没人用蜡烛照明,用来香薰倒是有可能。"

李刚听完,又伸手摸了摸蜡迹,放到鼻子下面闻了闻:"没什么味道,可能是香薰,也可能就是照明用的。"

小蔡说:"咱再问问张春丽吧,要是香薰那有可能是她的东西,扔这儿了……"他环顾了下四周,说,"仓房不通电,我估计王冠军在这里点蜡照明。"

俩人又细细翻了一遍,没有新的发现。火烧得太厉害了,隔壁那家仓房里存着少量煤,全烧了,所幸没有再蔓延。

"看来,咱们得去找这个老猫了。"李刚直起腰,一边用手捶着后背,一边仰脸看着天。太阳落山了,很快就黑天了,现场勘探也基本完事了。

小蔡满脑门汗,他喘着气,看了看表:"现在都快4点钟了,咱要不明天去找他,我今儿真累了。"

李刚坚持地说:"咱俩反正也得回处里点个卯,三分厂离咱处也不远。你要不愿意就在单位等我,我去把老猫叫过来谈话。"

小蔡喘了两口气,无奈地摆摆手:"走吧走吧。我是服了你了,干这么多年了,还这么有劲头。咱们一起去。"

俩人骑车进了厂,这一路也就15分钟时间,天色已经暗得看不清人。保卫处在厂大门旁边，三分厂进了大门往里再骑两三分钟就到了。结果老猫不在，据班上人说这两天在技术大楼开革新项目评审会，老猫有个项目要评审，他最近几天都在技术大楼那边。这可好，小蔡说："今天总算完事了。我回去打了卡就走，刚骑这一轱辘路，我腰一直疼。"

李刚说："明天找老猫，要不就晚点，快中午的时候过来。你上午在家多睡一会儿。"俩人一边说着，一边出来开自行车，却碰到中午那三个吃烤肉的工人。见到李刚俩人，都愣了，老工人说："这不中午拼桌的嘛，你们是哪个单位的？"

李刚觉得隐瞒没意义，干脆地回答道："保卫处的，过来查点事。"

那三个人神色都有些变化，小蔡嘲讽地说："还没打下班铃呢，你们这是要早退啊？"

长脸工人有点不乐意，说："你们偷摸听我们说话，然后过来查考勤是不是？太不地道了吧。"

李刚怕小蔡跟人吵起来，忙抢过话头说："我们不管考勤，是过来查别的。具体还不方便讲，但和你们没啥关系。"他觉得老工人知道的事多，掏出手机说，"师傅你姓郝吧，给我留个电话呗，回头有事可以问你。"

老郝说："没手机啊，我不需要那玩意儿。"他想了想，报了自己家的电话，说，"我家一般都有人，老伴不上班，儿子儿媳也和我们住一起，啥时候打都行。"

李刚记下号码，谢了老郝出来。他们俩回到保卫处办公室。进屋刚把外套帽子脱了，冯眼镜推开门，让李刚去他屋。小蔡也跟着李刚往门口走，冯眼镜说："你不用来，我只找李刚，别的事。"

小蔡讪讪地止住脚步，想了想又去打卡机那儿打了卡，嘟囔道："早知道不脱衣服好了，直接就走。"

李刚跟着冯眼镜进了处长办公室，冯眼镜马上就把门给关上了，挥手示意李刚坐下。他坐到自己的座位上，一本正经地说："先说案子的事，我跟区局领导说了，把当年王冠军他哥被枪毙的案子卷宗找出来。区局领导说，卷宗在检察院，但前些年咱们区检察院不是着了回火嘛，有些卷宗烧毁了。这个要花点时间，而且也不保证能找到，但人家答应帮忙。此外……"冯眼镜停顿了下，以示强调，然后往下说，"要给你派个任务。元旦前后，有一位上面的领导要来咱这儿。是私下走动，不是正式的，要在二招住两晚，接待处跟我打过招呼了，安保的事你来管。"

厂子每年都有许多领导过来视察，安保工作也是他们保卫处的一个重要职责。特别是单位还有军品分厂，有许多外国技术专家常驻，国安局也定期过来检查安保情况，这都是公开的。这个私下走访，引起了李刚的好奇，他问："谁啊，咋还悄悄动呢？"

冯眼镜平静地说："刘老，刘醒生。"

刘老的名字，李刚当然知道。说起来，也是当地人的骄傲，刘老祖上是江南官宦人家，60年代初从南开大学数学系毕业，自愿来到边疆支援国家建设，在本厂设计处工作，曾经在职工夜校兼职当老师，给职工们上数学课，兢兢业业干了二十年，一直就是个普通群众，连党员都不是。80年代初，中央要求提拔年轻干部，省委组织部来人和他谈话，也没说为啥，就说随便聊聊，听听他对企业发展和改革的意见。结果一聊，组织部的干部如获至宝，刘老多年扎根基层，名校毕业，一表人才，口才又好，干部群众的评价也好，还是华侨。就这么着，从普通干部一步提到市里当副市长，六年后又提到省里当副省长，后来还当选全国人大常务委员会委员，他算是本厂走出的位置最高的领导干部了。而且刘老身居高位也不摆架子，单位的人去北京看望，都很客气地接待。后来架不住拜访委托办事的人太多，刘老传话给厂里，让以后每年来个代表就行，不要再隔三岔五地去人了，不要送礼，也不接受私人请托，这才把这帮人给劝住。但刘老一直心系家乡，孙总当上厂一把手后，去北京出差时还和书记一起去探望。刘老百忙中专门抽时间和他谈了两个小时，孙总回来一说，大家都很感动。

说起来，李刚应该见过刘老。当时李刚还是中学生时，去教育中心的微机室上计算机课，有一天看到一群人簇拥着一个中年人进了会议室。后来才知道，那天是刘老来这里视察，当时刘老还是本市的副市长。厂教育中心的牌匾，就是刘老题写的。不过当时就是一晃而过，李刚也没放在心上，参加工作后，刘老已经是副省长了。刘老再回来时，他在外面有任务，没赶上。

冯眼镜说："人家这次回来是私事，他老伴1993年时去世了，乳腺癌。葬在咱们这边的墓地，他这次是想把妻子骨灰迁到北京，所以不想动静太大。但刘老这级别，省里，市里，知道信儿了都要派人过来安排接待，刘老全不同意，说就咱厂自己的人接待就行。住二招，你到时候负责安保，再派个司机。你可千万别出差错，出点事，咱们从上到下都得完。"

李刚心里明白，冯眼镜这是在给自己个机会。刘老回来，厂里所有领导都上赶着出来接待，自己一直跟着，这是个露脸的好差使。冯眼镜上次被双规，自己帮着调查出了不少力，总算平安放出来了，他这是找机会还自己的人情呢。李刚坚定地答道:"头儿,你放心,一定做好接待工作。"

冯眼镜身子探过办公桌,小声地叮嘱他:"不要掉以轻心,也不要和别人说。为啥要低调,怕那帮大集体下岗的人知道,去堵,那就事大了,明白吧?"

李刚轻声答应:"明白!"

4

元旦前是各单位聚餐的好时候,沿江春野味饭庄主打宴请,正是最忙的时候。要是以前,周大厨每天肯定得在后厨盯着,自己不动手,也得吆喝,吩咐人备料。金贵点的食材更是要反复查看,海参发得够不够大,雪蛤蒸得够不够白,在这里干久了的伙计都养成了耐心的好脾气,谁也不会觉得烦。今天上午,周大厨明显有心事,也不咋吆喝人了,时不时对着手机发愣,林双海问他:"咋了周叔,研究啥呢?"

周大厨叹口气,把手机揣兜里,说:"我想催廖局长,问问他熊掌咋样了,啥时候到,又觉得老问不好,我都问过两回了。"

"那廖局长咋说的?"林双海停下手里的活计,看着周大厨。

周大厨挠挠脑袋。他头发已经掉了大半，就剩下薄薄一层花白发丝小心地笼在头顶，不仔细看还算可以。和一般的厨师不同，他很瘦，吃得不多，烟抽得厉害。大伙都说，他主要靠烟供养着。周大厨拿出手机，翻了翻说："他前几天回短信说快了，让我别急。我就不好意思再问了。"

林双海知道，周大厨一身厨艺，最喜欢挑战各种高难度的菜肴，熊掌这东西多少年没见着了，他肯定是跃跃欲试。还有一个原因大家都没说，就是廖局长钱给得多，这次的加工费肯定是几千块；这一桌不能光吃熊掌，配套的十几个菜肯定得有，还有酒钱呢；茅台五粮液剑南春这些，酒单上的价格比进货价至少翻两番，这都不算多要。要说沿江春饭庄能这么多年屹立不倒，廖局长绝对是恩人。本地国企和政府机关单位在定点饭店历来都是赊账，打白条，年底去结，不少大酒楼看着红火，收不上钱来，就这么给吃黄了。但周大厨开店第一天就定了规矩：不赊账。哪怕生意受影响他也不在乎，他算过账，就算打白条年底能收回来，这一年资金的占用也是很大损失，钱能生钱，这些朴素的道理人人都懂，但坚持可不容易。所以起初一段时间饭馆生意相当惨淡，一晚上就一两桌客人，就这么着，艰难熬了两年。一次偶然机会廖局长来这儿吃了，吃完赞不绝口，说吃了这么多家，这里山鸡是做得最好的，不柴不腥，太难得了。周大厨出来一讲做法，俩人都是好吃之人，一见如故。廖局长问大厨生意咋样，周大厨实话实说。廖局长说，这还不好办，直接在这儿存十万块钱，不够了再存。就此，沿江春野味饭庄的旗号在市里就打响了，之前也就是区里小范围知道。这下好，市里，附近县，甚至远到大庆、嫩江、绥化都有人专门开车过来吃。要么现款现结，要么定点存钱，经常来的单位就有二十多家。市里那几个大酒楼，眼红得不行，举报卫生防疫的，检查消防的，全来了。也是多亏廖局长，都帮着化解了。这些年周大厨挣了多少钱，这是个秘密，连秀芳和周少杰都不知道。听说周大厨大额存单都放在市里中行的保险箱里，在哈尔滨、大连都有房，北京还有两套房，绝对是隐形富豪。

林双海说："周叔，那你就别问了，廖局长肯定也不是乱说话的人，他说了有，肯定会有。反正给送来了，咱们就马上收拾准备就行。"

周大厨默然点点头，又想起来什么，问道："廖局长来的那天，我带你去见，咋感觉你有点不高兴呢？"

林双海支支吾吾地说："没，没有不高兴。"但他见周大厨一直盯着他，知道瞒不过，就低声说，"我看他们菜剩得挺多的，不太得劲。"

周大厨笑了，拍拍他，说："很多厨师都这样，自己做的东西，别人吃得多就高兴。他们这些人，天天大吃大喝的，油水太足了。廖局长跟我说，他最多一晚上赶过三回饭局，吃两口，喝几杯，椅子没坐热呢，就得去赶下一场。来这儿吃野味是个由头，主要是为了联络感情。你也别觉得咱们无关紧要，要是做得不好，味道不行，你看他们还来不。"

林双海点点头："我懂了。我就是觉得，周叔你认真做的，烟熏火燎，煎炒烹炸的，顾客们也能认真对待。没吃两口就倒了，我心疼的不是东西，是心血。"

周大厨哈哈一笑，他中风还没好利索，笑起来嘴稍微有点歪，所以很克制，马上又收住了，接着说："你和我年轻时候很像，是真把炒菜当成业务去弄，不像有的人，就是糊弄。我跟你说，别说做菜，猪饲料你瞎对付，时间长了猪都能知道。顾客你觉得不在乎，一盘菜没咋动筷子，他们其实又是最在乎的，论装修，论位置，市里那么多馆子比咱强，人家为啥大老远地跑过来？永远别糊弄，我就这观点，你心里稍微一放松，手上就会偷懒，顾客就一定会发现。"

林双海默默点头，他很赞同周大厨的说法。自己对这门行当的喜欢，可能也是家庭影响，小时候在家听爸妈聊天，用什么咸菜，怎么煮汤，和面放水的比例，都是经常讨论的话题。他来这里之前就在食堂打过杂，帮着削土豆，没做过菜。但来了后人手少,他慢慢就有机会,帮着摆盘、备菜、炒菜锅。饭馆后厨的工作别人看来枯燥烦琐,但他从不觉得烦,发自内心地喜欢。

他接着干活。厨房地上放着两大盆雪兔,是早先林场的人送过来的,来时冻得梆硬,现在已经放了几个小时了,有些回软。林双海在饭馆后院拉起一根铁绳,把兔子挂在绳上,用剪刀从兔嘴剪开,开始剥皮,剥到耳朵时要把耳朵剪掉,再剥到脖子往下,一点点往下撕。取兔皮的难点是前腿部,很容易弄破,林双海也是试过很多次才掌握。他把手伸进皮里,一点点把皮和下面的粘连撕开,再往下走,到后腿处,用手抓住兔腿,用力拽,一张完整的兔皮就取下来了。做厨子几年,他几乎每天都要杀生,一条活鱼拎过来,往地上一摔,扑棱两下,再刮鳞破膛,一个生命瞬间就没了。多想的话,这就是杀生,而且是各种各样的虐杀:油炸,切块,蒸,煮,腌。这事真不能多想,剥夺一个生命,鱼也好,兔也好,猪也好,人也好,都没什么本质区别。

花了一个多小时时间,他把二十只野兔都剥好皮,皮子一盆,兔子一盆。这些皮子饭馆是不要的,他打算送到皮匠那儿,做个皮褥子。他蹲下身端起兔子盆,准备回厨房斩块,看到秀芳踩着高跟皮靴,婷婷袅袅地走过来,站在后院门口,原地转了个圈,问:"哎,好看不好看?"她穿了一个灰色的短貂皮大衣,最近两年流行穿貂,讲究点的女人几乎冬天人手一件,价格跨度很大,几千到几万都有。秀芳这件花了一万多,十月份去哈尔滨买的,就是太暖和,天热点穿不住,她看今天冷,穿上了,给林双海展示下。

林双海茫然说:"大衣吗?挺好看的。"说完就绕开秀芳,要进厨房。秀芳不乐意了,说:"你都没仔细看,说话一点都不诚恳。"

林双海端着铁盆站住说:"我这盆可挺沉的……"又上下扫一眼,点点头说,"真挺好看的。"秀芳这才满意了,嫣然一笑,说:"你中午,陪我去江上滑冰车呗。"

林双海一边往厨房走一边说:"还有不少活儿没干呢,我还得去喂熊。"他说话已经完全是本地口音,包括用词,只是个别咬字,还能轻微听出他是东北以外的人。

秀芳一跺脚:"我发现你可稀罕那熊了,那熊比人金贵是不是!"

林双海背对着门帘,用屁股拱开门,笑着对秀芳说:"你有一堆人照顾,那熊可没人管,除了我。"

秀芳不死心,伸手一把拉住林双海,她不愿意在后厨里说悄悄话,那帮伙计爱起哄,她说:"那一会儿我陪你去喂熊,喂完了咱俩去江上。你陪我滑一会儿。我爸不让我自己在冰上滑,怕出危险。"

林双海点头答应:"OK,你等我切完这些肉的。"

一个小时后,俩人一起走向熊馆。沿江春饭庄是设在江边的红岸公园里面的,开车进来要走红岸公园的侧门。为啥饭店在公园里,这说来话长,简单说就是80年代红岸公园里修了一栋二层楼当饭店,是用修防洪大堤的工程款结余的,但公园的人不会经营,饭店很快就黄了。1993年周大厨承包沿江春后,嫌原来饭店的位置太偏僻,而且地方也小,就跟公园方面谈,把饭店迁移到公园里了,签了十年的租约。地方大,主要都是包房,散台不多,租金每年一给,公园方面很满意。公园里还有猛兽馆,一个熊馆,一个老虎馆。那只老虎很快死了,就剩下一只黑熊了,生命力很是顽强,熊馆有个专门的饲养员老沈。老沈年纪大后身体不行了,病病歪歪的,喂养也不太上心。熊吃得好不好,一眼就能看出来,伙食好的黑熊,毛皮锃亮,走路孔武有力。有段时间熊吃得不好,都被游客反映到《鹤城晚报》了,说虐待动物,喂的鸡肉都是绿的,熊饿得瘦骨嶙峋,毛都掉了。晚报一登,公园方面坐不住了,找周大厨,每月专门给熊一笔伙食费,让周大厨他们饭店负责送吃的。这事林双海来了后，就一直是他负责。

冬天时，熊要冬眠，但并不是一直睡，而是时不时就会醒一下，起来吃点东西，再睡。林双海披上军大衣，戴上羊皮手套，拎着的铁桶里装着牛肉和洗干净的胡萝卜，走到熊馆。熊馆是一个露天的大坑，游客们站在坑边扒着矮墙往下面看，坑边有铁门分别通往熊舍和饲养员的房间。饲养员开门进到坑里放下食物，再出来关门，按电钮把熊舍一侧的铁门打开，熊就能进去了。林双海经常来，老沈索性就让他把食物送到里面，黑熊对他也很熟了，夏天听到他的脚步声，老远就吼叫起来，老沈和林双海说："它现在跟你比跟我好。"

林双海说："他大概是闻到食物的味道了，或者是听到脚步声了。反正不都说熊的视力不好吗？他肯定不知道我长啥样。"

老沈严肃地说："不管什么时候，你都要记得，它是畜生，是猛兽，永远有危险。"

老沈之所以说这话，是发现林双海跟熊熟了以后，有时候不管熊在不在坑里都直接进去。老沈就紧张了，他再三提醒林双海，还把放麻醉枪的柜子钥匙也给了林双海。他告诉林双海，自己不在时，林双海进去时要带上这个枪，非常管用，射中后15秒内就见效，但林很少去拿枪，他觉得没必要。

秀芳和林双海走到离熊馆十来米远的地方,不肯走了,她皱着眉头说:"冬天用喂吗?老远就闻到这股味儿,我受不了。你快点喂,我在老头活动室那头等你。"明明是老年活动室,她故意说成老头活动室。

林双海笑她:"喂比不喂强。熊现在几天才醒一次,吃得也不多,我这次喂完,下周再来就行。"他走到门口,放下铁桶,用钥匙打开铁闸的门,走进熊馆的走廊。走廊是弧形的,走不了几步,来到里侧的铁栏前,按一下旁边的电钮,铁栏打开,人就进入熊坑里了。他把食物倒在固定的喂食处,几天前的食物已经被消灭殆尽,看来熊的胃口不错。他忽然注意到雪地上有两个新的熊脚印,林双海正在想这是哪天留下的呢?忽然就怔住了,一股腥臊味随着微风传来,他抬头一看,熊就在大坑另一边的石头后面,动作很缓,像是还没睡醒。可能是闻到食物的味道了,熊伸了伸脖子,懒洋洋地踱了过来。

林双海惊住了。他之前和熊也有过距离很近的时候,但一般是隔着铁闸,或者趁熊不注意放下东西就走,这样近距离的还是第一次。他知道熊发动起来速度非常快,自己根本逃不过,这个时候,不要做任何刺激熊的举动。林双海用余光看了眼大门,离自己有七八步,他屏住呼吸,一面盯着熊,一面慢慢倒退,高抬脚,轻落步,尽量不发出任何声响。黑熊还是没完全苏醒，注意力在新来的食物上，它不着急吃，对着两块牛肉嗅嗅，又轻舔了一口。熊身上的黑毛只有靠近才能看得出来，硬得像针一样。林双海退了四步，最后一步踩到枯树枝，咔嚓一声，林双海惊得浑身都被汗浸透了。熊好像意识到什么，嘴巴停顿了片刻，但食物的吸引力战胜了一切，很快又咔嚓咔嚓地嚼起胡萝卜来。熊是杂食动物，并不只吃肉，有时也会吃素食，林双海喂给熊的吃的都收拾过，牛肉是切好的大块，胡萝卜也是洗过的，饭馆的人都说他跟伺候人一样伺候熊。三两口吃完胡萝卜后，熊开始吃牛肉，今天林双海给拿的是两大块牛腹肉，很肥，熊呼噜呼噜吃得很是高兴。趁着这工夫，林双海已经挪到入口处，他伸手按了下铁闸按钮，没等铁闸完全展开，就闪了出去。黑熊仍然沉浸在饕餮的快乐里，根本就没搭理他。

刚才这危险一瞬，秀芳并不知道。她在老年活动室外面，正饶有兴致地看一群老头在玩门球呢。有年轻姑娘观战，老人们玩得精神抖擞。看到林双海脸色有异，秀芳迎上去问："咋了？咋小脸煞白呢？给熊吓着了？"

林双海知道说了秀芳又得大呼小叫半天，就含糊地说："没啥，熊好像醒了。"

"哦……"秀芳根本没多想，又问，"那些东西，它爱吃吗？"

林双海笑了："爱吃，新鲜的它都爱吃，冻久了的不爱吃。"

"哼。"秀芳哼了一声,"我看这熊瞎子是被你跟我爸惯坏了,还挑食了,人都没它吃得讲究……"她两只棉手套一拍,说,"赶紧的,跟我回去取冰车去,我得滑一圈。"

林双海答应着,俩人快步往回走,刚走没两步,林双海发现坏了,他把铁桶落到熊坑里了,这事整的,他停下来,回身看着熊舍犹豫要不要去拿。秀芳不干,拉住他:"别取了,厨房好多桶呢,下回去捡回来。"

秀芳并不会滑冰。冬天这里的孩子体育课就是冰上课,在冰场上绕着圈滑,但秀芳没有运动细胞,穿上冰鞋就开始摔跟斗,一直也没学会,偏偏又喜欢飞驰的感觉,她去亚布力滑过雪,初级道扑腾两天,摔得浑身青一块紫一块,回来后让周大厨找人做了个冰车,嫩江上冻后就去江上滑。最简陋的冰车就是一块拼接方形木板,跟菜窖盖差不多,下面装两根铁棍当滑轨,人都是跪在木板上,用两根尖头铁棍当拐杖,用法和滑雪杖一样,手抓铁棍用力往后一戳,冰车就滑出去了。秀芳这个是豪华版,下面装的是从冰鞋上卸下来的正经冰刀,滑起来快得多,缺点是跪久了腿酸,风吹得身上疼。从饭馆往北二百米就到江边大堤了,从大堤往下走两层台阶,就是冻得结结实实的江面。他们下到冰面时,正好看到一台大卡车在远处冰面上跑,开得飞快。冬天赶上天气好没风时,江面上也很热闹,有三五成群来冬泳的。围着江边一个开凿出来的冰池子，在帐篷里换好泳衣，小跑着跳进冰池子里，水面上泛起雪白浓厚的水蒸气，人在水里大呼小叫地扑腾，像刚开锅的饺子，游个一两分钟，赶紧上来，在冰上跑一阵再回到帐篷里。玩冬泳的大多数是中老年男性，女的很少。再远一点，有几个钓鱼的人，一人坐个小马扎，端着鱼竿，守着面前一个冰窟窿。冰下面的鱼缺氧，见到开孔就往上聚，不用鱼饵就能钓到。据说50年代建厂时，当地人打鱼就是用木棒，对着江面浮起的鱼头一棍一条，捞起来扔到冰上，片刻就冻硬了。远方还有一处篮球场大小的开口，旁边停着台轻卡，那是区里搞冰雕展取冰的。区里的冰雕规模比较小，要是市里龙沙公园的冰灯节，那取冰就多了，得用好几台大卡车拉，开出的水面得赶上大半个足球场。

秀芳顺着堤坝的台阶欢欣雀跃地往下跑，高跟皮靴也不当回事，一口气跑到江面上没有人的地方停下来，回头看着林双海拎着冰滑子，气喘吁吁地跟过来。她这冰滑子是一整块榆木做的，死沉死沉的，林双海把冰车放到地上，扶着秀芳跪到上面，把两根铁钎子递给她。秀芳兴奋地大喊："推我一把。"林双海哈下腰，推着她的后背，脚下小步助跑。小车缓缓滑起来，越来越快，秀芳嗷嗷地叫着。推出去十多步后，林双海最后大力推了一把，秀芳的冰车碾轧着冰层轰隆隆地飞了出去。天然冰面上总有尘土，不像学校里的冰场那么光滑，有些地方还会有凸凹不平的小冰疙瘩，但好处是面积大，几乎是无限空间。秀芳滑行了几十米，速度渐渐降下来，她支起两个铁钎，像滑雪杖一样撑了两下，速度又起来了。林双海看着她兴奋地哇哇大叫的背影，心里觉得好笑，也二十好几的人了，怎么还跟小学生一样。

秀芳这么滑了几百米，前面眼看着有一处积雪。冰上开阔风大，存不住厚雪，积下的雪都是太阳晒化后又复冻在冰面上的，就薄薄一层。秀芳左边的铁钎单撑了两下，想着向右边转弯绕开积雪，她大概用力有点猛，冰车转向过头，一下子翻车了，连人带车翻了出去。林双海在后面远远看到，赶紧加快速度往前跑，要去扶她。

秀芳这一下摔得很狼狈，动静也大，冰上好多人都看到了，几个半大小子哈哈哈笑起来。他们正围着一个双人座的冰车玩呢，那冰车是半包围的，前后座，车头还是流线型，跟战斗机驾驶舱一样，看着挺款式。这几个小子推推搡搡的，都要上去，一个穿着黑皮夹克，冻得哆哆嗦嗦的小个子嘲笑道："屎都摔出来了。"说完自己一阵狂笑，声音很大，旁边几个小子笑得更厉害。秀芳本来就窘，自己挣扎着站起来，甩开林双海扶她的手，冲着那几个小子骂道："会不会说话，你妈咋教育的你？"

那黑皮夹克小子听了这话，看了同伙一圈，回敬道："我妈是你奶奶，她让我告诉你，不会滑别他妈出来丢人。"他说起话来口沫横飞，明明岁数没多大，脑门上的抬头纹一道道的，一股狠叨叨的劲头。

秀芳气得脸都红了，指着他大骂："×你祖宗的，你是哪的，报上来。"说着一瘸一拐地往前冲过去。林双海抓着她不放，一再劝："都是小孩，你和他们急个啥？"

黑皮夹克小子本来脸上还带着笑意，一看秀芳这样，也变了脸，甩开同伴，冲到她面前，挑衅地说："我五十六栋的，小霸王，你问没人不知道。咋地吧，你还想安排我是不是？"

林双海斥责他："你少说两句。"小子看了林双海一眼，又对秀芳说："你是哪个练歌厅的？出台不？"

秀芳气得脸都白了，两手伸出，十指张开要去挠他脸。那小子一个侧滑躲开，一个扫堂腿就把秀芳给绊倒了，身后的几个小伙伴看着都乐了，嗷嗷地起哄。林双海瞪着他说："你咋跟女的动手呢？"

那小子来劲了，甩掉皮手套，从怀里掏出把弹簧刀来，挑衅式地比画着："你来我也行，来啊，熊了吧，一看你就不行。"

林双海握紧了拳头，长期的劳动，他的体力和耐力极好，之前在林区叔叔家那边生活时,他和一个蒙古人学过几天摔跤。真动起手来,那小子肯定不是对手,但那家伙拿着刀……最终,还是理智战胜了冲动,有凶器就很容易造成严重伤害,招来警察,他此时最不希望的就是引来警察。林双海深深吸了口气,松开拳头,回身扶起秀芳,说:"走吧,别跟他扯了。"

秀芳连摔两个跟头,衣服上蹭了不少冰上的尘土,心疼得直用手拍,泪珠吧嗒吧嗒掉下来。她哽着嗓子,带着哭腔指着那小子说:"报大名,你等着,我找人收拾你。"

那小子瓦刀脸因为亢奋,也因为冷,红扑扑的,他手里拿着刀画了几个圈,笑嘻嘻地说:"你让我报我就报啊,我咋么听你的呢。"又奚落林双海,"这老爷们不行啊,小胆。"

林双海脸红了,咬紧了牙关,瞪着那小子,那小子眼睛也直勾勾地瞪着他,眼神里充满了恶意。他的几个小伙伴过来拉他,他这才把刀收起来,又打量了林双海两眼,哼了声,走了。

秀芳摔得一瘸一拐,也没心情再玩,被林双海扶着走了几步,忽然停下来,愤怒地对林双海说:"你咋这么窝囊呢?人家这么骂我,你就不出头?"

林双海涨红着脸解释道:"他拿着刀,我上去夺刀,肯定会受伤,那就干不了活儿了,那饭店后厨咋办?"

秀芳语塞,林双海的话无可反驳,她只是一时还在气头上,没法自己找台阶下。她推开林双海的搀扶，一个人闷头往回走，林双海拎着冰车和铁钎跟在她身后两步远，俩人就这么走回大堤边。上台阶时，一个老头走过来，和他们说："我都看到了，我跟你们说，别跟这帮半大小子动手，他们手下没个轻重。我天天来这儿溜达，老看到这帮小子和人起冲突，有时候打得挺狠的。"

秀芳不吭声，在台阶上站住，转身居高临下地看着林双海，严肃地问："如果有一天，我被流氓欺负，你会为我拼命吗？"

林双海仰脸看着她，他郑重地说："我会的，不然我得后悔一辈子。"

秀芳脸上浮现出笑意，又立刻收回，绷着脸说："说得好听，我不信。"说完，她转身走了几步，忽然停住了，回头问道，"你是不是觉得我不值？我不值得你去拼命？"

林双海呆呆地看着秀芳，老头走过来，跟他们摆手劝阻："别冲动，忍忍就过去了。"

林双海看着远方那群小子，还在围着那个车大呼小叫地嬉闹，他又看看秀芳，秀芳的眼神里，好像有难过，有怜悯，有失望，他觉得热血上涌，他忽然转身跑下了大堤。冬季的大堤上盖着一层冰雪，他几乎是出溜着滑到下面，到了冰面上，他像一只捕猎的豹子，微微弯着腰，低着头，步子飞快，奔向那几个小子。

秀芳惊了,大喊道:"哎!你干吗,你赶紧回来!"老头也着急地招呼,他们的声音,林双海根本听不到。秀芳和老头只得绕到堤坝的台阶处,紧赶慢赶地跑下来,冰面上人稀稀拉拉的,不少,但刚才这一幕没人注意到。那几个小子玩得热火朝天,也没注意,等他们发现时,林双海已经很近了。小霸王惊讶地指着林双海说:"哎,你,你小子……"

话没说完,林双海已经冲到跟前了,小霸王本以为俩人会先吵几句,没承想这位根本不走套路,直接扑过来,小霸王猝不及防,被林双海顶着一起倒向身后的冰滑车。小霸王的后背结结实实地撞到了冰滑车上,他疼得嗷地大叫一声,手里拿着的刀也掉到地上。林双海的拳头重重打向他的面部,刚打了几下,林双海就被旁边几个小子拉起,按在地上,连踢带打,林双海蜷成一团,拼命护住脸和肚子。小霸王躺在旁边一直骂,秀芳和老头连滚带爬地赶过来,冰上那些溜达的,看冬泳的也围拢过来了,人们很快把打架双方分开。秀芳扶起林双海,见他鼻子出了血,紧张得一个劲儿问:"你没事吧?没事吧?"

几个小痞子还是不依不饶,小霸王鼻子也出血了,他捡起刀,拼命要闯过人群的阻挡。老头这时喊了一声:"警察来了!"大家顺着他手指的方向一看,大堤南边走来两个穿黑色短大衣的人。小霸王马上把刀揣起来,用袖子擦了下鼻子,恨恨地说:"你等着,哪天非收拾你不可。"他们这几个人都有进出派出所的经历,最怕警察,小霸王坐到车里,其他几个小子推着,奔着北边滑走了。

老头看着他们的背影笑说:"带刀被抓着,咋也得挨顿收拾。"秀芳扶着林双海站起来,秀芳问老头:"我们要不跟警察说说经过,大爷你帮着做个证。"

林双海用围巾捂着鼻子,血慢慢止住了,他拼命摇头说:"不用,没啥事,走吧。"又抬高音量,和围观的人大声说:"各位,没事了,散了吧。"人群没热闹可看,便慢慢散开了。

老头和秀芳一左一右陪着林双海往回走,老头看着小霸王他们远去的身影,笑着说:"这几个小子,跑挺快。"

林双海问老头:"他们天天搬那个车过来滑?"

老头说:"他们那个车不拿走,就锁江边。"他指了指远处,林双海顺着他指的方向看过去,有一大堆铁链子,一端钉在大堤石头缝里,老头说:"就锁那儿。那玩意儿也没人偷,就是防止人玩完了一扔,那就找不着了。"

警察在大堤上停下来,远远望着,也没过来。他们也没主动过去,秀芳搀着林双海,一起回了饭馆。周少杰正躺在前厅沙发上拿着MP3摇头晃脑地听歌。周少杰爱赶时髦,最爱买电子产品，家里一堆SONY VAIO的东西，他刚搞到一个SONY MD，正在兴头上呢，见他俩这样回来，吓了一跳，摘下耳机问："咋了这是？"

秀芳简单说了下，周少杰听完脸都气紫了，冲进后厨，拎着把菜刀出来，嘴里嚷嚷着："他们肯定还没走远，不行，我俩今天只能活一个。"

林双海在他背后说："那几个小子早就跑远走了。"

周少杰回头看了他一眼："能跑哪去？我到公园门口堵去。"

秀芳知道自己哥哥就会咋呼。小时候就是，撺掇打架时一蹦老高，叫得比谁都响，上阵时猛往后缩，滑头得很，就呲儿他："周少杰！你拎刀干啥？古惑仔啊？别装了。"

周少杰本来也是做做样子，现在妹妹一拉，立刻就着台阶下来了。他真要是拎刀出去，碰到那几个小子，反而不太好办了，就停下身，悻悻地说："妈的，敢欺负我妹，别被我碰着。"说着往厨房走了两步，又停下了，举着刀说："这刀我先带着，这几天没准就能碰着，我多出去溜达溜达。"

林双海平静地说："那刀你得还我，那是剁骨头的刀，我就这一把。"

周少杰看着他，哼了一声，不情不愿地把刀递了过去，嘴上还嘟囔着："啥都不行，打架都不会打。"

秀芳怒喝了一声:"周少杰!"她可以骂林双海,但别人不可以。

林双海进厨房后,秀芳跟着进来,她得问问林双海,刚才怎么一下就急了。林双海一直脾气很温和,刚来时有人欺负他,他都忍着,直到有一次,就和今天一样,忽然就动手了。他就跟疯了一样,把另一个厨子按地上,抡拳头往脑袋上打。两个人都是一脸血,满地打滚,大家费了好大力气才拉开。周大厨问清楚了原因,之前就有矛盾,那家伙爱撩闲,没事就拿话刺林双海,林双海也不还嘴,那天那家伙可能是骂了林双海的父母啥的,林双海忽然就急了。周大厨把那个惹事的家伙开掉,本来也要开掉林双海。他再三道歉,其他人也求情,才没被赶走。周大厨后来在家里说:"这孩子外柔内刚,心底里藏着把火,指不定啥时候就着了。"秀芳寻思,不摸透他脾性,俩人以后咋过日子?她想和林双海谈谈,但明显林双海不想说话,进了厨房就闷头剁排骨,当当当的,说啥也不搭腔。秀芳气得转身出来,正好看到广涛,眼珠一转,把广涛喊到包间里,关上门。广涛有点不安,皮笑肉不笑地问:"小芳,啥事啊?神神道道的。"

秀芳把刚才的事简单说了遍,广涛听完笑了,说:"海哥我俩天天同吃同住,我还是有点了解的。他不到万不得已不会动手,但是如果动手,那就比谁都猛。平时骂他两句,怼两下,他都乐呵的也不反抗，但你不能说他家人，或者说你。上次有个厨子说你屁股大，他当时脸就变了，差点动手，被我们给拉开了。"

秀芳也不高兴了，拉下脸问："哪个犊子说我屁股大？"

广涛连连哄劝："都过去了，就那个没干几天自己跑了的黄毛。我就这个意思，说海哥自己他不生气，说老板啥的他不掺和，也不吭声，但说他家里，说你，那不行。"

秀芳脸色和缓下来，说："他家里的事，和你们说过吗？我一说到家里，他就不吭声了。"

广涛摇头说："从没说过，他应该吃过不少苦。要我说，他在咱这儿挺好，上上下下的都喜欢。海哥人是真好，不欺负人，也不许别人欺负人，王姐刚来时刷碗活儿慢，别人都给脸子，训她，海哥都拦着不让说。他忙完了就过去帮王姐干活，真的，海哥人真是没说的。"他竖起大拇指，夸张地比画着。

秀芳笑了，打了个哈欠，说："没事了，赶紧退下吧，我眯一会儿。"

广涛走后，秀芳心里暗暗懊悔，自己不该去激林双海，把他逼得去动手。她发誓，以后再不这样耍脾气了，找个机会，要和林双海道个歉。

5

大会议室的桌椅都被挪到后面了，堆得高高的，尽量把场地中间空出来。最前面摆着一对桌椅，一个高大的人，正坐在桌前，面对着大伙，表演哑剧。他左手拿着饭盒，右手拿着勺子，做狼吞虎咽状，当然，饭盒是空的，他是在演。

屋子的另一头站了一堆人，都聚精会神地看着，直到一个说话细嗓子、有点大舌头的家伙喊了声："可以了，停！"表演哑剧的人停下来，一屋子人呱呱呱地鼓掌，大伙纷纷喊："老猫！演得真好！"这些人里，有李刚和小蔡，他俩看别人这么热烈，也敷衍地跟着拍了几下巴掌。

大舌头的人大概是这个节目的导演，戴了个假发，又黑又密，有点娘娘腔，他扭搭扭搭地走上去，对老猫说："表演很松弛，你都可以去市话剧团了，这天赋在工厂真是埋没了。"

叫老猫的人站起来。他坐着的时候，李刚就看出这是个大个头，但等他站起来时，李刚还是有点吃惊。这家伙得超过一米九了，梨形身材，肚子大，脑袋却很小，戴了个大黑框赛璐珞眼镜，看着有种不协调的喜感，但人家脸上是一本正经的表情，专注地听着大舌头导演说戏。

大舌头导演说得滔滔不绝，正讲啥体验派呢。小蔡有些不耐烦，干咳了一声，声有点大，一屋子的人都回头看他。导演也停下来，看了小蔡一眼，回头和老猫说："他俩是保卫处的，想和你谈谈。"

李刚忙解释："不多占用时间，10分钟最多了。"

老猫看看导演，导演点头，看了眼手表："现在是3点半，这样，我们休息半个小时，你们抓点紧。"他拍了拍老猫的胳膊："咱一会儿再练下，把后面那段再撸一遍。"

老猫领着他们俩沿着走廊走到另一头，推门进了一间小办公室。陈设很简单，中间桌子上摆着投影仪，地上立着一大块制图板，上面挂着一张A0蓝图，对面摆了两排椅子。老猫解释说："我们这两天开项目评审会，先是厂里自己审核讨论，明天省里的专家团过来，今天上午还在这儿开会商量呢。"

小蔡带上门，李刚和老猫说："你够忙的，我们本来上午来的，结果说你在开审核会出不来，下午来，你又忙排练节目，一人多能啊。"

老猫羞涩地一笑："没啥本事，就是热心，领导让我表演节目，不好意思拒绝。项目是我们几个技术人员一起弄的，开始只是为了节约挖潜增效率，没想到厂里还挺重视，给报上去了。明天来的专家有省科工委的，还有工大的，我是赶鸭子上架。对了，文艺汇演你们保卫处也得出节目。"

李刚说："我们没你们这么有才华，我们就来个男声独唱《涛声依旧》，就一个人出来。"

老猫笑笑，进入正题："你们啥事，这么着急找我。"

小蔡说："12月9号，也就是上周二夜里，十四街区发生火灾，烧死一个人，王冠军，是你表姐张春丽的丈夫。我们在调查这个事，想和你打听下他的事。"

老猫本来和颜悦色的脸立刻就沉下来了。他哼了一声，找了张椅子坐下来，两腿撑开，手合拢放在膝盖中间，低头沉默，好像在酝酿情绪，过了会儿抬起头来，看着他俩说："王冠军不是个东西，吃喝嫖赌的，老欺负我表姐。我表姐要离婚他还不乐意，一直拖，不是我说啥，他死是好事，不然以后还得折腾我姐。"

昨天没见到老猫，李刚他们跟别人打听了下。老猫工作干得不错，厂领导那儿都是挂了号的。本厂子弟，北科大轧钢专业毕业，本来可以留北京，人家主动回来的，才三十岁已经是分厂技术组组长了。有消息说筹备中的重大装备办，要调他过去当主任。

李刚说："我们问过你表姐，也跟别人打听过，知道他俩感情不好，早就分居了，一直也没要孩子。"

老猫说:"当初,我姐姐看上王冠军,就因为这小子长得好,嘴甜,天天下班到我姐姐单位门口等。那会儿二招还没修好,我姐姐在一招,我大姨办早退让她进厂的,国营正式工。这小子以前就是个大集体……"说到这儿李刚插嘴:"我们调查过,他现在是国营正式工。"老猫冷冷一笑:"咱们都本厂的,大集体转正式,这难度有多大?他家里有点门路,唉,说真的,我表姐那会儿年轻,也是有点虚荣,图他条件好,我这话不该多说。"李刚点头说:"没事,你接着按你的思路讲。"

老猫接着说:"我家人这顿劝,邻居朋友都来劝了,我姐姐后来也醒过味来了。主要我爸还给她介绍了个咱厂设计院的大学生,学历高,长得也像样。这王冠军,找人把那大学生给打了,完了跑我姐家又威胁又作妖的……"说到这儿,他气得脸涨红着,喘着粗气,好半天才平复过来,低声说,"就这么着,结婚了。"

李刚点点头,轻声说:"我们都听说了。遇上这种人,确实是倒霉。"

老猫看着他们,眼睛里充满了恨意:"我表姐和你们说过吗?王冠军有暴力倾向,打她,有一次打得特别狠,一脚踢得她腰椎撞到桌子沿上,当场下半身就没知觉了。好几天才缓过来,现在时不时腰还疼。"

小蔡摇头:"这她没说。"

老猫站起来,在屋里来回走了几步,停下来说:"你们知道不,他跟我们一般人的人生观是不一样的。他的世界里,没有对错,只有占便宜和吃亏两个判断标准,他占到便宜那就是对的,没占到那就是错的。"

李刚点头:"我们见过很多这种人,打架的,盗窃的,都觉得自己有理。偷到了是他本事,被抓到是自己倒霉,从没想过对错。"

小蔡翻出小本本,问:"王冠军是上周三也就是12月10号早上被发现的,上周二晚上你干吗去了?有没有证人?"

老猫想了想:"上周二我们在单位组织练节目,5点下班后开始,饭都没回家吃。就大伙一起在二食堂吃的,一直练到晚上11点多,那是第一次排练,这个忘词那个走错步的,大伙都累够呛。我到家一看表都12点了,赶紧洗脸睡觉。对了,我们回去时候是几个人一起走的,你可以跟班上同事核实下。"

李刚点点头:"我们会核实的。对了,你家住哪?"

老猫说:"四十二街区,我2000年结婚时买的。就你们刚才看到的导演,我们分厂工会主席,姓陈,你们可以问他。他家和我家住前后楼,那天我俩一起到的家。"

李刚在本子上记了两笔,点头说:"一会儿我们跟他核实一下。"

小蔡又问老猫："你最后一次见王冠军是啥时候？"

老猫歪脑袋想了一会儿，摇了摇头："不太记得了，刚结婚那几年我还跟他一起出去钓鱼啥的。后来他跟我表姐闹离婚，我们家这边的人就都不跟他来往了，我外面碰着也都装看不见。他上半年要买车，借钱居然借到我头上了，把我吓一跳，也不知道他咋想的。"

小蔡评价了一句："说明他脸皮厚。"

老猫猛地站起来对他俩说："不只是脸皮厚，这人就坏。他爸妈咋就养出这么个玩意儿。"

小蔡笑了："这得问他爸妈。对了，你们家，跟他父母家那边走动不？"

老猫冷笑一声："不联系，根本不是一路人。这一家人都坏，他哥给毙了，他弟弟失踪了。他老爸，那些年也是风云人物，批斗时候总上去打人，前几年脑中风了，在家躺着呢，这就是报应。"

李刚说："他家我们去了。他爸挺可怜的，话都说不了了，天天他妈伺候。他妈身体也不太好，说起王冠军来也是一肚子埋怨……"

老猫烦躁地打断了李刚的话："他家的事跟我没关系，爱咋地咋地。还有啥事不，我得去喝点水，缓缓嗓子，完了还得接着排练。"

趁着老猫休息喝水的工夫，李刚俩人和刚才的导演，工会陈主席聊了会儿，还是在这个屋子里。陈主席脸上坑坑洼洼，又黑又矮，举止却很女气，说话也是细声细气的。他们问他上周二晚上排练的情况，陈主席证实，老猫下班后就跟大伙一起在食堂吃饭，然后排练节目，一直没离开过办公楼。晚上大概 11 点 20 左右，排练结束，大伙一起骑车回家，陈主席和老猫最后分手，眼看着老猫推车进了楼门。问完了这些，陈主席眨巴着小眼睛，问他俩："啥事啊？王冠军死的事？你们怀疑跟老猫有关？"

小蔡摇头："所有相关的人，我们都这么问，不要瞎猜测。"

陈主席说："我没瞎猜。我就说这事啊，是谁也不可能是老猫，别看他那老高个头，胆可小了，进楼道黑的自己都不敢走。要不我刚才说我看着他进去呢，他让我外面等着，看他进去，听着上了楼，我这才走。"

李刚和小蔡对视了下，小蔡说："这好像有点刻意啊，他怕啥，他又不是女中学生。"

陈主席说："不只是上周二晚上那次，他以前也这样。下班天黑了，楼门他都不敢进，得等着有邻居进出他才敢，天生怕黑，还怕老鼠，技术组那屋闹过耗子，把他吓得嗷嗷叫，白瞎叫老猫了。"说到这儿，陈主席手背捂着嘴，咯咯娇笑起来。

陈主席这做派，让李刚他俩身上泛起了鸡皮疙瘩。这时屋里响起音乐声，前奏的节拍很强，小蔡纳闷地说："咋还放上歌了？"

陈主席一摆手："练累了，就放个曲子，唱首歌，调剂调剂。"有人跟着音乐拍上巴掌了，还有人喊："唱一个呗，老猫！"

老猫笑了，放下茶杯，坐在椅子上，用手在腿上打着节拍，跟着音响的旋律点着头，开口唱道："过去我不知什么是宽阔胸怀，过去我不知世界有很多奇怪……"李刚和小蔡惊讶地交换了下眼神，陈主席侧头小声问："咋样？这嗓音，像不像？"

李刚知道，这是崔健的名曲《不是我不明白》，厂广播电台有时会放，他也挺喜欢听，但不会唱，更记不住词。老猫很有音乐细胞，四句词唱完，间奏过后，又是一段说唱贯口："过去的所作所为我分不清好坏，过去的光阴流逝我记不清年代……"崔健的嗓音浑厚，带着一股痞气，老猫的模仿可说是以假乱真，闭上眼睛根本分不清是原唱还是卡拉OK。这首歌的词儿写得太好了，非常有感染力，说唱到后面，屋里几个年轻人跟着老猫一起，一边挥舞右臂，一边放开嗓门喊着："不是我不明白,这世界变化快。不是我不明白,这世界变化快……"

晚上下班后，李刚和小蔡回到保卫处，和冯眼镜汇报。冯眼镜的办公室暖气特别足，三个人都只穿着衬衫，还是热得淌汗。听完汇报，冯眼镜看着窗外，陷入了沉思中，好半天才醒过神来，他看着他们俩，问："你们的结论是什么？"

李刚说："从目前搜集到的证据线索看，王冠军可能是吸毒后不慎把自己给烧死了。但这只是推测，不排除其他可能，比如，是他杀，又伪装成自杀的样子。"

冯眼镜点点头，他站起身，背着手走了两步，回头说："如果是他杀。老猫应该也有嫌疑，他为了给表姐出气，把王冠军给杀了。他长得人高马大的，真动手，王冠军打不过。"

小蔡回答："因为表姐表姐夫闹离婚，把表姐夫杀了，感觉有点勉强。此外老猫胆小得很，我们后来跟他们单位别的人也问过，不光是陈主席，所有人都说老猫胆小，别说动手了，和人都没吵过架。而且12月9号那天晚上他在单位排练节目，回家都是半夜了，身边一直有人，之前田田和张春丽不是说，王冠军10点钟还打电话的嘛。"

"那可没准儿……"冯眼镜拿着根圆珠笔，笃笃地敲着桌子，重复着说，"怕黑的人，没准打人下手比谁都狠呢，不要这么轻易下结论。"他指着李刚说，"你记得吧，咱们早几年弄过一个伤害案，就你爸他们十五分厂的。那小子姓杨，在家可老实了,被媳妇管得服服帖帖的,结果咋样,在单位拿钢管把工友打成植物人了。通知家里人的时候,家里人都不信,说他从没打过架。"

李刚连连点头:"记得记得,杨海淳那是真急红眼了,班上那几个小子老欺负他,没想到有一天他爆发了……"李刚觉得说远了,又把话题拉回来,"我和老猫聊过,他眼里没有那种凶光。咱们这儿经常处理打架斗殴的事,那些人一眼就能看出来,哪怕是杨海淳,打完人了,也不一样,那眼神里有事儿。"

冯眼镜打量了他一眼,耻笑道:"唯心。"他把圆珠笔在两个指头里转来转去。李刚说:"我们回头和老猫老婆再核实下,他老婆不是咱厂的,是区法院的,不过估计不会有啥出入。"

冯眼镜点点头:"核实是必须的。对了,那个王冠军吸毒的事,我跟市局的领导说事关重大,市里派市局的法医老冯过来,又重新看了下尸检结果。跟咱区的法医讨论过,老冯提了个新思路,就是这个氯胺酮,也是一种药品,抗抑郁的,也能做麻醉剂。所以也有可能,王冠军不是从毒贩子那儿买的,而是从医院或者啥医药渠道弄来的。"

李刚说:"毒品本来就都是药品,做医疗以外的用途,那就是吸毒贩毒。"

冯眼镜不满地说:"你没明白我意思,我是说,我们不要只考虑贩毒渠道，很可能是哪个医生或者诊所开的呢。对吧，比如某个精神科医生。"

小蔡明显有点失望，轻轻叹了口气。冯眼镜犀利地看着他问："你叹啥气？不是贩毒的不高兴是吧？"

小蔡唉声说："是不是我们还得找医院、药房的人去打听，了解情况？不是我说啥，头儿，真的，我们俩腿都断了，能支援点人不。我每次回来，咱都一屋子人，排练节目的，聊天喝茶的，就我俩天天在外面晃荡，你说……"冯眼镜不耐烦地打断了他的抱怨："行了行了，我心里有数，会考虑的。"

出来后，李刚和小蔡商量，为了提高效率，有些事可以分头去。小蔡明天去趟医院，查一下王冠军的病历，看他是不是开过抗抑郁的药，也问问医院这种药有没有遗失过，再把老猫的病历也查一下。李刚自己先去移动公司查王冠军的通话记录，再去趟二招，他要跟张春丽的同事确认下9号夜里张春丽的行动。这时天地豪情歌厅的老板打来了电话，说小雪明天从老家回来，中午到，他们终于能见着小雪了。

李刚说："跟小雪这个谈话很重要，得咱俩一起，你上午去医院，中午咱俩会合等小雪。"

小蔡点点头，又问李刚："头儿昨天下午跟你说啥了，整这么神秘？"

李刚犹豫了下，小蔡这人嘴巴不严，和他说，他肯定会到处讲，再传出去被上访那帮人知道，就不好了，便敷衍道："没啥，跟咱这案子没关系。你别问了。"

"哼，不说拉倒。"小蔡愤愤地转身就走了。李刚看着他的背影，本想提醒他别忘了把张春丽的病历也看看，看他这架势，提醒了只会让他怨气更大，回头再说吧。

6

员工宿舍里一片狼藉，走廊上拉着绳子，晾着衣服、床单，地上都是水，厨房的洗衣机轰隆隆响个不停，听动静应该是有毛病了。秀芳拿钥匙打开大门，被扑面而来的浓厚的体味熏得直噘鼻子。这是沿江春饭庄的员工宿舍，两居室里住了五个人，大屋三个小屋两个，林双海和广涛住小屋。宿舍当然没家里那么讲究，大家都是穿着鞋直接进去，秀芳推门进到小屋，两张单人床上的被都没叠，广涛坐在床边正看手机短信，抬头见是秀芳，笑着说："嫂子来了，海哥在洗澡呢。"说完，扬起下巴指了指卫生间那边。这是上午9点钟，能早上起来洗澡的，也只有林双海，据说是南方人的习惯，叫冲凉。反正北方人很少这样，而且这里的很多人冬天都是一周洗一次，去外面的澡堂子，即使家里有热水器。林双海天天都洗澡，这也是他和大家不太一样的地方。

秀芳伸手把林双海的被褥叠了，顺便检查了下卫生，有点油腻，厨子们天天烟熏火燎的，有油烟味正常。秀芳也不嫌弃，叠完被褥，把床单拉平，她又顺手把林双海放在旁边椅子上的衣服给叠了。林双海穿得也很朴素，就那么两件来回换，裤子是深蓝呢子面料的，秀芳拉他去街上裁缝铺做的。按说呢子要干洗，但他还是扔到洗衣机里洗，呢子一沾水就缩，而且特别皱，他也不在乎。白瞎这面料了，秀芳心想。

叠衣服的时候，她摸到一个方形的东西，知道是钱包，随手拿了出来。棕色皮夹子，鼓鼓的，翻开一看，里面得有一千多块钱，这家伙随时老揣这么多钱，也不怕被抢了。秀芳一边想，一边翻开钱包，里面掉出几个钢镚，她弯腰从地上捡起来。广涛又笑："怕海哥没钱，查账呢。"

秀芳瞪了他一眼："不说话没人当你是哑巴。"但她心里并不生气，她愿意别人管林双海叫哥，管她叫嫂子，包括父亲在内，所有人都把他俩当成一对儿。只有林双海，模棱两可的，靠近他，他也不躲，但也没个明确态度。俩人目前为止，唯一亲密举动是秀芳在外面走路会拉他的手，挽他的胳膊，再没别的了。有几次秀芳甚至等着他来抱自己,亲自己,可林双海呢?没有任何举动。开始时秀芳暗喜,觉得林双海和那帮粗俗的汉子不一样,虽然没读过多少书,但很斯文,不说脏话,爱钻研做菜。慢慢地,她心里开始有些不安,觉得林双海是不是性取向有问题,对女人不感兴趣,后来听广涛说,他们几个一起去看过三级片,秀芳还挺高兴,这说明他正常。再后来,秀芳就有些生气了,觉得林双海不是对女人没兴趣,是对她没兴趣,不过是因为在父亲手底下打工,不想得罪她而已。她有时想想就来气,自己家里这条件,找啥样的找不到,看上他了,他还不接茬,小样的。最近这半年,秀芳总要和他耍耍脾气,想跟他吵一吵,把他彻底拿住。可林双海脾气很好,你硬来,他就往后躲,你骂他,他和你笑笑,也不恼,秀芳一拳打到棉花上,过一会儿自己就先绷不住了,又说起软话来。

林双海的钱包很旧了,长年揣在裤兜里,皮子边缘都有点开线,秀芳拿出钱点了点,想看看他到底有多少,忽然看到内侧夹着一张黑白照片。她拿出来一看,是一张四口人的合影,两个大人站在后面,前面是两个小孩,女孩大概是刚上托儿所的年纪,男孩大一些,差不多该要上小学了。林双海不爱说家里的事,越不说,秀芳越好奇,她问过两次,林双海就是含糊地说:"父母分开了,过去在福建那边的服装厂里,还有个妹妹。"就这么多了，从没见他和家人有联系，过年过节也不回去，一直是一个人孤零零地过着。秀芳举起照片，仔细看着上面的人，小男孩无疑是林双海，眉眼一下就认得出，父母长得都不错，尤其是母亲，一眼而知的漂亮，真人不知道得多好看。男孩没有父母那么出众的长相，女孩倒是继承了双方的优点，大眼睛带着笑意，一看就是个美人坯子。

"你咋翻我东西呢？"秀芳正端详着照片，忽然听到发问声，抬头一看，林双海站在屋门口，他只穿了秋裤，上身光着，拿毛巾擦着头发。

"我刚帮你收拾东西，钱包掉地上了，捡起来正好看到……"秀芳说着，把照片举起来，借着窗户透过的光亮，看看林双海，又看看照片，说，"你和你爸妈谁像？眼睛随你妈，单眼皮，脸型随你爸，你真是……"她正说着，林双海大步迈过来，一把夺过照片，生气地说："不要动我东西！"

秀芳惊了，屋里光线不好，但还是能看到他的怒意，是真的生气了，他可从没跟自己这样过。秀芳也不高兴了，站起来，气鼓鼓地说："咋地？怕我拿你钱啊？还是你有啥不可告人的啊？"

林双海低头走过来，把照片快速放回钱包里，再拿起叠好的裤子，把钱包塞进裤兜。广涛看着他俩，笑着说："小两口床头吵，床尾和，越吵日子越红火。"

林双海看着秀芳，缓缓地说："以后不要动我东西。"

秀芳愣住了，她第一次在林双海眼睛里，看到了寒意、怒意，还有一丝伤感。片刻她反应过来，一跺脚，推开林双海，冲出去了。大门一下打开，又砰的一声关上，外面响起了急促的下楼脚步声，高跟鞋的后跟笃笃地敲着地面，绵密得像厨房剁肉馅的刀声。广涛也被林双海的样子惊着了，讪讪地说："海哥，刚才有点言重了，不过没事，女孩哄哄就好。"

那脚步声渐远渐息，屋里又响起洗衣机的喧闹声，林双海皱皱眉，从简易衣柜里找出一件衬衫穿上。忽然那脚步声又响起来，越来越大，然后是钥匙开门声，秀芳气呼呼地冲进小屋，对着林双海说："刚才忘了说，你早点去饭店，廖局长让人一早把熊掌送来了，我爸要告诉你咋处理。"

熊掌一共八个，四个前掌四个后掌，前掌的味道更好一些，周大厨亲自来处理。这么贵重的食材，万一弄坏了，赔都没法赔。饭店员工租了三个两居室，都在红岸公园外面的居民楼里，走回饭馆也就10分钟不到的路。林双海和广涛10点半赶到时，周大厨正等着他们，让他们在灶台上坐上一大锅水，熊掌冷水下锅，开大火煮，看着他们放好，周大厨再三嘱咐，水开了转中小火，得慢慢把熊掌里的污垢煮出来，要煮到毛皮分离。广涛说："不可能忘，忘吃饭都不会忘了熊掌。"周大厨点点头，说："我在这儿吃午饭，给我炒个蛋炒饭，拌个黄瓜肘花，对了，那个雪兔弄好了吧，晚上廖局长过来一趟，给他做个山跳子汤。"

林双海点头，从冰箱里拿出隔夜的米饭，起锅烧油，葱蒜炝锅，下半勺蛋液，勺底把炒蛋打碎，再下一碗米饭，打散后加盐味精胡椒粉，手抓着炒勺把颠起锅来。他喜欢炒饭，米饭被炒的像海浪一样上下翻飞，最后一下扬起时用炒勺接住，满满一勺盛进盘里，再一拉锅把，又接住一勺，正好把锅里的饭都盛干净。广涛这时也把肘花和黄瓜切好装进小铁盆里，花椒料油一放，加点蒜末酱油糖醋，菜也好了。林双海一手凉菜盆，一手炒饭盘，端给前厅的周大厨。

周大厨边吃边说："下午你别出去了，在厨房看着锅，我教你一遍。"他知道林双海每天下午时会出去溜达一圈，在江边走走，暖和的时候还会沿着江堤跑步。

林双海点头答应着，回厨房叫广涛和另外几个伙计来吃午饭。今天的午饭是汤面，用鸡骨猪骨熬的高汤，配一点雪菜肉丝，不太讲究的是今天用的挂面。做面点的老李偷懒，没给和面。他们饭馆面食吃得很少，面点的人主做中式点心，水平一般。

人很多，一个大桌都坐不下，一般是厨房的人坐一桌，前台服务员坐一桌。一共将近二十口子人哧溜哧溜地吃着面条。两桌中间摆着两盆咸菜，腌苤蓝丝和一盘青椒炒肉丝，有人吃了几口，不满意地说："老李，你就不能弄个手擀面，这挂面口感太差了。老板又没说不让。"这事有人一开口，立刻就一堆附和的，广涛看看周大厨吃完了饭，坐在一旁端着大缸子喝茶，脸上没有反对的意思，便也跟着附和，只有林双海没吭声。

老李被大伙一说，有点招架不住了，只得说："明天我一早起来，给大伙包馄饨，肉馅的。正好也该包点预备着。只是……"他说到这儿，眼珠一转，看着林双海说："小上海我记得不吃馄饨，那他只能自己弄点吃的了。"

林双海端着大海碗喝面汤，喝了一大口说："不用管我，我自己弄点炒饭，跟周叔今天这样。"

负责凉菜的老赵笑眯眯地问："你为啥不吃馄饨呢？是不是嫌老李手艺不行？"

老李一听不干了，轻轻拍了下桌子说："没有你这样的，挑拨离间的。人家小上海是南方人，馄饨是甜鲜口，咱北方馄饨是酱油汤味，不合他的口。"

负责汤水的二胖说："别一说就是北方馄饨，全东北就你一家馄饨是酱油汤的。我前后也干过好几家，真没见别人这么弄过，端上来一大碗黑乎乎的，看着就没胃口。"

老李看了眼坐在旁边另一桌的周大厨，小声说："老板叫我咋弄就咋弄。"

周大厨远远听到，也不恼，喝口茶清清嗓子，说："这个馄饨，说起来还有段故事。70年代那会儿修大堤，人都是各单位抽调的。我那会儿还在电厂食堂，我们负责做饭往堤上送。有天下大雨，守堤的人都给浇透了，又冷又饿的，送饭的汽车还坏了，中午饭一直到晚上才送去，煮好的馄饨都泡成面片汤了。我怕人家埋怨，就又给馄饨汤里放了香油、酱油，把前晚做熏鸡用的老汤添进去，大堤上吃的那帮人都说，是有史以来最好吃的馄饨。后来承包餐馆，好几个领导都说，别忘了你的电厂馄饨，这名就是这么来的。"

其实这个故事，周大厨讲过很多遍了，除了二胖是新来的刚刚知道，大伙都装作第一次听到，有人还点头做恍然大悟状。老李说："周老板最早让我这么做的时候，我也有点不习惯，后来吃了几次，还真挺好。要我说，咱家馄饨为啥和别人的不一样，主要是因为卤汤，那可是几十种香料……"二胖才明白这是老板的招牌菜，觉得自己刚才太多嘴了，端起碗来喝了口汤，吧唧吧唧嘴说："别说，是越吃越香！"大伙都乐了。

周大厨哼了一声："香料几十种，可啥该放啥不该放，那可大有讲究，一辈子都学不过来。咱家卤肉为啥好吃，不说别的，陈皮就用的十年以上的老皮，一两就几十块钱，别的家呢？能放点橘子皮不错了，能来咱这儿吃的都是讲究人，你食材下没下功夫，他们都能感觉到……"说到这儿，他又喊了一句，"双海，去后厨看一眼锅。"

林双海起身进了后厨，整个厨房热气腾腾，弥漫着一股腥膻味，是野兽身上的那种味道，山里的野物大多有这类味道，他早已见怪不怪，但这次的味道更大一些。大铝锅里的水不紧不慢地冒着泡，一锅黑乎乎毛茸茸的东西浮在水面上，打开盖时，那味道更强烈，还有些臭，这时周大厨也进来了，看了眼锅里说："还不够，等水上浮起一层油了，就捞出来，换清水重新煮，再煮差不多两个小时，毛皮脱开了，捞出来。"

大铝锅装满了水，得有几十斤重，林双海一人不行，他去前面喊上广涛，俩人一起把熊掌捞出，把水倒掉，又接上大半锅凉水，放入熊掌，重新坐在火上，广涛说："按说这活儿不该是咱俩的，周老板都让咱们干了，你说为啥。"

林双海没说话，广涛小声说："我看周老板身体不太行了，他那半边恢复不到以前了。我估摸着，他着急了，想让你尽快接班，然后他就不用天天来了，在家养着了……"他冲着林双海挤挤眼，"以后你当老板了，能给我涨点工资不？"

林双海摇头："别老说没用的。"俩人放好锅，广涛抽抽鼻子:"这都臭了,能吃吗?"

林双海笑说:"周老板不是说过,只要漂得够干净,料喂得足,解放鞋都是道菜。"

广涛小声说:"我跟你说,周老板得病后,不光是手脚不方便,我觉得他味道也不行了。上次端上去的鲍鱼,人家基本没咋吃就给拿下来了,我偷偷尝了一口,那料汁死咸死咸的,鲍鱼都咬不动,跟橡皮一样。真的,我看他心里有数,嘴上不说,所以,这事不是没谱,是肯定的。只要你答应秀芳。对了,你对秀芳到底啥个意思?我看你咋还老扭扭捏捏的呢,都不如人家女的大方。"

林双海拿抹布擦了擦手,黯然说:"我还是别耽误人家姑娘了,回头我跟她说清楚吧。"

"你没看上?"广涛惊讶地说,"那兄弟,我得劝你,秀芳虽说长得不算好……"他说这话时下意识地看了眼厨房门,厨房里就他俩,别人都还在前面吃饭,他接着说,"但人家这条件,你找真是不亏,一步登天,你想,你自己老哥一个,啥都没有,找了她老婆也有了,买卖也有了,跟老丈人关系也好,她哥……"广涛不屑地说,"她哥就是小玩闹,光知道咋呼,不用搭理他。真的,海哥我劝你,赶紧答应,哪怕你不十分可心,那也比找别人强太多了。"

林双海没有说话，这时门推开了，老李端着盘子进来，说："你俩密谋啥呢？"

"没啥，没啥，我俩整熊掌呢。"广涛看都没看他，敷衍了一句。

林双海去前台把自己的碗筷收拾了，大家也纷纷地把自己的碗筷端到厨房水池里。洗碗的王姐开始动手刷碗，林双海在旁边帮忙，王姐不过意，说："不用不用，我自己弄就行。"林双海嘴上说："没事，两下子就完事了。"王姐洗碗，他帮着冲涮，摆到碗筷篮里，干活很有节奏，几下就完事了，都洗完了，摘了橡胶手套。秀芳端着自己的碗筷进来了，王姐刚要去接，秀芳转了个方向，把碗筷递给林双海，噘着嘴说："你来洗。"

林双海没戴手套，接过碗筷，拿到水池里，倒点洗洁精，再用热水冲一下，用百洁布擦一擦内外，秀芳站在旁边看着，忽然问："你为啥不吃馄饨？"

林双海知道，秀芳的脾气来得快，但消得也快，但她需要个台阶下，手里一边忙活，一边说："不爱吃，觉得不好吃。"

"我爸做的，你都觉得不好吃？"秀芳瞪大了眼睛问。林双海转过来，看着她，秀芳还是气鼓鼓的，林双海笑了，小声说："我爸做得特别好，他没了以后，我再没吃过那么好吃的馄饨。"

"哦……"秀芳有些没想到，她以前也问过林双海同样的问题，每次他都是含糊地说不爱吃，不习惯，支吾过去。这样正面回答，还说到他爸，以前是从没有过的，他几乎不提自己的家人。

秀芳严肃的表情松弛了些，但还是控制着不笑，叹口气，故作惋惜道："那可惜了，这么好的馄饨，失传了。"

林双海看着她，郑重地说："配方我妈妈写给我了，我背下来了。过几天，我做一次，你尝尝。"

"哇，真的！"秀芳忘情地笑了，然后又马上收敛住，认真地说，"说好了，哎，先做给我一个人，我觉得行了，才能给别人做。"林双海点点头，两人都笑了。

厨房的活儿都忙完后，林双海到前厅，见周大厨一人坐在那儿，就走过去说："周叔，我明天中午要请个假，可能要晚上才回来，我尽量不耽误干活。"

周大厨点点头："哦，好，你去干啥？"他随意地问。

林双海说："市里来个朋友，我叔叔那边的。我过去一趟，跟他吃个饭，下午回来，我怕他拉我说个没完，所以不敢保时间。"

周大厨心里有点意外，他们餐馆员工是每个月休一天，但林双海几乎没休过。基本上饭店每天都有人请假，今天这个头疼，明天那个发烧，林双海身体好，不得病，也不出去交友。

不过最近林双海好像身体不太行,前几天他送完货后,说不舒服,晚上在宿舍躺了一会儿才来上工,周大厨心里有点犯合计:这小子,不是要跳槽吧?他怀疑地看了林双海一会儿,没发现异常,就说:"那好吧,明天是周四,不忙,不过年前这段时间别再请假了,每天都有订桌。"

林双海连忙点头:"好的,我知道了。"

看着他的背影,周大厨越来越起疑,秀芳上午来的时候眼圈红红的,一问说是因为动了林双海的钱包,林双海和她发火了,刚才又见她笑嘻嘻地从厨房出来,想必是和好了。这俩人,天天跟小孩一样,打打闹闹的,不行,得尽快让他们俩定下来,不然万一哪次吵大发了,真分手了,就回不来了。周大厨暗暗打定主意,明年开春,让他们俩订婚。

7

按之前的约定,上午小蔡去医院查询王冠军和老猫的医疗档案,李刚去移动公司打印王冠军的通话记录。以前这种记录说查就查,但现在公民隐私权越来越受重视,这个还要冯眼镜跟市局说,市局正式发文,移动公司才给查,一来一回耽误了几天时间。在移动大厅里，李刚拿着通话详单看了一下，马上发现了问题，这里的电话记录，都是打进打出接通后的，通话多长时间的都有，但打通了没有接听的电话是没有的。李刚问移动柜台的工作人员，这个能不能看到，工作人员说，这个是不记录的。李刚只得失望地拿着通话详单回了单位。

在座位上他拿着话单仔细看，特别是12月9号晚上的电话记录，确实如田田等人所说，王冠军在9点43分打了一个电话给二招总机，通话5分多钟，考虑到总机转接等候时间，张春丽所说的没说两分钟就挂了，大体是准确的；然后9点55分又给二招总机打了一个，这个电话持续5秒钟就挂了；然后10点13分，打给一个137开头的手机号，李刚认得是田田的手机，通话5分多钟；又过了20多分钟，10点44分，打给一个139开头的手机号，这个是小雪的电话，通话4分多钟，挂了，这也是当晚他打的最后一个电话。

李刚太全神贯注，没发现冯眼镜已经站到他的身后，忽然发话："这是王冠军的通话记录？有啥问题吗？"

李刚被吓了一跳，回头说："刚拿到手，我最先看的就是他死前的这几个电话，看看有没有我们还没掌握的人。"他指给冯眼镜，一个一个说过来，都是已经核实过的。

冯眼镜点点头："再看看他以前的通话，常打的电话都要核实是谁，对了……"他俯下身看了看清单，指着问，"为啥每个电话间隔这么长时间呢？喝高了，吸嗨了，打个电话还得歇一会儿，喘喘气？"

李刚说："他应该给这些人都打了不止一个电话，田田开始没接，他就又打。总机那边你看……"他指给冯眼镜，"接着后面还有一个电话，接通 5 秒就挂断了，那是他又打的，估计是被总机那边的接线员听出声了，直接就给挂了，他就改骚扰田田了。小雪那边我下午见到会跟她核实下，估计也是，打了好几个电话。可惜打通未接的电话只有手机里有记录，移动那边查不到，但我推断是这样。"

冯眼镜点点头，摸着下巴，憎恶地说："他一喝酒就这样？乱打电话？每个打完都喘口气，再打？这人可真够烦人的。"

小雪坐的中巴车下午两点多才到区里，李刚和小蔡已经在十二街区她家楼下等了一个多小时，十二街区和王冠军住的十四街区的楼完全一样，都是苏式红色三层楼，午饭就在街边小饭馆对付了一口冷面。这大冷天还吃冷面明显失误，小蔡吃完就不行了，捂着肚子又回饭馆上厕所去了。李刚自己站在外面，被风吹得发冷，他拿着手机，已经打了好几个电话催了。小雪电话里柔声弱气地道歉，说车绕远了，请他再耐心等一会儿。他正想要不要也回到饭馆里待会儿，这时看到一个穿白色毛茸茸大衣的女人走过来。高跟鞋一步一摇晃，渐渐走近，离子烫泡面头，脸上不知涂了多少粉，睫毛膏刷得根本看不清眼睛轮廓，一手拎着行李箱，一手拿着一个手机，胳膊上挎着一个黑色皮包，走到李刚面前停下，晃了晃手机，嫣然一笑："大哥好，我是小雪，等急了吧？"

"哦！"李刚眼前一亮，小雪的打扮虽然俗气，但还是看得出容貌出众，岁数也不大，难怪跟王冠军能好到一起去。李刚板着脸，严肃地训斥道："我们催了你这么多天，怎么才回来？为什么不配合我们的工作？"

小雪忽闪着无辜的大眼睛，楚楚动人地说："是我的问题。我妈妈脑血栓又严重了，我回去带她看看中医，抓点药，又照看两天。你们要是不催，我本打算待到阴历年后再回来呢。"

这时小蔡从饭馆里面出来了，跑到跟前，对着小雪说："去你住的地方谈吧。"

这是个老式的两居室，大屋里的家具破烂，至少是二十年前的款式，沙发上一大摞各式鲜艳衣服，茶几上放着一个梳妆镜和一堆化妆品，地板和桌面上有一层薄灰，看得出有些天没人住了。小雪领着他们进来，道歉说："几天不在，还没打扫，你们将就坐吧，要不要给你们烧点热水。"

李刚环顾了下屋子，另一个屋应该是卧室，关着门，这个屋子，感觉不到男人生活过的痕迹。

小蔡疲惫地说："烧点水吧，我肚子不太得劲。"说着，脸上又露出痛苦的表情，捂着肚子，重重地坐到沙发上。小雪连忙拎着暖壶去接水，回来插上电源，等水开的工夫，她又从墙角拿出两瓶矿泉水递给他们："先喝这个。"小蔡接过来，拧开瓶子，喝了一大口，李刚接着问："王冠军，我们听说你和他现在比较近，跟你了解下他的情况，特别是他出事前，和你有联系不，有没有啥反常。"

小雪为难地说："你这一问，我都有点蒙，不知从哪说起。"

"你和他啥关系？"小蔡很不客气地问道，"是情人关系吧？"他最近两天脾气越来越大，今天中午和李刚碰头的时候就拉着脸，一点笑模样都没有，李刚知道他心里有怨气，也没多说什么。

小雪有点尴尬，只好老实地说："算是我老客吧，去年底认识的。他来我们歌厅唱歌，点的我，后来他隔三岔五就来，就这么熟了。不过……"小雪犹豫了下，接着说，"我也不止他一个老客，还有别人呢，这他也知道。"

"你是不止他一个老客，但最近这一年，他应该是就找你，基本不找别人，我们了解到的信息是这样的。"李刚说，这些都是田田说的，从歌厅老板那儿也得到证实。

小雪漠然地说："可能是吧，有别人我也不在乎，就没指望跟他能有个啥结果。"说到这儿，她语气一转，有点鄙夷地说，"我最开始还以为他得多有钱呢，穿得可讲究了，皮夹克，还开个捷达车，花钱也大方。等后来熟了我才知道，他就爱摆阔，讲吃讲穿，其实没啥钱，那车是他借的，后来借不着了，那他也不骑车，宁肯天天打车。"

"这个房子……"李刚环顾了下，接着说，"是他给你找的？"

小雪摇头："我自己租的，不贵。他有时要过来，我没同意，我从不带客人来自己家，这是我的原则。"

"为啥呢？"小蔡有点好奇。

小雪阴郁地说："以前带我的姐姐教我的。我们这工作接触的人太杂，有些人表面看着挺好的，把你生活规律摸清了，会打劫，搞不好命都没了，这都有过教训。"她的表情变化很快，阴晴转换就在一瞬间，如夏天的阵雨天。

小蔡有点轻视地说："他没钱，你俩还处这么久，说明他还是有过人之处呗，或者是有感情？"

小雪脸色沉下来，哼了一声说："啥感情？我们就是陪各位大哥乐呵，人家高兴，我们挣钱。你们上班不也是为了挣钱养家嘛,都一样。"她有些不高兴了,语气里带着情绪说,"王冠军就这毛病,老觉得自己是国营的,话里话外瞧不上外面做买卖的,说人家是盲流,投机倒把,都啥年代了,还投机倒把。要我说,就是自己没本事,不敢出去混,靠那点死工资,看别人挣钱心里难受,唯一能炫耀的就是个国营身份了,那东西现在还值个啥?我可不惯着他,不过我也不得罪他,没必要。"

小蔡也不高兴了,说:"你们和我们能一样吗?我们是正当职业,你们呢?"

李刚看了小蔡一眼,来查案的,又不是来辩论的,没必要这样。他接过话头说:"咱接着说事,那你和王冠军,呃……就是约会,在歌厅以外,都在哪见面?去他家?"李刚他俩在搜王冠军家的时候见到一些女人的衣服和化妆品,应该都是张春丽的,看不出有别的女人长期生活的迹象。

小雪从皮包里翻出盒香烟,点着后抽了口说:"去过他家两次,但他不太乐意,我也不愿意。他不是还没离婚嘛,万一他老婆回来,那多尴尬?他有时候借他朋友的房子,就是那个田田的。他那朋友有个一居室,没人住,也没租,我俩有时在那儿见。"热水壶烧开了,小雪走过去,拿杯子装了点茶叶,泡了两杯端回来放到茶几上,她坐回到椅子上,斜靠着身子说:"他不还有仓房嘛,那个冬天是不行,夏天收拾收拾,也能凑合用。"一说仓房，李刚和小蔡立刻交换了下眼神，小雪感觉出他们有点不信，又补充说："那仓房很干净的，就是没电，只能点蜡。王冠军有一点我很喜欢，非常干净，天天洗脚，也收拾屋子，他那家现在他自己住，瞅着比我这儿干净。"说着，小雪用手指了指自己的屋子，这么一说，李刚想起来了，王冠军的屋子是挺利索的，对于一个单身男人来说，不太多见。

李刚接着问："你最后一次和他联系是啥时候？"

小雪凝视着桌面，沉思道："一下想不起来了，好像一个月前吧。他找过我一次，来歌厅，坐了会儿就走了，我们这两个月联系的不多，都挺忙的。"

小蔡严厉地说："我们查过他的手机通话记录，12月9号那天，就是他被杀的那个晚上，夜里10点44分他给你打过电话，通话4分多钟，你再说你没联系过。而且他被杀的第二天你就回讷河了，这是巧合吗？我告诉你，你现在是有重大嫌疑的，你要实话实说，不然就跟我们去保卫处慢慢说。"

小雪失了分寸，脸煞白，眼泪哗的一下涌了出来，从桌上抽起纸巾擦泪，抽泣起来。李刚觉得小蔡吓她没必要，就跟小蔡使了个眼色，耐心地等着小雪缓过来。过了一会儿，小雪平复了些，说："我们确实是一个月前见的，后来真就没见过，9号那天晚上他打电话，我那会儿在店里上班呢，打了好几个我都没听见,后来接起来一听,又是喝多了,他一喝多就那样,电话里哭唧唧,说对不起啥的。我当时正陪客呢,怕客人生气,说了两句赶紧给挂了。"

李刚说:"你手机上还保存着通话记录不?能给我看下吗?"

小雪掏出手机,翻了翻,放到桌上,李刚拿起一看,果然,10点44分接通之前,还有10点40分、10点42分两个未接电话,来电人都写的是冠军哥。李刚用小本记下来,把手机还给小雪后,又问:"那你怎么第二天就回家呢?这么巧?"

小雪苦着脸,抽了抽鼻子说:"我妈病了,这事我能拿来撒谎吗?9号那天下午我弟弟给我打的电话,所以晚上我跟老板请了假,第二天,就是10号一早就坐最早的车走了。我包车从咱这儿去的市里火车站,再换火车,我当时根本不知道他出事。这些你们可以跟我老板,还有我弟弟核实。"她再次翻出手机,递给李刚,"就是这个电话,我弟弟的。"

李刚记下来她弟弟的电话,说:"你老板和我们说过你请假的事,回头我们和你弟弟再核实下。对了,你当时接电话,你确定王冠军那头是正常的吗?有没有什么特别的地方,比如背景音,或者他的语气这些。"

小雪想了一会儿,摇摇头:"没太注意,我在上班呢,包房里可吵了,我堵着一边耳朵接的,又出去说了两句话就给挂了。我就安慰他,别哭了,回头见见啥的,也没说别的。不过你这么一说,我觉得有个地方有点奇怪。就是之前我俩商量好,周末时去趟市里,陪我逛逛,买两件衣服,完了再去龙沙公园拍两张照,他说他借个好点的相机。9号那天他不正好打来了,我就问他,相机借来了吗?借的啥型号?他一愣,就跟听不见我说话一样,还在那儿说对不起,呜噜呜噜地哭。"

李刚忽然有了一个想法,他问道:"你说你的,他说他的,会不会是录音?你确定是他真人在那头?"

小雪被这个问题给惊着了,瞪着两只大眼睛,结结巴巴地说:"真,真的是真人,应该是,肯定是!"她一拍大腿,"我最后跟他有点急了,我就说,你再这么胡说八道我就不理你了,你到底借没借来,他在那儿支吾了下,说借了个小数码,我说哎你不是要借单反吗?小数码你不是有吗?完了他又开始哭,说对不起,我就给挂了,不搭理他了。"

小蔡已经喝干了给他倒的热茶水,他问:"你觉得奇怪,在什么地方?你不是说,他总这样吗,一喝酒就打电话乱说。"

小雪摇摇头,若有所思地说:"你要是这么问,细寻思下,还是有点不一样,他确实是喝了酒就打电话,边哭边打的,但9号那天,不知道他是不是喝太多了,反正说话听着更糊涂,更迷糊。"

"可能是因为吸毒导致的……"李刚终于要问到重要的问题,"你和他接触这么长时间,他有没有吸毒的毛病,据你所知。"

"绝对没有!"小雪斩钉截铁地否认,"他爱喝酒,烟瘾也大,但绝对不吸毒,而且他很瞧不起吸毒的。我跟他说过我上班遇到过吸毒的,他都让我离那些人远点,让老板去报警,不让我去报警是怕我得罪人,我觉得他不可能吸。"

"那他接触的人里,有没有像吸毒或别的可疑的人?"李刚问。

小雪想了一会儿,摇头否认:"我就知道他跟田田比较好,但其实田田也不咋来歌厅,我就见过两次,还是在外面一起吃饭。还有就是些乱七八糟的,这大哥那领导啥的,好像也没谁跟他走得太近。他这人吧,刚接触还行,能说会道的,也挺热情。时间长了就发现了,骨子里看不起人,老觉得别人不如自己,不是长得不如啊,要不就不是国营单位啊,反正他就觉得自己好。再说了,他跟谁好跟我也没关系,我不关心。"

小蔡问:"他有没有什么仇家?跟谁发生过冲突,有矛盾,他有没有提过?"

小雪仰头看着天花板,想了会儿,慢慢说:"想不起来,他不太愿意说家里的事,跟他老婆关系不行。他有个亲哥,前些年犯啥事给抓起来毙了，我记得他说过一次。哎，我也没追着问，主要我也没兴趣。"小雪说到这儿，有些不耐烦，转头看了眼墙上的挂表，意思很明显，催他们赶紧完事。

李刚轻声说："我们需要从你这儿取些头发化验，请你配合下，不是说你有嫌疑，你工作的场合容易接触到这些，我们……"

小雪不等他说完，从化妆包里取出小剪子，从头上剪下一撮头发，递给他，很干脆地说："不用解释，我不吸，也不怕检查。"

小蔡接过头发，用塑料袋装好，他脸色不太好，一直紧皱着眉头，李刚知道他不舒服，就想赶紧结束，说："今天先这样，你刚回来也得收拾一下，我们就不打扰了，回头有问题再找你。"

小雪点点头："我晚上上班，上午睡觉，中午才起来，你们能下午来最好了。"说着，站起身送他们出去，快走到门口时，李刚想起来什么，回头看着她问："听说王冠军有家暴倾向，打过他老婆，他有没有对你动过手，或者威胁过你？"

小雪捂着嘴笑了："他敢，我要是给打伤上不了班了，我老板就不能饶了他。再说他也没有，他最多就是喝多了乱说话，吼两嗓子，打我那是不可能的。"

从小雪家里出来下楼，李刚批评小蔡："你多余跟她掰扯那些。"

小蔡没吭声，走了几步，他回头看看楼上，说："我说完也后悔了，其实这姑娘还行，挺懂事。"

"确实。"李刚也承认，小雪的职业也许不太光彩，但很独立，有种闯荡社会的无畏感，和工厂里安稳上班的女职工们不太一样，可能也是这点让王冠军喜欢。田田说过，王冠军后来想离婚，也是想着能跟小雪好，为这个田田还劝过他，离婚是对的，但想跟小雪就有点扯了，陪酒陪唱的女人，哪能正经过日子。现在这么看，王冠军也许动情了，但小雪肯定没有。

俩人站在楼下商量下一步去哪。小蔡上午说家里有事，没去医院查病历的事，他现在去，顺便开点治拉肚子的药。李刚看他脸色不好，就嘱咐他别骑车了，打个出租去。小蔡勉强点头同意，他家里负担重，平时轻易不打车。李刚给他拦了辆夏利，递给司机五块钱，然后自己骑上车奔向二招，寒风凛冽，吹得他的皮帽子护耳都飞起来，但他沉浸在思考中，耳朵冻得通红都不自知。这个案子到现在，还是一头雾水，王冠军到底是自杀、意外死亡，还是他杀？小雪，张春丽，哪个更可疑？

8

来到二招已经是下午 4 点来钟，张春丽不在前台，说是忙着张罗晚上的宴会，到了年跟前，来出差的外地客商很多，大多数是来要账的，也有例行拜访送礼的。厂里各个单位吃饭聚餐基本不在二招，嫌这里做的花样少，价格还很高，但有些外地客户不熟悉当地的情况，还有就是外国人，厂里也不让翻译带他们出去吃，怕吃坏了还要担责任，所以二招餐厅的生意一直也很好。李刚坐在大厅的沙发上等了一会儿，快5点钟，张春丽走出来了，深灰色西服套装，胸前别着中英文姓名牌，抱歉地说："真不好意思,新来的人业务不熟，我必须得盯着。正好，要不要试试我们食堂的工作餐？给我们自己员工做的，你肯定没吃过。"李刚确实没吃过，他本来是想问完话回家吃，但张春丽一再推荐："我们二招别的菜不敢说，但点心肯定是咱全市做得最好的，我让他们给你弄两样，你尝尝，觉得好以后领家里人来吃。"

李刚被勾起了好奇，便跟着张春丽走过餐厅，来到一间很朴素的饭厅，这个饭厅有两个门，一个通厨房，一个通外面客人的餐厅。几个穿着张春丽一样制服的人正围坐在大餐桌边闲聊，张春丽和他们打了个招呼，带李刚坐到远处一处小饭桌边，然后进厨房吩咐了下，很快就端上来一盘小点心，杏仁酥、蛋挞、枣泥卷，每个都是一口。张春丽说这是厨房给客人准备的，有些南方客人有吃夜宵的习惯，但每天只做一点，吃不了的就给员工们分了。李刚一口一个吃完，确实好吃，他也不好意思要求再加。很快厨师又端上来一份扒皮鱼炖茄子，外加一盘蛋炒饭，都用小铁盆盛着。张春丽指着说："外地客人不少人要吃特色，我说啥特色，东北不就那几样嘛，都吃腻了，这个菜最早还是我提的,结果反响不错。"张春丽自己盛了半碗白米饭，又端上来两碗甩袖蛋汤，他们一边吃，一边聊了起来。

李刚说明来意，对9号晚上，他有些细节，想跟更多的人了解下，比如总机接到王冠军电话的事，张春丽说："你等着。"起身去喊人，片刻后找来一个圆脸胖姑娘，给介绍说："这就是我们总机小谢，你再晚来点她就下班了，我们总机也是值班的，那天晚上是她值班。电话的事，你跟保卫处的同志说说。"

小谢长得很一般，说话声音却很好听。她说9号那天夜里王冠军打完第一个电话，又打了第二个，她一听还是他，因为张春丽已经嘱咐过了，再不接他的电话，所以立刻就给挂了。她做总机早练出来了，只要是之前打过电话的，她基本一听就知道是谁，王冠军的声音她很早就熟悉了。

李刚点点头，和他之前掌握的是一致的，他问小谢："王冠军那晚电话里，有什么异常吗？就是跟以往不一样的地方。"

小谢摇头："我认得出他的声，可我没跟他聊过，对他不了解。"

张春丽说:"他能有啥不一样的,还那样,我接电话的时候,小邓跟我一起在前台值班呢,她今天夜班还没来呢,一会儿就能到,但我估计,她也说不出啥来。"

李刚摆摆手,表示不急,趁热吃起了扒皮鱼,确实做得好吃,和茄子炖一起,茄子也入味,蛋炒饭也比家里做得好。张春丽看他吃得热火朝天,笑着说:"咋样,我们二招还行吧。"

李刚喝了口蛋汤,称赞道:"确实好吃,这鱼我妈在家也炖过,咋就不是这个味儿呢。"

张春丽一笑,伸手招呼隔壁大桌上一个穿白色厨师服的男子:"老张,你来,人家夸你鱼做得好。"李刚心想这张春丽可真配合,说点啥她都叫人来。老张站起身,摇摇晃晃地走过来站定,李刚有点不好意思,就站起身又称赞了一遍:"这扒皮鱼炖得真好,蛋炒饭也好吃,应该跟你请教下,回头我跟我老妈转达。"

张师傅一笑,露出一嘴烟熏得焦黄的牙齿,眉飞色舞地说:"这扒皮鱼南方人看不上,但在咱这边,也算好东西了,咋说也是海货,做这个……"他没说完,被一声大喊给打断了:"张经理? 张经理在吗? "

喊话的是一个三十来岁的男子,举止轻浮,这么冷的天,穿了个单皮夹克,戴着一顶油闪闪的棕黄色水獭帽子。这种皮帽子很暖和,但男人戴的很少,过去冯眼镜戴过两天,被同事们好一阵嘲笑,说是座山雕来了,不好意思再戴了。张春丽很诧异,高举着手臂挥了挥:"这儿呢,这不周少杰嘛,咋今天是你来了呢?"

"我来没毛病。我家那个伙计,林双海,今天休假,结果出去被人揍了,我爸临时让我送货。"来人一边说着,一边摘下皮手套,眼睛四处打量着,新奇地说,"这里我还没来过呢,之前就是到前台,对了,你们要的东西,我带来了……"说着转身冲着门外喊道,"广涛,你赶紧的,把东西拿进来!"

一个穿军大衣、戴着绿棉帽的大个子伙计抱着一个泡沫箱子走进来,一边问:"放哪啊?"

张师傅也顾不上讲他的扒皮鱼做法,快步迎上去领着他俩往厨房那边的门走:"放到后面冰柜里。"带着伙计进了厨房。

周少杰在张春丽身边站住,看看李刚,又看看张春丽,笑了笑:"张姐吃得够简单的啊,哪天去我们那边,我让伙计给你弄点好的,包你没吃过。"

张春丽应该是不太喜欢这个人,她这么讲究礼节的人都没站起身,只是勉强笑答:"工作餐,有就不错了,还挑啥,你们饭馆那是野味饭馆,那肯定吃得讲究,消费也贵。"

"那可不！市里那帮领导，总来我们那儿吃，真的，还有你们厂的，现在招待客户也都往我们那儿跑，订桌天天满，我就说啊……"他环顾了下四周，不无遗憾地说，"你们二招这条件，要是给我，那营业额得啥样，很多人不得是因为吃，专门来这儿出差啊？"

张春丽脸色沉下来，把话头岔开："林双海？那伙计我知道，一直是他送货的。他咋给人揍了？因为啥啊？"

周少杰不屑地说："谁他妈知道，这小子今天请假出去，下午回来脸上青一块紫一块的，说是被街上流氓给揍了，钱还给抢了。要我说，肯定是惹着谁了。对了，你上次要我家准备的野味，我爸说已经到货了，这两天就收拾好，后天吧，最迟大后天，给你送过来。我爸让我跟你说一声。"

张春丽皱着眉头，自言自语说："咱这儿治安是真要命，一到过年前老有人给抢。"她说话时，不经意地瞟了李刚一眼。李刚觉得她是在暗示保卫干警工作不力，坐不住了，刚站起来要说话，张春丽又对周少杰说："那个犴鼻，你们抓点紧，住这儿的那几个日本客人老念叨，让翻译天天催我。"

"放心，我这就回去说。"周少杰拍了拍胸脯，朗声表态，"我回去就让他们连夜弄，明天就给你们送来。"

这时，送货进厨房的伙计跟着张师傅出来了，张春丽转脸冲他一笑："广涛，辛苦你了。"叫广涛的伙计还没说啥，周少杰插嘴了："啥辛苦，雇他们不就是干这个的嘛。"说完又跟伙计挥挥手："你先出去在外面等我，我跟张经理说正事呢。"叫广涛的伙计愤愤地瞪了他一眼，慢慢走出了饭厅。

张春丽轻声笑了笑，她注意到周少杰一直看着李刚，知道他想攀谈，就说："我跟我们厂保卫处的干警吃工作餐呢，完了还有事，你先忙去吧，我这儿没啥事了。"她有意不提李刚的名字，其实就是不想给他们介绍，但周少杰显然和她想法不同，立即向李刚伸出手："保卫处的啊，我是沿江春饭庄的老板，周少杰。周大厨是我爸，咱市做野味一把刀，别说咱市了，大庆、伊春啥的厨子，也得尊我爸是头子啊。"他说起话来咋咋呼呼的，脸上五官都跟着动。

见他这副虚头巴脑的做派，李刚心里暗暗好笑，自己本来都坐下了，又站起来。俩人煞有介事地握了下手，一时不知说啥好。张春丽也不说话，板着脸，低头看着桌子，周少杰一看俩人都没攀谈的意思，就说："那你们忙，我先走了，张姐，你放心，走了啊！"说完他挥挥手，摇摇摆摆地走出了饭厅，走过大饭桌时，腰还撞了一下凳子，弄出很大的动静，引来几个服务员的窃笑。

张师傅从厨房回来了，走到张春丽跟前说："这个周少杰，还真把自己当老板了，吆五喝六的，不像个样。"

张春丽冲他抬了抬下巴："别理他，咱是跟他爸做业务，也不是跟他。"

张师傅说："不过周大厨店里的几个伙计都挺好的，广涛和那个林双海，都挺好的。上次林双海来咱这儿，那天晚上不是招待武钢的人嘛，赶上厨房好几个请假的，人家林双海小孩一看我忙不过来，二话没说换了衣服就帮我配菜，这孩子仁义。"张师傅竖起了大拇指。

张春丽没接话，坐下自言自语说："得赶紧吃，一会儿还得去盯宴会呢。"张师傅便跟李刚点了点头，回到自己吃饭的那桌坐下了。

李刚好奇地问张春丽："沿江春饭庄我知道，就是红岸公园里面的那家嘛，没进去吃过，听说挺贵的。他们咋还跟你们二招有业务来往呢，你们还在他家上货？"

张春丽快吃完了，她用勺小口喝了两口蛋花汤，说："他家不是做野味嘛。有些客人，特别是日本人、台湾人来咱这边出差，要吃野味。又不想出宾馆，没办法只能找他们，一般是做好一批半成品送来，想吃的时候咱们厨房热一下就行。刚才送来的，那个泡沫箱子里，是发好的哈什蚂，过两天有家台湾企业来谈业务，叫啥北部科技的，经营本部的跟我们都打过招呼了，一定得安排。"

哈什蚂是啥东西？李刚糊涂了："还有刚才你和那个少杰说的犴鼻是啥？"

"哈什蚂就是林蛙，也叫雪蛤，其实就是大蛤蟆！"张春丽一边说，一边忍不住笑，她站起身，指着李刚的碗筷，"吃完了吧？吃完了我给端厨房去，我们职工吃饭的习惯是要自己收拾。"李刚点头表示自己吃完了，看着张春丽麻利地端起碗碟，走到饭厅的一角倒掉，然后顺手端回来两杯茶水："喝点茶，就当漱口了。"

李刚没有喝茶的习惯，但他也接过去喝了一口，张春丽坐下，接着说："犴鼻，就是驼鹿的鼻子，一般厨房都不会做。来咱厂的三菱重机的那帮日本人，不知在哪听说了这个，非要吃。说了好几次，我们开始不想接，后来没办法了，找了沿江春的周大厨，让他给准备。不过别说，借着日本人的光，我们也能见识下了，之前都没吃过。"

李刚感慨地摇头："驼鹿鼻子，人真可怕，都吃出花花来了。对了……"他饮了口茶，又问，"他们经常过来吗？刚才张师傅说的招待宴会伙计帮忙的事，是哪天啊？"

张春丽略微想了下，说："好像就是9号，就是着火那天。"

"哦？"李刚脑子里的警铃被敲响了，他追问，"那天沿江春饭庄来人，也是送货？来了几个，几点来的，几点走的，记得不？"

张春丽摇头："好像是两个人吧。来送货，跟我打个照面就去厨房了，他们跟老张打交道更多。"张春丽指了指大桌那边，张师傅已经吃好了，正端着碗碟去倒剩饭，李刚招呼了声："张师傅！"

张师傅举了举手里的碗碟，去泔水桶那边倒掉，把碗筷放到大塑料箱里，走回来和气地问："找我？"

李刚说："9号那天，沿江春的伙计来送货，还给你帮忙……"他指了指张春丽，意思是听她说的时间，忽然发现她有点不耐烦。张春丽抬手看了看表说："你要问啥抓紧，我还得去忙宴会呢。"李刚一愣，立刻说："要不你先忙，我跟张师傅聊几句，再要找谁我自己打听，不用你一直陪着。"

张春丽点点头，站起身说："那行吧，我还得去补个妆。"说完，快步往外面走，还招呼两个女服务员也抓紧，她的高跟皮鞋每一步敲在瓷砖地上，笃笃脆响。

李刚让他说说那天的情形，张师傅挠了挠稀疏的头顶，慢悠悠地说："我们那天的宴会是6点钟开始，武钢的人过来，咱们经营本部招待的，二十人的大台，档次挺高，菜花样也多。我记得那天是4点半开始备料，大概5点多点儿吧，沿江春的那伙计,林双海来送货,看我们人手不够,厨房忙得脚打后脑勺,放下东西,换上衣服就帮我忙上了,那孩子是真好,干活利索。大概忙了一个来钟头吧,6点半我记得,凉菜上完了,我说没事了,让他回去,他不肯,等着热菜都上去,大概是7点多钟,我又劝,他这才走。对!应该就是7点20走的,因为我正好看了下表,那时候前台进来让上汤面,我还说这主食上得也够快的,印象挺深的,不过主食上来后又要了两次甜点,我就没在了,甜点有别人弄。"

"那个林双海是一个人来的?也是送货?"李刚问。

"两个人来的,广涛开车先走了,小林不会开车,他走的时候,我让他骑我自行车走的。我那破车子就扔车棚里,我现在都走路上下班,基本不用。他之前借过两次,打完气收拾好还给我的,这孩子就是实在。那天送的是飞龙,已经收拾好的。"张师傅小声说,"咱厂是央企,吃这些乱七八糟的不合适,所以一般不做,但架不住客户要,要是不做,那不就把生意往外推嘛,所以就这么着,明白了吧。"他好像透露了一个了不得的秘密,又紧接着嘱咐,"这事别跟别人说,我们一般也不讲,普通客户来,也吃不着,都得是管经营的许总批了才给准备。"

李刚发现这个张师傅很有表达欲,这是好事,就问他:"张师傅你忙不?我想多占用你点时间,跟你了解下情况。"

张师傅义正词严："再忙也得看是啥事，哪头沉哪头轻我还能没数吗？你们这是在办案啊，我必须配合啊。"

李刚拉着他，俩人走出饭厅，来到走廊尽头一个角落里，李刚掏出烟递过去，张师傅接过来看了一眼："软中华，可以啊。"其实李刚平时只抽红河，两天一包，这包软中华是从冯眼镜那儿拿的，专门招待人用。张师傅点着烟，抽了一口，惬意地说："中华软的就是比硬的好，柔和。"

李刚问过很多人，没一个能分出软硬中华的区别来的，感觉这个张师傅有点装。他小声问："张春丽，在这里，有没有啥敌人，或者说关系不好的？"

张师傅凑近了，小声说："她啊，会来事，会做人，长得也好，就是这个婚姻啊，太拖累她了，那个王冠军老闹腾，动不动就跑来作一番。不然就她这能力早就升到服务总公司去了，去年据说上面想提她，结果劳资处的人给挡了，说群众舆论不好。王冠军老散布她外面有人，你说，坑人不？"张师傅说到这里，一脸的不平，"多可惜啊，最关键你知道是啥，人家张春丽没有那些乱七八糟的事，所以我说可惜啊。"张师傅狠狠地抽了一口烟，吐出一大团浓雾来。

一招二招还有医院、职工商店、农场等单位原来归后勤处管，90年代末后勤处改为服务总公司，陆续甩掉了商店和医院，但农场和两个招待所还在。听说农场正在和省里申请耕地，要大面积种水稻，架势拉得挺大。服务总公司的副总，那比厂一般的处级领导或分厂厂长还要有权，求办事的人很多。

李刚心里一动，王冠军死，张春丽是最大的受益者，他就说："他们两口子也闹了好多年了，但我听说王冠军后来也同意离婚了，这不就挺好的嘛，离了也完事了。"

张师傅使劲摇头，眼睛一眨一眨地说："王冠军那小子才不是东西呢，他为啥拖着不离，你以为？你猜是为啥？"

李刚摇头："我哪知道，我也没机会问他啊。"田田说王冠军不甘心，但李刚觉得田田和王冠军是发小，不想说王冠军的不是，所以并没完全信田田的说法。

张师傅说："我们二招上下都知道，王冠军以前没事就过来晃荡一圈，他那人挣得不多，花钱手大，早些年欠了互助会的钱也不还，还是张春丽给还上的。他不离婚就是想让张春丽给他拿钱。你想，要是真离了，又没孩子，他以后咋要钱？所以，我觉得，他要是没死，这婚离不了，他哪能舍得放走摇钱树啊！"

李刚心里涌起一股无名火，低声说："这也太不要脸了。不过……"他忽然发现了个没注意到的细节，就问，"张春丽挣得很多吗？她不就是二招的前厅经理吗，算科级干部，这能有多少钱啊？"

张师傅快速看了下四周，单手拢着嘴凑近了，一字一字地说："她有外捞！"说完，满意地看李刚意外的表情，这正是他想达到的效果，继续说，"她管采购，二招进货都归她管，名义上是前台经理，实际上是宾馆二把手，以前那个二把手退了一直没提人，一把手老曹是个糊涂蛋，采购这些早就被她把住了。就沿江春的供货，你看具体干活是我们厨房，跟那边周大厨谈业务，进多少，啥价格，这都是她弄，不让别人插手，所以……"张师傅说到这里，很有些不平衡，"这女的不简单，都说她跟总公司的李进关系不一般，要不咋能这么吃得开呢。"

李刚回想了下，李进是服务总公司的一把手，最早是管农场的，把持服务公司得有十来年了，不过应该也是五十大几的人了，很快就得退。张春丽再不上去，换了人，就不一定能把持这个肥差了。

这时远处厨房隐隐传来轰隆隆的风机声，张师傅说："厨房开忙了，还有啥事不，我得回去干活了。"

李刚点头致谢："没啥事了，我想起来啥，再去问你，谢谢啊。"

看着张师傅蹒跚远去的背影，李刚想，这张师傅的话，也有些矛盾，一方面说张春丽生活作风正派，另一方面又说她捞外快，都带有主观感情，还是得再多和宾馆的人聊聊。

李刚来到前台，刚才张春丽说的那晚一起值班的小邓刚好来了，张春丽正忙着接电话，也顾不上和李刚说话。李刚说想跟小邓聊聊，张春丽一指："去小卖部，那儿没人。"

小邓和李刚在小卖部隔着柜台坐下，这是个年轻姑娘，刚工作没两年，说话很谨慎，李刚想缓和下她的情绪，先闲聊说："我刚在你们食堂吃的工作餐，真挺好吃的。"

小邓笑了笑，没接茬。李刚又问："你咋不在这儿吃晚饭呢，我看别人都吃。"

小邓说："我刚结婚，得给老公做饭，做完了一起吃。"

李刚看出来了，这个人只能问能明确回答的问题，不要问主观性问题。于是就掏出笔记本，一个个问题问下来。按小邓的说法，晚上12点以前，她和张春丽一直在前台。客房经常会有事，比如要夜宵啥的，日本客人晚上总喝酒，喝完了闹得厉害，那天他们也没闹，是个很平静的夜晚，除了王冠军的电话。12点以后，张春丽就去值班宿舍睡觉了，小邓自己留在前台，宿舍和前台就隔一个房间，有动静可以马上出来。一直到早上5点多钟，忽然来了个电话找张春丽，是消防队的，说她家着火了，吓得她赶忙回去了。

"有没有可能，张春丽趁着别人不在，在中间溜出去呢？"

小邓认为不太可能，12点前值班时俩人去卫生间是轮流的，时间都很短。12点后在宿舍休息，她们住的是个四人间，两张上下铺。除了张春丽，那天还有客房的两个服务员也在宿舍休息，她们这些人因为工作习惯，睡觉都很轻，有人起来肯定知道。李刚又找到了一个当夜值班的客房服务员，她也说，张春丽后半夜一直在宿舍休息，没有出去过，连起夜上厕所都没有。

问了一圈，李刚回到前台，电话高峰期已经过去了，李刚和张春丽打个招呼："你不忙的时候，咱们再谈谈。"

张春丽看了看墙上的表："宴会还得一会儿完事，我能抽个空，你时间不长吧？"

"不长，也就15分钟。"李刚说。

"那行……"张春丽点点头，跟同伴小邓打了个招呼，然后和李刚进到前台后面的隔间里，这是他们办公的地方，兼做行李房，墙边的旧架子上装满了文件夹。张春丽指了指："订单档案，多少年存下来的。"她给李刚倒了杯茶才坐下，长年在服务业工作，张春丽说话做事都很麻利，很有眼力见儿。

她坐定后，看着李刚，笑了笑："你跟我同事了解得咋样了？"

李刚有点尴尬，解释说："这是工作需要，你不要介意，我们对涉案的其他人也是一样的做法。"

"没事……"张春丽风轻云淡地摆了摆手，表示自己毫不在意，"王冠军死了，法律上我还是他妻子，调查我是正常的。"

李刚踌躇了下，问她知不知道除田田和小雪外，还有谁和王冠军来往比较多，男人女人都算。他直接提小雪，是想看看张春丽的反应。

张春丽毫不惊讶，冷笑了一声说："他爱跟谁跟谁，他领女人回家，我其实都知道，我没直接说，侧面点了点他。之后他应该没有再领人来，我和他早就各过各的了，就是差个手续。"

李刚问："他老找你要钱，这些你怎么之前没说过呢？"

张春丽第一次脸上露出羞愧的表情，她从桌上抽出纸巾，拿在手里，低声说："觉得没面子。我找的男人，不老实也就算了，还得倒贴钱。我都不敢跟我妈说，说了她非得气住院不可，当年我爸妈那么劝我，拦我，不让我跟他，我也不知怎么就迷了眼，非要跟他……"说着，她的眼泪还是没忍住下来了，她轻轻用纸巾拭去泪，小声嘀咕说，"妆花了还得补。"刚才精明干练的劲儿消失了，她呈现出了柔弱的一面。

"这些年，他从你这儿要走不少钱吧？是不是他一直不肯离婚，也是因为这个，怕以后你不给他钱了？"李刚问。

张春丽踌躇了下，结结巴巴地说："没算过，可能有几万块吧，我也不计较这些。他前阵子是跟我说过，再给他两万，然后就办手续。我不想那么快答应，我想着拖一段，再砍点，没想到他就这么着了……"张春丽哭了，开始还是小声哽咽，哭着哭着就止不住了，演变成了大哭。前面值班的小邓被哭声吸引进来了，连忙给张春丽递纸巾，好言好语地安慰，小邓生气地埋怨李刚："你问啥了，把我们春丽姐给惹哭了，差不多行了，别打听个没完。"

李刚有些尴尬，他收起笔记本，站起来说："那好吧，今天就到这儿吧，你情绪缓和缓和，回头我再找个时间……"他的话被小邓给打断了："你还要问啊？不是我说，春丽姐是死者家属，你老揪着她审个啥呢？外面天天都有打劫的，你们不管，就欺负老实人。"小邓眼睛瞪起来，还有点凶，和刚才的乖乖女判若两人。

李刚不愿和她争执，和张春丽点点头说："我先走了。"张春丽抽泣着直起腰，脸上一道道黑色的泪痕，睫毛膏被冲垮了，她哽咽着说："不好意思了，你还有啥问题，给我打电话。"

9

林双海的伤不重，但破相了，额头上一块青紫，左边脸颊有点肿，嘴唇也破了。他是疤痕体质，一点伤就红肿，显得很严重。下午3点多回到宿舍，广涛正好还没走，看到了大呼小叫的，同住的别的伙计也看到了，都围着他问长问短，咋搞的？谁干的？林双海含含糊糊地说，在外面被人打劫了，几个拿刀的小子，听说话也是本地的，打扮像盲流，不光抢他，还抢了别人。别人再问，他就不愿意多说了。

别人问的不说可以，但秀芳问，他就没法一直躲闪了。也不知哪个好信儿的跟秀芳说了，好不容易给别人打发了，秀芳连呼带叫地冲进宿舍，抱着他脸说："给我看看，给我看看，别伤着脑子，明天我陪你去医院拍个CT，检查下，别有啥内伤。"

林双海挣脱了她的手，一个劲儿地说："不用不用，没事，我自己知道，就是皮外伤。"

"不是,你到底是在哪给抢的啊？这得报案啊，你报了吗？"秀芳瞪圆了眼睛，问他。

林双海摇头，缓慢地站起来说："我没事，该上工了，不用报了，报了也没人管。"

"你咋知道没人管呢？你都没报就拉倒了？都像你这样咋抓坏人啊。"秀芳急了，跟着站起来，抓紧他的胳膊，"上啥工，今天请天假，我跟我爸说，我这就陪你去报案。"

"不去！"林双海有点不耐烦，挣开了她的手，立刻觉得自己态度太生硬，便又缓和地哄着秀芳，"没出人命，也没伤着骨头，警察真的管不过来，这种事太多了。今天我得去给二招送货呢，你忘了，哈什蚂昨天弄好的，今天我回来晚了，不然下午就送去了。"

"哎呀，这个让广涛送，让我哥开车，就这么定了，我跟我哥说。你今天别去上班了，本来你今天也休假。"

"行吧，那我得自己跟你爸说一声，不能是你转达，这不合适。"林双海坚持着，秀芳见他不去上班了，也同意了，拿出自己的手机，让他给周大厨打了个电话说一下，周大厨当然说没问题，又关怀了几句。挂了电话后，秀芳挨着他坐下，柔声说："晚上要不我给你下个面条？或者，咱俩去楼下饭馆吃点？"

林双海笑了："你还会下面条？我们宿舍也没面条，都在饭店吃，这里连煮面的家伙什都没有。"

"那就去楼下吧，等会儿的。"秀芳挽着他的胳膊，脸贴着他肩膀，长头发蹭到了林双海的脸庞，弄得他有点痒。秀芳身上的气息也让他心神难定，他屏住气，不再说话，天已经黑了，灯还没开，俩人在昏暗的房间里坐着，广涛等人都上工走了，屋里安静起来，只听到厨房水龙头嘀嘀嗒嗒的声响。良久，林双海开口，缓缓说道："我今天去昂昂溪了，回来的时候在长途巴士上，刚上国道没多久，上来三个搭车的，结果是劫匪，拿着刀，挨个翻包。我旁边的人藏钱，被他们打够呛。把我的钱包给抢走了，我说能不能把钱拿走，钱包留下，里面还有我的身份证，抢钱包那小子恼了，对着我脑袋和脸就给了几下，打得我直冒金星。这几个家伙肯定是惯犯，特别利索，一眨眼就下车跑了，没准还有接应的，乘客谁都不敢下去追。"

"那司机呢？咋这么二呢？拦车就上，说下就下啊。"秀芳抬起头，惊异地问，"是不是司机跟他们都是一伙儿的啊？真的，不是我说啥，你必须得去报警，咱们得帮警察抓着这伙人，免得他们继续在外面祸祸别人。"

林双海没有回答她的问题，而是继续说："钱包里钱不多，五百多块吧，但有我家人的照片，还有身份证。"

秀芳抓着他的手说："走吧，咱们先去吃点东西，然后就去报警。"

林双海转头看她，屋里太暗了，只有一个轮廓，但眼睛闪闪亮，也正看着自己，俩人视线相对，不知对视了多久。秀芳忽然扑上去，使劲地吻他，嘴贴着嘴，牙齿顶着。他破了的嘴唇很疼，但他忍着，不说话，好一会儿，分开了。秀芳喘着粗气，笑着说："你不躲了？"说完，咯咯地笑起来。林双海也笑了，他张开双臂，抱着秀芳，小声说："你怎么不问，我为啥去昂昂溪？"

秀芳说："你想说，你会跟我说的，你不想，我问了你不说，我还生气，我不想找气受。"

林双海主动吻了秀芳一下，轻柔地，像盖个戳一样，盖在她的脑门上，然后抬起头，看着窗户，窗户上全是冰霜，只能透过一点点亮，他喃喃说："我爸，他的骨灰葬在昂昂溪的陵园里，我去给他上坟。我爸爸以前在这边打工，就葬在这儿了。"

秀芳把头靠在他的胸膛上，挪了挪，找了个舒适的角度，说："所以你才来这边，你妈妈呢？"

"我妈妈改嫁了，我开始跟爷爷奶奶生活，后来投奔的我叔叔，就是我爸爸的小弟，他在加格达奇，在那边林场里干活。我初中毕业就不念书了，一直在打工，我还开过两年拖拉机呢。前几年来这里给我爸上坟，本来就想临时找个工作，干一段还回林场，被人介绍到你家饭馆，没想到就这么一直干下去了。"

秀芳在他怀里转过头，伸手轻轻抚摸着他的下巴，轻声说："可怜的孩子，我爸要是离开我了，我肯定特别特别受不了。"她摸到了他的嘴唇，手指在嘴唇上摩挲着，林双海抓住她的手，轻轻亲了下，秀芳问："你爸爸，他是生病走的？"

林双海摇头，过了会儿说："他是一时想不开，自杀的。"

"啊！天呐。"秀芳声音颤抖着呼喊，她挣脱开林双海的怀抱，坐起来，鼻尖贴着林双海的脸颊说："为什么要这样？要抛下自己的家人，他都有你们了，为啥还会这样？"

林双海叹口气，说："他是一时想不开呢。"他停顿了下，缓缓地说，"他和我妈在外面摆摊，吃了不少苦，有纠纷，也碰到些难事，他没法化解，一下就……"他没再说下去。

秀芳流泪了，她哽咽着说："我一想到我爸身体不好，哪天离开我们了，我就心里头疼得不行。"她捂了下自己的胸口。

林双海长叹了一声，喃喃说："我钱包里总有我们一家人的照片，我爸妈，我，还有我小妹。我每天都要打开看一眼。我很想念小时候家人在一起的日子，其实时间很短，我爸妈都在外面打工，我跟我小妹住在爷爷奶奶家，我爸妈两年才回来一次，待一两个月，再走。"

"谋生真难……"秀芳感慨地说，"还是我们家好，一家人在一起，别看我哥吊儿郎当的，他真不在的时候，我还挺想他的。"

"那是肯定的……"林双海握紧了秀芳的手，说，"那天在江边，你问我，是不是觉得为了你不值得。当年，我妈问过我爸一样的话，他可能也是被这话刺激到了。"

秀芳又哭了，她头埋在林双海怀里，用拳头打着林双海的前胸，呜呜地说："我错了，对不起，以后不要再冲动了好吗？

我们都平平安安的，好好地过下去。"

林双海笑了，说："有些事已经发生了，后悔也没用了，我以后不会了。"说罢，他站起来，"走，吃饭，然后去报警，听你的。"

秀芳又抱住他亲了再亲，一阵密不透风的亲吻后，秀芳郑重地说："答应我，以后有难事，跟我说，咱们一起面对，不要自己憋着。"

"我发誓。"林双海举起右手，郑重宣誓。秀芳咯咯地笑着，她的心被爱情滋润得甜丝丝的，爱情的灯火点亮了，天寒地冻算什么，雾霾扬沙算什么，未来的小日子注定红红火火，她被自己幸福的憧憬迷晕了。

秀芳的快乐第二天就让饭馆上下都感受到了，她容光焕发，和谁说话都是笑吟吟，美滋滋的，动不动就大惊小怪地称赞："哎呀，这个咋这么好吃呢？太行了呗。这餐巾纸叠得老好看，哎呀，老妹你手可真巧！"虽然她一直都是随和的人，但这么个热情劲儿，还是让大伙有点不适应，当然大家马上就明白了原因，几乎都松了口气：这一对儿，总算是成了。

所有人都高兴，除了周少杰。他愿意看到妹妹高兴，可他不想是因为林双海，傍晚大家围着吃工作餐的时候，他吃得差不多了，打了个嗝，不怀好意地拿话撩林双海："被抢了？你也太屃了，抢你都不吱声，大老爷们，一点血性都没有。报警还得我妹妹陪你去，咋，也怕警察？你不是犯过啥事吧？"

"周少杰！你给我闭嘴！"秀芳把饭碗往桌上重重一放，砰的一声，怒视着自己的哥哥。周少杰把筷子往里一甩，悻悻地起身要走，忽然回头说："那个犴鼻做好了吧，那个我可不送啊，别老让别人给你擦屁股。"

秀芳一拍桌子："还让不让人吃饭了？就去那么一趟二招看把你给委屈的，以后你想去都不用，那什么，我跟阿海去送。"她给了林双海一个新称呼，阿海，这个称呼是昨晚她想的，学的港台剧里的叫法，而且，她不许别人叫，只能自己叫。

干犴鼻很难发，厨房一整天都弥漫在难闻的味道里，和熊掌一样，这中间要换好几次水，第一次换水把上面的毛清洗掉，第二次煮腥膻味少了许多，但还要再煮一次，闻不到异味了才可以。然后再清洗，用牛大骨和鸡骨的高汤煨上，夜里下班时关火，第二天早上就可以取出了。周大厨只留了一点，大部分送到二招，他准备用自留的做一道芙蓉犴鼻，这是个摆盘菜，很费时间。过几天晚上廖局长带市政协的人过来，他准备上这道菜，熊掌嘛，廖局长说这次不用，专门留到过年前他几个好哥们吃。

抓获劫匪的喜讯在一早就传遍了保卫处，山炮刚一进屋，大伙纷纷上前祝贺，这个拍拍他肩膀，那个亲热地骂两句："小子行啊，厉害了啊。"大伙心里半是羡慕，半是嫉妒。李刚坐在大屋最里面自己的座位上，忽然想，山炮10点钟才来上班，是不是就是为了让消息能酝酿下，等气氛都成熟了，人家再进来收割，马上又为自己的龌龊想法感到害臊。

冯眼镜进来了，让大伙给山炮鼓掌，再让山炮给讲讲经过，虽然大概经过冯眼镜早上已经就讲了，但他还是坚持让山炮现身说法。山炮很谦虚，说没啥，就是赶巧了，他们专案组几个人，扮成普通乘客，坐在长途客车上，19号这天团伙又作案了，抢了昂昂溪到本区这条线上的车，而且连着抢了三辆车，气焰十分嚣张。干警们个个义愤填膺，大伙研究分析了作案规律，这伙劫匪一般半个月出来抢一次，连抢两三天，每天抢几台车，都集中在一两条线路上。

第二天，专案组在从昂昂溪到龙江、甘南、依安几条线的车上都布置了人，之前很难抓主要是因为每条线都有二十多辆车，人手安排不过来。这回做了精心安排，把上午10点和下午4点左右的营运大巴车都给拦住了，只放一辆。这些线路上的乘客主要是农民，去大集上买卖东西，兜里都揣着钱，昂昂溪的大集每周开两天，抢劫就发生在这两天。终于，在发生抢劫事件的次日，也就是20号上午10点半，在昂昂溪开往依安的长途车上，半路上来了三个人。当时车上埋伏的山炮一看，上车的三个男子相貌和之前报案乘客描述的一致：一高两矮，其中一个脸上有刀疤。立刻心就提到了嗓子眼。他看了眼窗外，这大野地，前后都没自然村，这几个家伙是打哪冒出来的？山炮偷偷伸手去摸怀里的手枪，一面用手机快速拨了号码叫支援，一面装作要下车的样子问司机，这是哪啊？离村子还有多远？司机事前已经安排好了，答话说这儿离岗什村还有三里路，电话那头的值班人员听到后就明白了，立即安排待命的干警赶过来。此时这三个歹徒不知道自己已经掉进了罗网，还在逞凶，第一个用刀顶着司机，第二个举着把自制的火枪守住车门，第三个一手拿刀，一手拿着个塑料袋，顺着过道往里走，让旅客们把钱包扔到塑料袋里。有一个旅客动作慢了些，立刻被他狠狠打了几下，鼻子都被打出血了，只能痛苦地捂着鼻子，乖乖交出钱包。

山炮坐在最后，他一直在想行动顺序，之前的报告都说三个人就是拿刀，今天这个看车门的拿枪，这是没预想到的。但他觉得这个枪八成是假的，这三人组之前屡屡得手，没碰上什么挫折，没有道理升级武器，可能就是拿着吓唬人。趁着收钱包的家伙走到自己跟前的时候，山炮出其不意，拿着手铐对着那人的脖子就是一下。伴着一声惨叫，那家伙倒下了。这趟车的司机趁机一踩油门，车唰的一下开出去，拿刀对着他的歹徒被晃倒了。山炮用枪指着门口的歹徒，大喝一声："放下枪，不然打死你！"那歹徒吓傻了，顺从地把枪丢下。有两个男乘客也很勇敢，把第一个被打倒的歹徒按住。山炮快速走到车前，用枪指着刚才看守司机的歹徒，把他和门口的那个铐在一起，喝令他们蹲下，再回身把收钱包的歹徒反手铐住，踩在地上。制服三名歹徒后，他用枪指着他们，一直等到援军赶到。

"孤身一人，制服三名持枪劫匪，这至少是二等功啊。"昨天从中午开始，冯眼镜的电话就没断过。全是各个分局、派出所的人询问情况的，祝贺的，还有趁机让冯眼镜请客的。三个劫匪被押送回齐富区公安分局接受讯问，山炮没有参加。他是借调的，不能一个人把功全占了，这个道理他懂。

听他讲完，大家都跟着心潮澎湃。李刚心里有些失落，人家这功劳不服都不行。冯眼镜最后总结了下，说大伙应该学习山炮这种知难而上、遇强则强的精神，也要学习他的果敢作风。下周就是圣诞节，正好聚一下，迎元旦加庆功，吃个好的，酒也要上档次。大伙嗷嗷地鼓掌欢呼，气氛热烈得要冲破房顶。

好话讲完，快中午了，冯眼镜示意李刚来一下。李刚知道肯定是问案子的事，他给水杯倒满水，进了处长办公室。果然，冯眼镜坐下就问："你那案子咋样了？小蔡说他闹肚子发烧了，好几天没来了，你俩这事办得不行啊。"

李刚解释说小蔡确实发烧了，那天和小雪谈完下午就去医院了，晚上烧到39度。李刚抽空去看了下，拉肚子拉得都脱水了，李刚找医生给他开个病床挂水，让他住两天院，然后回家养一下。今天早上小蔡给李刚打电话说不烧了，应该再过两天就能来。冯眼镜紧皱着眉头听完，评价说："懒驴上磨屎尿多，一贯掉链子。那这几天你得自己跑了，啥情况跟我说说。"

李刚把小雪，还有那天晚上在二招和张师傅、张春丽的谈话跟冯眼镜详细讲了一遍，冯眼镜用征询的目光看着他，他知道是在问自己的判断，犹豫了下说："目前的情况，不能下结论是自杀。田田之前说过，王冠军喝了酒就那样，说活得失败，没孩子，老婆也非要和自己离，父母身体也不好，很悲观。但他并没有留下遗书，自杀采用自焚的方式也很少见。因为吸毒不慎引起火灾，把自己烧死的可能是有的，但这只是可能，没有很直接的证据能支持。此外就是被谋杀的可能……"李刚说到这儿，停下来，喝了口水，冯眼镜示意他继续，他接着说："怀疑的对象，一个是小雪，社会关系复杂，接触的人比较杂，是不是有社会上的人，和王冠军争风吃醋呢？需要对小雪更深入地调查。此外就是张春丽，她也有动机，虽然王冠军口头上答应和她离婚了，但一再拖延，还向她要钱，而且张春丽也到了提拔的关键时候，她是有动机的。那天晚上她确实一直在宾馆没出去过，有种可能是她找了别人，比如说她在外面有了相好，这个人去放火烧死了王冠军。所以也要继续调查她的情况，她周围都是盯着她的眼睛，如果真有外遇，不可能一点马脚露不出来。"

冯眼镜从抽屉里拿出几张纸来，放到桌上。李刚一看是法医鉴定书，冯眼镜说："前几天跟市局的人吃饭，我说了这个案子，正好省里的法医韩老师也在座，他是来这边做经验交流的。韩老师提到一点，我让加到报告里了，这个氯胺酮，用途很广泛，除了我们之前说的做毒品、做精神治疗药外，它还是兽药，养殖场也会用到。"

"哦！"李刚听了心里一沉，自己这事又多了，难不成还得去查养牛场？冯眼镜指了指鉴定书，李刚一看，上面写着"后背右肩上部靠近脖颈处有注射针孔痕迹"。他一惊，放下报告，用手比画，给自己打针，不可能往后脖颈上打吧？这也太别扭了。

"只能是他杀……"冯眼镜说，"我饭后请韩老师来咱六院检查了下尸体，不服不行。之前区里的、市里的法医都没发现，也是烧得太狠了，很难发现。韩老师说，这个应该是 16 号针头，这就是兽用的，给人不用这么大号的针头。"

李刚说："现场地上有煤油，人身上也有煤油痕迹，但人没有挣扎的痕迹，应该是把人整昏迷后点着的。煤油起火非常快，起火时间消防队的估计是夜里两点钟，这个时间所有人都在家睡觉，张春丽在二招宿舍，小雪的时间我也问过，她9点钟上班，那个时间刚下工，正和几个姐妹去饭馆吃夜宵，一直到两点半才回宿舍，她身边一直有人。"

冯眼镜点点头："即使她有时间，制服一个男人，打针，还要挪动人的身体，也不是一个女人能做到的，昏迷的人是很沉的，作案者肯定是男人。可惜啊，现场太乱了，脚印都提取不出来。"

李刚又翻了翻病理鉴定书，死因一栏写着烧死，身体健康一栏有肝硬化，他一惊："这小子有肝硬化，田田、张春丽可都没说过，难道他们都不知情？"

冯眼镜板着脸，批评道："我就让韩老师看了下，人家就给出这么多关键信息，不找合适的人不行啊。你们之前不是说要去查王冠军的病历吗，咋没掌握他生病这个情况呢？"

李刚支吾了下："小蔡要去查，结果他自己病了，我这两天忙着调查张春丽的情况，一直没顾得上。"

冯眼镜摇摇头，无奈地说："我也知道，不能都怪你。那什么，山炮这不立了功吗,我让他休息一天。后天吧,和你一起,你们加快速度。"

李刚高兴了:"那敢情好,小蔡再回来,三个人,肯定能效率提高不少,要不我都愁小雪那头咋查呢,正好让山炮去弄。再调查的时候,我们要留意是否有人在养殖场工作,或者和养殖场有接触机会。"

冯眼镜就喜欢手下热心工作,他微笑地点点头:"行了,快去吃饭吧。"

李刚转身要走,又被叫住了,冯眼镜一拍脑袋说:"我差点忘说了,区局的人查到王冠军他哥哥当初被枪毙的案子了。外面跟人打架,拿刀把人捅了,那人没死,但脾给摘除了,按故意伤害罪判的。王冠军没参与。"

"哦!"李刚说,"是严打那会儿吧,这判得也算从重从严了。"

冯眼镜点头:"对,不过也不过分,这家伙是惯犯。之前就因为打架被拘留过,还有人报过强奸案,不过证据不足,没判。这家伙要是没给毙了,不定还得犯多少回事呢。"

李刚问:"王冠军那时候还小吧,有没有参与他哥的这些事呢?"

冯眼镜说:"卷宗找不到了,当时负责办案的检察官,前两年得肝癌走了。按年岁算，他哥哥判死刑的时候他还没成年，但这种家庭，耳濡目染，肯定有影响。我家过去也住铁西这片，他家这仨小子当时是街区一霸，打架撩闲的事没少干，我略有耳闻。"

李刚点头，站起来要走，冯眼镜挥手叫住他，又说："刘老的时间已经确定，就是元旦，1号、2号两天，你辛苦些，回头串休我给你多补两天假。你抓紧把案子搞完，咱们争取春节前能结案。"

对于过节加班，李刚不像别人那么抵触，家里老婆孩子有父母帮着照顾，没有后顾之忧。不过他忽然想到，自己要不要跟山炮说呢，上次没和小蔡说，弄得人家很不高兴，再不跟山炮说，又要得罪人，这是个难题。

他没想到的是，不用他说，山炮自己就先说出来了："你元旦要辛苦两天，做保卫工作，刘老回来，对吧？我都知道。"山炮毫不在意地说，好像没有他不掌握的秘密，"那两天你忙你的，我跑我的。"

山炮也没打算休息，下午俩人就商量下一步的行动，李刚把案情的进展介绍了下，山炮听完，在小会议室里来回踱步，沉思了一会儿，他问了个问题："王冠军之前打电话哭诉，说不想活了，为啥这些人都没有当回事呢，就没人说，应该去看看他？"

李刚解释道："田田和张春丽都说，他一喝了酒就那样，在家还给张春丽下跪磕头，求她原谅自己。酒醒后第二天该啥样还啥样，根本都不记得自己喝多说过啥，所以他们都没在意。"

山炮点点头，又问："现在基本判定是他杀。有没有可能是陌生人干的，就是闯入者，我们总说，大多数案子都是熟人，但也有一部分是陌生人，比如流窜犯，杀了人，抢了东西就跑了。"

"可没丢什么东西啊，王冠军的钱包还在身上，已经烧化了，就算抢，那里也没多少钱，手机也在，他银行卡上一共只有不到一万块钱，存取记录我看了，没有异常。田田说王冠军其实是个没有安全感的人，过去年轻时身上还总揣个刀，后来年纪大了，不带了，但也总是一惊一乍的。他还跟小雪说过，老梦见过去的仇家来寻仇啥的。"李刚说道，他太知道王冠军这种人了，对陌生人有种本能的敌意，说陌生人要接近并杀害他，不是那么容易的。

"仇家？他有啥仇家？打架斗殴，那过去多了去了……"山炮觉得难以相信，"不瞒你，我都有仇家，我上班后抓的第一个人，十八车间盗窃的。我现在还记得，那小子被送到拘留所，临上车的时候死盯着我，说你信不信我出来弄死你。我当时心里真有点慌,感觉后背唰的一下就出汗了。"

山炮停下来,点了根烟,也给李刚一根。李刚一看,希尔顿,说:"你啥时候抽这么冲的烟了?"

山炮说:"不冲不行,办抢劫案,成宿开会,浓茶喝得心脏突突跳……"他用手挥了挥面前的烟,又说,"说远了,对了,就盗窃那小子,我今年看到了,在街上卖水果呢,弄个三轮车。我认出来了,没打招呼,他先跟我打的招呼,可热情了,还非送我几个香瓜。那人老得不像样了,他应该就三十岁吧,说过五十了都有人信,真的,谁去买瓜他都跟人点头哈腰的,所以这个劳改啊,有用,真有用。"

李刚不说话了,坐在椅子上抽着烟,小会议室的空气被他俩弄得污浊不堪。

山炮掐了烟头,说:"我去查查小雪吧,你接着查张春丽,我刚才的意思,就是会不会是以前的仇人,过来寻仇呢?"

李刚说:"如果那样,那可就不好查了,范围太大了,他哥哥把人捅了,也给毙了,他那会儿还是未成年,是说受害者家属接着寻仇,把他给灭了?老冯说了,以前的卷宗都没了,这真不好查。"

山炮听出李刚的意思,笑了:"我不是搞头脑风暴,就算是以前的仇人,现在动手,最近一段时间肯定会跟他有接触,会露出踪迹，我们只要查他最近一段时间跟谁联系过，有过来往就行。行了……"他挥手制止了李刚要说未说的话，"我晚上还得去街里，专案组的人说聚一下，非让我去，那就去。我明天吧，正式开始。"

李刚心想，山炮论能力远胜小蔡，但他有自己的想法，不像小蔡，你说啥是啥，这也是没办法的事。山炮关门出去，马上又回来了，推门探个脑袋说："对了，咱区分局的高队长，现在不是在市里吗，可以找他帮着打听下，他那人挺仗义的。"

10

新年文艺汇演选在12月24日下午举行，这天也是平安夜，这是不是有意的？李刚心里想。商店里没什么圣诞的气氛，但商店门口卖贺卡的摊位是真多，而且一大早就出摊了，马路边上一溜排开。买贺卡的基本都是学生，挤在摊位前叽叽喳喳，挑来拣去。李刚想起自己上学时为了给喜欢的女生送贺卡，从挑贺卡，到写祝福语，最后送到人家手里，每个环节都反复地纠结，结果人家女生桌上已经堆了一大堆，都没翻开看。现在回想起来，觉得当年真好笑。到了单位一看。冯眼镜不在，说是去厂部开会了，刚坐下，小蔡悄没声息地进来了，他拿到了王冠军的病历，不过这上面的诊断记录是好几年前了，病历上写着重度脂肪肝。看来，这几年时间，他的病情还在发展，他没有看过精神科，老猫和张春丽也没有看过精神科，开的药也都是正常的。

小蔡瘦了一大圈，听李刚说山炮接下来和他们一起查，小蔡只是轻轻地哼了一声，没说什么。他的办公桌和李刚是前后，他扭身坐着，问李刚自己下步干啥。

李刚说山炮去查小雪，自己继续查张春丽，小蔡呢，要不去查查老猫和田田。小蔡低头问："怎么查？查啥？"

李刚有点不高兴，一步步都得说，又不是三岁孩子，他耐着性子说："你自己掌握啊，比如你觉得老猫有啥可疑的地方，田田是不是跟王冠军吵过架。老猫说王冠军找他借过钱，他没借，这也容易引发矛盾，他俩是不是后来吵过，但老猫没说实话呢？"

小蔡抬眼看了李刚一下，又垂下目光，说："我想想吧，看看咋弄。"可能是生病的缘故，他情绪明显不高，一直耷拉着脑袋，半晌后说："山炮这功立的，分离到地方，这不手拿把掐的，打扑克抓牌要啥来啥。我不知道你咋想的，我不指望了，就留厂里吧，也别扯啥立功不立功的了。"

李刚劝他:"我听头儿的意思,这个移交地方的事,明年还未必能搞完。据说想去的还要参加考试,也没说谁就一定能行不能行的。"

小蔡没接话,忽然想起来啥,笑了,说:"下午文艺汇演,你去看不?"

李刚摇头:"我才不去呢,听老李唱歌?我早就听够了。"

小蔡说:"还有老猫他们三分厂的节目呢?你忘了,咱上次就看了个片段,没看着全貌。"

李刚说:"你去看吧,回来跟我们学一学就行了。正好看完,跟老猫聊聊。"

小蔡点头,起身刚要走,山炮推门进来了,看到小蔡打招呼:"咋样,身体好点了没有?"

小蔡不看他,低头说:"没啥事了。"说完就要走,山炮伸手拽住他:"别走啊,我跟你们说点跟案子有关的事。"

小蔡回身坐下,俩人看着山炮,李刚问:"小雪那边,查出啥问题了?"

山炮一笑:"你给我的小雪弟弟的电话我也打了,母亲生病,她回家照看,这都是真的,没说谎。她的老客有两三个,我初步查了下,暂时没发现啥问题。"

小蔡起身又要走,山炮把他叫住:"我还没说完呢,我有了一个意外的发现,就是我抓着的那三个劫匪……"他说这话时,脸上不由得露出得意的笑容,停了停,接着说,"他们抢了一大堆钱包。这些钱包得归纳整理啊,写起诉书得用到,分局也发公告了,让失主去领,但估计大多数人都还没得到信儿,整理的时候发现了个问题……"他停顿了下,然后说,"有一个人的钱包有问题,里面有两张不同的身份证,其中一个应该是假的,另一个也不一定是真的。"

"哎哟!"小蔡长吁了一口气,"买假身份证,被你们逮着了对吧?就这么点事,对吧?这有啥啊。我可不跟你们扯了,我找田田谈话去。"他又起身,这回是被李刚拽住了,用眼神示意他等一下。李刚转头问山炮:"谁的身份证?"

山炮平静地说:"林双海。他还有个身份证,写着他叫易玉祥。怎么样,姓易少见吧。我觉得这才是他的真名。"

李刚感慨道:"你记性真好,刚才你说林双海,我开始都没反应过来,过了一秒钟才想起来。是我说的那天送货到二招的那个伙计,人我是记着的,但名字真的要想一下。"

山炮得意地扬了扬下巴:"另一伙计叫广涛,对吧?那天送货的是少东家周少杰,对吧?你提一嘴我就全记住了,这是我的特长,记人名。"

李刚很是佩服,小蔡嘀咕了一句:"这跟案子也没啥关系吧,你们把他叫来批评教育一下就得了，买假身份证的人多了，难道还能拘留？"

山炮不满地看了他一眼，转过来对李刚说："专案组的人跟我说的，咋也得叫来批评一番，关起来确实不至于。我听完了就跟他们说，这个人，跟我们现在办的案子有点关系，属于外围人员，让他们先别着急和他联系，等我消息。"

李刚还没见过这个林双海呢，忽然有点好奇，用假身份证的，一般多少都有点问题，他说："那边登记完了没有，要不，咱俩去跑一趟？"

小蔡问山炮："是一代身份证？还是二代？"

山炮说："一代，两个都是一代。今年才开始换二代，咱们不都还没换嘛。"

"唉！"李刚和小蔡同时叹口气，一代身份证造假很难查，而且很多也不是假的，是盗用别人的身份证。

山炮说："我问下他们，让他们尽快登记，咱俩争取下午过去。"

那天秀芳陪着林双海报警后，民警让他回去等消息，说这事可能会比较长，让他们不要报太高期望。结果刚过了三天，这天上午他在餐馆后厨给大伙准备午饭，广涛闯进来了，拉他去前厅:"赶紧的,不然就来不及了。"林双海去了前厅一看,区电视台正重播本区新闻,说破获一起连续抢劫城郊大巴旅客财物的案件,团伙三人均已抓获,案件正在审理中。

"是不是你赶上的那个?"广涛指着电视画面问。

他还没来得及回答,新闻已经切到下一条了,林双海说:"没看着,可能是吧。"

"肯定是!"广涛激动地说,"前脚你报案,后脚就给擒获了,这效率,啧啧啧。"

周大厨在旁边放下报纸,说:"哪可能那么快,肯定是早就盯上了。"

周少杰嘲笑道:"你晚出去两天,都赶不上这抢劫,干啥都这么急,吃屎也要赶热乎的。"

周大厨瞪了儿子一眼。周少杰止了笑,板着脸嚷嚷:"午饭呢?我都等半天了。"

林双海点头:"马上就好。"转身回到厨房。

秀芳是最后赶到的,她来了就开饭。这天中午沿江春饭庄的伙计们吃大白菜炖带鱼,前几天进了一批大马哈鱼,这些带鱼是水产店老板一起给的,价格很便宜。带鱼很薄,但打开包装时,通体银闪闪的晃人眼,一看就知道很新鲜。在东北,冬天家家都会吃带鱼,周大厨给自己人的做法是最普通的,先炸,然后炝红烧汁，下带鱼和大白菜叶子炖一会儿，一锅出。大家围着桌子，吃得热火朝天，周大厨自己只吃了两三块鱼，然后用汤勺舀了汤汁拌饭吃。吃饭时，广涛问周大厨："为啥进大马哈鱼啊，这东西肉粗，不太好吃。"周少杰说："大城市现在流行吃三文鱼刺身，就这玩意儿，咱要不也整个刺身，好像咱区别的饭馆还没人做这个呢。"

周大厨放下碗，说："做刺身得是新鲜的，这些都冻过了，不合适，那个，双海啊……"他对林双海说，"鱼都腌好了吧？你下午把鱼熏一下，明天送到二招去。"

林双海点头答应，他问："都送去吗？咱自己这边留不留。"

周大厨想了想："一共四十斤吧，这样，留五斤，其余的都送去。记住，熏的时候，用我给的方子，别搞错比例。"

林双海吃完就回厨房干活了，周少杰吃完把广涛叫出来，递给他一把螺丝刀，广涛一看认得，说："哎？我说昨天我想开罐头都找不着呢，被你给拿走了啊。你拿它干啥啊？"

周少杰得意扬扬地说："有用，有大用。"他本想说完等广涛问，结果看广涛根本没问的意思，转身就回厨房，就喊住他说："你猜我拿它干啥了？"

广涛一笑："这让我咋猜？哦！你修车子去了，行吧。"

周少杰觉得没点提示，广涛一辈子都猜不出，他就说："我把那天欺负我妹妹那几个小子,给教训了。"

"啊?你教训他们了?你拿这个捅他们了?"广涛用手摩挲着螺丝刀,想是不是能找到血迹,又抬头说,"这个捅人也挺狠,你可别整出人命来。"

周少杰满脸的嫌弃,说:"你大脑袋啊,我能干那种缺心眼的事吗?我跟你说,我教训了他们,他们还不知道是我干的。"

"哦?你咋弄的?"广涛好奇了,也不着急回厨房了。

周少杰凑过去小声说:"那几个小子不是把他们的冰车锁在江边了吗?我昨天晚上,打个手电筒,把他们冰车下面的螺丝给拧松了。这样他们用着用着冰刀就晃悠了,速度快的时候冰刀一晃,立马翻车,哈哈哈……"周少杰按捺不住喜悦,乐得直拍自己大腿,"我这几天得去冰上看看,指不定哪天他们就翻车了呢,哈哈哈。"

广涛咧着嘴,似笑非笑,好半天才说:"哥,你这么做,是不是有点阴啊?"

"阴啥阴,看对谁!妈的欺负我妹妹,我必须收拾!"周少杰一副义薄云天的样子。

广涛回到厨房,帮着林双海把大马哈鱼柳从卤水里取出,已经泡了一上午了,再泡就咸了,鱼柳装了两大盆。林双海在院子里架了一个熏炉，是用废旧汽油桶改装的，桶底部装了些木炭。他拿起一个玻璃瓶，给木炭上浇了圈煤油，这样木炭容易引燃，但不能浇太多，那会让食材带上异味。他在中间的铁架子上铺一层锡箔纸，放上茶叶、红糖和几种香料，鱼柳用钩子挂在铁桶边，点燃木炭后，汽油桶上面加个盖子，等二十分钟。

他把煤油瓶子递给广涛，让广涛进厨房，自己在这儿等着。广涛接过瓶子，看了眼说："这就是你上回从外面整的煤油呗，那一大桶，得用到啥时候啊？"

林双海笑了笑，说："回头咱用煤油炉上桌温菜，很快就能用完。"

广涛进去后，他等时间到了，把鱼肉取出来，再放一批鱼进去。冬天并不是熏鱼的最好时候，气温太低，鱼肉冻住影响入味，但鱼肉紧贴着烧热的铁桶，能保持不冻，熏过的鱼是半熟状态，直接吃或者再煎一下都可以。烟熏大马哈鱼不算名贵菜，点的人不多，周大厨忽然要做这个，肯定是有原因的。林双海有些好奇，但他也没问，老板说弄啥就弄啥。鱼肉熏好后，他从后厨拎出满满一桶鱼头鱼尾，往熊舍走去。

山炮和李刚开着桑塔纳来到红岸公园的侧门，这个门很窄。

山炮减速，车子缓缓通过。李刚回头看了眼说："我都不知道，这里还能开车进来。"

山炮说："本来是不能。饭馆开在里面，不走车，你让吃饭的停在外面，再走进去，那生意得多受影响啊。我听说饭馆的老板跟公园的人商量过，要把这个门打大一些，好像公园那边一直不愿意。"

车辆行驶在公园里的小路上，路上都是冰，车身直摇晃，李刚在副驾驶座上抓住车门上方的把手，看了眼山炮："我发现你啥都知道，咱区里的大小事。"

山炮一笑："你全家人都在咱厂，厂里的事肯定知道得比我多。我家亲戚除了我，都在政府里，聚会打麻将，老听他们唠这些。"

车子开到一栋旧平房前停下来，这平房看着并不起眼，大门上方竖着霓虹灯弯成的楷书字"沿江春"，晚上亮起来肯定还行，但白天就显得有些陈旧。俩人停了车下来，山炮打量了下："我之前在这儿吃过一次，好像没啥变化。"

李刚说："这院子挺宽敞，停车方便。谁跟我说的来着，说这里生意挺好的，市里的不少人大老远开车过来吃。"

山炮说："我说的，你这记性啊。"俩人说话间，进了饭馆大门。掀开门帘，里面一个女服务员正坐那儿叠纸巾、装筷子套,看到他们忙说:"现在还没营业,5点才开始。"

山炮亮出工作证:"不是吃饭的,我们找林双海,他是你们这儿的吧?"

女服务员看到警官证,忙不迭地站起来说:"他在后厨,我去喊他。"然后推门进了厨房,片刻,一个大个子出来了。李刚记得他,上次送货的时候扛着东西的那个叫广涛的伙计。广涛穿着油脂麻花的厨师服,对他俩说:"林双海他出去了,马上就能回来。你们等一下吧。"女服务员倒了两杯水,请他们坐。李刚摘下帽子,打量了下饭馆,装修很普通,而且也有些陈旧了,这个饭馆,位置这么偏,生意能好,那口味肯定是相当出色。

广涛有点好奇地问:"二位找他啥事啊?"

山炮掏出一个黑钱包放到桌上:"他是不是前些天坐车钱包被人抢了?那个抢劫团伙被抓获了,我们把钱包给他,顺便和他核对下情况。"

"哎呀,哎呀!真不愧是人民警察啊,这态度,太讲究了。"广涛和女服务员立刻满脸笑容,不停地称赞,"你们可真好,中午我们吃饭的时候还说呢。这案子破了,也不知道啥时候能通知去领钱包,哪想到你们下午就给送来了。"广涛大声地说。

山炮微笑地说:"也不算特意,正好办事,就给送来了,省得他还得自己跑。"

广涛说:"这小子去给熊喂食去了,很快的,你们稍微坐一会儿,那啥,用不用给你们整点啥?"他又对女服务员嗔怪道:"人家专程上门送钱包,你给人倒白开水,赶紧的,弄点好茶。"

女服务员白了他一眼,和李刚两人说:"我沏壶菊花茶吧,马上啊。"

李刚连忙伸手制止:"千万别,白开水挺好。"他问广涛:"咋还喂熊呢?你们饭馆还有熊?"

女服务员和广涛都乐了,山炮反应过来了:"哦,是红岸公园熊馆里的那个熊。那熊可有年头了,我小时候它就在,我现在都多大了,可真够长寿的。我小时候每次来公园,都要去看它,有一次它趴那儿不动弹,我以为它病了,还哭了呢。"

李刚笑着说:"咱俩要不直接去那边,你也和熊叙叙旧。"女服务员和广涛也都跟着乐了,女服务员还是给他俩倒了菊花茶。广涛说:"他去了一会儿了,应该很快就回来。"

山炮看着玻璃杯里渐渐被热水浸开的菊花,忽然想起来啥,问李刚:"你数码相机放哪了?"

他们下午到分局取林双海的钱包,李刚特意带了数码相机,给身份证和物品都拍了照片,李刚说:"在车后座。"

山炮起身说:"我去给熊拍两张照片,拍完我给我儿子看看。"见李刚也跟着要起来,他做手势说:"你在这儿等着,别走岔路了。"

广涛说:"你出门绕到饭店后面,有条穿过树林的小路。"山炮出去后,广涛看了下墙上的表,和李刚说:"那你先坐着,我得去后面干活了。"说完站起来,他厨师外兜装了个玻璃酒瓶,起身时一下撞到桌子边了。一声闷响,把三个人都吓了一跳。广涛说声不好意思,一边把瓶子掏出来,仔细查看着,喃喃地说:"可别碎了。"

李刚打趣他:"酒不离身啊,随时随地滋儿一口?"

广涛笑了:"哪可能,我没那么大瘾头,再说这也不是酒,是煤油。"

"哦?煤油?干吗用的,还揣身边。"李刚问。

广涛本想敷衍一下,看李刚认真的样子,也认认真真地回答说:"刚才海哥在外面熏鱼,用这个浇木炭上引火,完了递给我,我随手揣兜里。这不你们来了嘛,就忘放厨房了。"

"哦。"李刚点点头,没再多问。广涛走后,前厅就剩下女服务员和李刚两人,女服务员一边叠着纸巾,一边和李刚聊天。这也是个很有表达欲的人,十来分钟时间,东一句西一句地把店的情况,老板一家、林双海的情况都讲到了,尤其是林双海和秀芳的关系,浓墨重彩地说了许多,李刚心想再多聊会儿,可能连她自己的感情生活也都要说了。这时，后厨的门推开了，山炮挎着相机，和一个披着棉服，里面厨师服的青年男子一前一后来到前厅，山炮指着男子说："我路上碰着了，他正往回走呢，又等我拍了几张照片，我俩一起过来的。这就是林双海。"

林双海走到李刚面前，伸出手来，李刚忙起身，和他握了握。林双海的手很冷，可能是因为刚从外面回来，皮肤粗糙，但力量不大。

林双海的厨师服比广涛的干净不少，可能山炮已经和他说了要问一些有关抢劫的事，他带着李刚山炮两人进了里面一间包房里。女服务员跟着把两杯茶水端过来后，关门退出了。

三个人在包间的圆桌旁坐下，冬天没法开窗，包房里一股油腻腻的味道，不太好闻。李刚抽了抽鼻子，掏出烟来，问林双海："抽烟不？"林双海摆摆手，李刚把烟收起来，山炮拿出证物袋，把里面的东西倒在桌上，有钱包，有一张照片，还有银行卡，身份证，但没有钱，解释道："钱应该是被那仨小子给收走了。"

林双海点点头："没事，本来也没几个钱。"

借着这时候，李刚问起刚才广涛兜里的煤油的事了，他问："你们为啥用煤油熏鱼呢？用酒精多好，一点味儿没有。"

林双海含糊地说:"都行,有啥用啥,正好手头有煤油,就放一点,不然木炭点着费劲,冬天不爱在外面等,太冷。"

李刚问:"这个煤油,你们是从哪弄的?"

林双海想了想,答道:"买的呗,哪买的我想不起来了。"

李刚没再多问煤油的事,山炮把认领表和签字笔放到桌上:"具体多少钱,你写一下,还少了啥,我们审案子需要。"

林双海说:"刚才路上我就回想了,真记不得准数了,可能是五百多块钱,五百二十块?五百五?反正差不多就这些。别的……"他看着桌上的东西,伸手捡起照片说,"我家人的合影,身边就这么一张。别的也就没啥了。"

"储蓄卡你最好查一下,万一他们用你的卡取款呢?"李刚提醒他,"你的密码不会是生日吧?"

林双海笑了,摇摇头说:"不是,他们肯定猜不到,我很放心。"

"身份证,元旦后就开始换第二代身份证了,记得去换。"李刚一边说,一边看着林双海。

林双海点点头,按山炮说的在表格物品栏写下钱包、工行储蓄卡、身份证等,他字写得不太好,在缺失一栏写下人民币大约540元,然后放下笔。这时,山炮从大衣里侧口袋里掏出第二张身份证,放到他面前:"易玉祥这个身份证是谁的?怎么在你这儿？他特意指了指身份证右上的照片。虽然一代身份证黑白照片清晰度不高，但还是看得出来，就是林双海本人。"

林双海平静地说："我前几年找人办了个假证，我知道这不对，所以刚才没说。"

"为什么办假证呢？"李刚盯着林双海问道，他注意到林双海的眼神一点都没慌乱，显然是有准备的。他想，这反而不正常，一般人办假证被抓到，肯定会有点慌，林双海的反应不太对。

林双海缓缓说："我当厨子的，很多饭馆会让厨子把身份证押下，这样你没法随便辞工，以前打工的食堂师傅教我办个假的，这样万一干不下去了，说走就走。我就办了一个，但现在这家老板好，不要求押证，所以也没用上。"

李刚拿着两张身份证，来回看了看：林双海，1976年3月23日，浙江省舟山市台门人民北路15号；这一张呢？易玉祥，1975年9月29日，安徽省亳州市蒙城县政通路441号。他看着左右两张身份证上的照片："这两张照片都是你的。不过办的时间不同，一个是1992年办的，一个是1991年办的，期限都是二十年。你这两个籍贯都是南方啊，可你说话听不出南方口音啊。"

林双海解释说："我父亲很早去世了，母亲改嫁。我投靠了我叔叔，他在大兴安岭林场工作，所以我在北方生活很久了，口音也改过来了，但我是能听懂家乡话的。"

李刚把林双海的身份证放到桌上，挥了挥易玉祥的身份证说："购买使用假身份证是违法行为，我们是警察，看到了不能装瞎，所以你这个身份证我们要没收，把真的留给你。"

林双海眼神里闪过一丝不安，他说起了软话："两位，我这假身份证也花了不少钱呢，能不能给我留下，我肯定不乱用，你们看……"他伸手就从裤兜里掏出一摞钱，有千八百块，山炮呵斥道："想干啥？我告诉你啊，贿赂也是违法的啊，赶紧收起来。"

林双海只得把钱揣了回去，嘴里喃喃念道："那算了，算了。"他神情沮丧，不复刚才的淡定。

李刚问他："我听二招的人说，本月9号那天，你去给二招送货，你记得吧？"

林双海愣了一下，片刻恢复过来，说："对，我们饭馆给二招供货。这一年多都是我送，就我被抢那天，也应该是我去，结果没去成。"

李刚问："9号那天，你几点去的二招，待了多久，后来又去哪了？"林双海皱着眉说："我得想一想，半个月前的事了……"他慢慢回忆着，"我应该是下午5点来钟到的，一般我都是4点来钟,那天出来晚了点。我不会开车,广涛开车。送到后我看后厨挺忙,张师傅说那天有好几个请病假的,我就留下帮他忙了一阵,广涛自己回去了。然后大概是晚上7点多了吧,张师傅说没事了,让我回吧。我借了张师傅的自行车,可能厨房太热,骑车风一吹,有点不太得劲,就先回宿舍躺了一会儿,又惦记着饭馆这边的生意,大概是9点多吧,回到饭馆。我们周老板因为我回来得晚,还有点不太高兴。然后就一直到晚上11点多钟,送走客人,打扫收拾,吃饭,回宿舍的时候都12点了。"

李刚把林双海说的这些,全都记在小本子上了,林双海看着他记录,问:"怎么了?是有什么事吗?"

李刚一边记一边说:"那天夜里铁西十四街区发生了一起火灾,你知道不?"

林双海点头:"知道,咱区的人应该都知道吧,饭馆里的人也议论,听说有人给烧死了。"

李刚说:"烧死的人叫王冠军,你认识不?"

林双海摇摇头,平静地说:"不认识。但我知道,是二招张经理的老公。我去送货听二招的人说起过。"

李刚问:"张经理,张春丽你熟吗?"

林双海踌躇了下,说:"谈不上熟吧。张经理挺客气的,每次跟我和广涛都打招呼，有时候还留我们吃饭，不过我们从来都没在那儿吃过。周老板嘱咐过，不能在那儿吃，怕有人背后说，对张经理不好。"

李刚又问："和二招其他人谁还比较熟？"

林双海说："除了张师傅比较熟，能聊几句，其他人就是见面打个招呼。"

李刚忽然问："跟老猫认识不？"

林双海愣了下，马上摇头说："老猫？谁叫这名，不知道。"

山炮抽了根烟，李刚也把刚才掏出的烟拿出来点着了，山炮说："你们这包房能抽烟吧，我们警察都是烟鬼，一会儿不抽就痒痒。"

林双海说："我们打工的是不在前厅抽的，但你们算客人，客人当然随便抽。"

李刚又问了他二招其他几个人，他都说不熟，也问了小雪，他说不认识，他一个打工的，从没去过歌厅这种地方。李刚和山炮交换了下眼神，对他说："行，那要不就先问到这儿，你给我留个手机号呗。"

林双海站起来说："我没手机，我也用不着，天天就宿舍饭馆两点一线。你打我们饭馆电话就能找到我，前台有饭馆卡片。"

李刚见他好像有心事，就说："你不要多想，因为是人命案，我们外围调查范围很大，有些也不方便和你讲，你别有心理负担。"

林双海拉开包间门要往外走，又想起了什么，转身用哀求的眼神看着他们，小声说："身份证，真的不能给我？"

李刚和山炮都摇摇头，林双海叹了口气，轻轻把门带上。

11

从沿江春出来，已经是傍晚，天完全黑下来，回厂的路上，李刚一言不发，眼睛呆呆地看着风挡外面。正好是下班时间，他们基本是逆着人流，马路上全是骑自行车的人，他们的车开得很慢，山炮看李刚一直不说话，就开口说："9号那天，林双海他俩送货去二招，差不多就是这个时间。"

"开车去，开车回，你觉得要花多少时间？"李刚问。

山炮一边开着车，一边说："得看时间，这个点开车的话，单程就是十五到二十分钟左右，如果不是上下班时间，不赶上学生放晚自习的话，十分钟就够了。"

李刚又陷入了沉思，汽车路过铁西职工电影院时，山炮笑着说："文艺汇演是不是完事了，咱错过了。"

李刚摇头，轻声说："没兴趣。"

山炮说:"我直接送你回家吧,有啥事,咱明天再讨论。今晚平安夜,早点回家吧。"说完,他看李刚未置可否,就在前面路口右转,奔李刚住的四十一街区去了。车开到李刚家楼下停住,李刚深吸一口气,说:"抽根烟,我再上去。"

山炮掏出自己的三五烟,给李刚点上,李刚忽然想起来,提醒说:"相机,你拿回去给孩子看熊,可得小心,那前面还有我们在现场拍的,有尸体,别让孩子看着。"

山炮说:"我把SD卡里的照片拷进电脑里,我就只拷熊的照片。"

李刚回身一看,相机就扔在后排地上,他伸手拎着相机带子,说:"我看看你拍的。"

这个NIKON D70相机是他们单位两年前买的,配一个18-200mm的变焦头,用得挺狠的,大伙都不是很爱惜,使用痕迹很重。李刚打开电源,看着相机背后的小液晶屏,一张张翻着,笑说:"你还真没少拍,这熊也挺配合,出来了,按说冬天熊要冬眠,很少能见到。"

山炮也歪过身子,看着屏幕说:"这要不是因为太冷电池电量不行,我还能拍。我这才拍了几张啊,就提示电量低了,我揣怀里焐了一会儿,这才又拍的。"

熊馆就是一个水泥砌的圆坑,游客们站在坑外探头往里看,里面有几块大石头，坑壁有熊出入的栅栏。照片有些是从上方往下拍，还有几张是水平拍摄的，能看到熊在吃东西，但只有一张正面照，其余都是对着背部，李刚按放大键仔细看，说："你这是下去拍的？"

山炮说："我不是路上碰到他了嘛，我说拍照，他给我领到下面进出口那儿了，我隔着栏杆拍的，视角比上面拍的要好。"

李刚说："熊冬天都冬眠啊，他去喂，熊就醒，是他摸到熊的生活规律了吗？"

山炮指着相机说："我还真问了林双海。他说冬天熊一般几天会醒一次，有吃的就吃点，没吃的接着睡，他今天喂的大马哈鱼头，还有白菜。我看这小伙子挺喜欢这熊的，他说喂熊的差使现在就他一个人，等于大半个饲养员了。"

李刚照片翻到头了，又往回翻，一边说："照片里没他，你去的时候，他都把食物放好了？这事，多少还是有点危险啊。"

山炮说："也不算危险吧。熊舍有护栏，进去前先把护栏关上，放好吃的，人退出来，再把熊舍的护栏打开，但平时熊舍护栏是打开的，熊可以随时出来。他说上次他喂的时候就没关护栏，直接进去的，结果熊就在里面，把他吓够呛。"

李刚抬头看着山炮说："我听说熊不直接吃人，是把人给拍死，然后一屁股坐上去，坐成肉饼。"

山炮咯咯笑:"我不知道,我没见过熊杀人。"

李刚问:"那如果真有事,是不是可以把熊制服,用麻醉剂啥的?"山炮摇头:"我不知道,应该有吧。给熊打针,那肯定得是很大的针头,剂量也得大,这个是按体重来的,我记得。"

李刚瞪大眼睛,盯着山炮说:"王冠军身体内的麻醉剂剂量就很大,他后背还有针孔,省里的法医说,是牲畜用的16号针头。"

林双海是第二天,也就是12月25号上午把熏好的大马哈鱼送到二招的。他这次是自己去的,叫了个出租车,几十斤鱼用一个泡沫箱装好,三厢车后备厢放得下。没让广涛开车,是因为周大厨说,广涛上午得把送来的两扇猪卸好,把板油熬出来,熬猪油得用热水慢慢熬,是个费工活儿,所以广涛早上9点就去饭馆了。林双海自己去了二招,张师傅见他这么早来,有点纳闷:"咋上午来呢?你们不都是下午来呢?"

林双海含含糊糊地说:"老板让我尽快送来,可能是你们要得急吧?具体我也不清楚。"

张师傅挠了挠脑袋,困惑地说:"没有吧,要这东西我都不知道,这又是张经理决定的吧?唉,老搞突然袭击。"他有点不满意,但不好在林双海面前说太多。

林双海说:"张经理呢?我去和她打个招呼。"

张师傅说:"她这几天应该白天都在,你去办公室看看。"

林双海来到宾馆前台旁边的办公室,敲门进去。果然,张春丽正坐在办公桌前看报表,右手把着一个计算器,抬头看到林双海后,点头,轻声说:"等我两分钟。"

林双海也不坐,静静地站着看她啪啪啪按着计算器,嘴里还念着一串串数字。几分钟后,张春丽舒了口气,说:"好了。"然后抬起头看着林双海,带着职业性的微笑,问:"鱼送来了?"

林双海点点头说:"对,送来了,我打车来的,活儿太多,广涛走不开。"

张春丽说:"是我跟周大厨说,让你一个人送货过来,我怕广涛来了,说话不方便。"

林双海皱了皱眉:"没这个必要吧,这样不好,反而会让人多想。"

张春丽轻声笑了,说:"不是那个事。你今天送的熏鱼吧,我前两天打电话给你们老板,让他准备的,还挺快。"

林双海恍然大悟:"我说呢,周老板忽然让水产店的人进这个,要得很急,我昨天下午熏好的。"

张春丽站起来,走到他面前,神秘地说:"有个北京的领导要来,他以前是我们这边出去的,住过几次我们二招,他的口味我都知道,这是为他准备的。但人家这回是私事,不想太多人知道,我们宾馆也就几个人掌握情况,我和你们老板再三嘱咐,不能和人多说。"

林双海说:"放心,周叔嘴很严。还有事不?没事我赶紧走了,饭店活儿太多了。"张春丽嗔怪道:"你咋连大人物是谁,都不问问呢?"

林双海摇头:"不感兴趣……"他低头迟疑了下,然后说,"昨天两个警察来了,我前些天坐车钱包给抢了,警察来还我钱包。"

"哦?"张春丽愣了下,"是区电视台报的那个抢劫团伙?那天周老板儿子说你被打了,就是因为这个?"

林双海默默点了点头,张春丽走到他近前,轻轻地说:"那天我听说后,想给你打电话,又怕你不愿意,就等着你来了再问你。警察和你谈话了?"

林双海看着她的眼睛,小声说:"他们跟我打听9号那天我来这里的行踪,几点到几点在哪儿,都干啥了,还要了我电话,我说没手机,让他们有事打给饭店就行。"

张春丽把手放到他肩膀上,拍了拍:"冷静,少说话。"

林双海叹口气,沉默着。张春丽问:"咋了?还有啥不放心的?"

林双海说:"警察去饭店,看见煤油瓶了,问是哪来的,我说忘了,他们没再问。"

张春丽说:"听张姐的话,别多想了。"

林双海点点头,说:"我知道,我就是和你说一下,那我走了。"

如果是以往,他可能还会跟张春丽多聊几句,但现在他真的一点心情都没有了。他甚至有点怨恨张春丽,如果当初自己不认识她,也许不会走到这一步。这么多年过去了,他心里的仇恨也渐渐淡了,他一度想就算了,但是张春丽和他讲了她和王冠军的事后,又激起了他的仇恨:我这也算为民除害了。除了解气,他还有种执行正义的道德优越感。但是现在,这所谓的优越感,又被惶恐不安和对秀芳的愧疚代替了。回饭馆仍然是坐出租车,他靠在后排,暗暗发誓,风波过去后,和秀芳去外地,再不和这里的人来往,最好去海南,反正离这里越远越好。

到了沿江春饭庄,他从后门进了厨房,发现广涛不在,小米守在一大锅油前,用大勺慢慢地搅动,锅里的大块猪板油雪白油亮,咕噜咕噜地冒着泡。林双海问:"咋你熬呢?广涛呢?"

小米转头,小声和他说:"警察又来了,说问他点事,在前厅2号包间里谈话呢,有一会儿了。"

林双海没说什么,穿好厨师服,接过小米手里的勺子,慢慢推着，等白板油变成焦黄色后，用筛子把猪油渣捞出，再把猪油倒进铁盆里。一大锅猪油相当重，他屏住气，双手抓着锅柄，把滚烫的猪油倒进旁边的铁盆里，倒完了，长出了一口气。小米在旁边切菜，扭头笑着说："这费劲呢？小体格虚了啊。"

猪油盛好，还剩下半盆猪油渣，林双海说："这个要不留着，咱们包个酸菜油渣饺子自己吃。"

小米刚说好，广涛进来了，跟在他后面的，还有山炮。

山炮主动和林双海打招呼："回来了啊，上午来你们这儿，说你送货去了，就跟广涛聊几句。"

"哦。"林双海点头，没说什么，把猪油渣倒到托板上，准备晾凉了切成小块，然后擦了擦手，问山炮："是本来要找我的吗？啥事？"

山炮摇摇头："没啥大事，就一两个没搞明白的问题，找你们谁问问都行。对了，昨天我看你喂熊，熊舍应该有麻醉枪吧，万一熊发疯了，得用那个制服它。"

林双海停下手里的活儿，说："好像是有，在饲养员老沈的宿舍里，我从来没用过。"

山炮拿笔在本子上记下了："好，老沈是吧，那我们和他了解下。知道怎么找他不？"

林双海用手指了指东北方向："他身体不太好，你们去他家找吧，他住乙区，他儿子那儿。"

经过一天的走访，傍晚的时候，在保卫处的处长办公室里，李刚和山炮在和冯眼镜汇报案情。冯眼镜让他俩坐下，皱着眉问："小蔡呢？怎么还没到？"

李刚说："我刚给他打电话了，让他赶紧回单位，听电话里的声挺吵的，应该在外面。"

冯眼镜拿出一包登喜路烟，三人各点了一根，因为要等小蔡到，所以李刚没着急开始说正事。冯眼镜看了眼山炮，又看看李刚，山炮立刻明白了，站起来说："我出去上个厕所。"他刚出去，冯眼镜说："刘老过来的时间提前了，他元旦在北京要参加招待会，所以下周28、29号过来。你那两天全程陪同。他身边带了一个保健医、一个警卫，再加上市委派的人，小轿车不够坐的，市里派来一台依维柯中巴。去扫墓的时候，咱厂就你一个人跟着，千万别出事。他在咱二招住两晚上，第一天晚上厂领导班子集体宴请，第二天他可能会找几个过去的老朋友，30号一早他坐车去机场。这几天，你什么都不要干，案子的事先让山炮他们弄，刘老走了再回来弄。"

"好的，你放心，保证万无一失。"李刚坚定地答道。冯眼镜烟抽完了，又拿了一根，要给李刚，李刚谢绝了："我抽不惯外烟,还是抽自己的红河吧。"俩人各自点上一根后,冯眼镜惬意地往椅子上一靠,开始八卦:"我听说,咱一把手孙总想通过刘老的关系,往上面活动活动。所以这次刘老回来,孙总知道后,一定要宴请。其实刘老本意是不想惊动大家,但厂里头再三要求,刘老没办法,只能答应了。你看吧,孙百令这回,肯定会有所表示的。"

李刚脑子转了半天,他也没想出来能咋表示,刘老的生活离他们太远了,他问:"他要送礼?送钱?"

冯眼镜使劲摇头:"想啥呢,送钱刘老肯定得当场翻脸,送礼呢,人家也不会要,人家能缺啥?而且刘老从基层起来的,身家清白,但凡履历上有一点点瑕疵,那都走不到今天。我觉得他不会的,反正你看吧,看孙总怎么弄。"

李刚正想问冯眼镜他是咋知道孙总的想法的,门外有人敲门,随后山炮推开门说:"小蔡来了,咱开始不?"他的身后,闪出小蔡的一角。

冯眼镜招手,山炮俩人进来,会议开始。

李刚先讲,他讲了下林双海这个人,饭馆伙计,9号那天去二招送货,之前也经常去二招,认识张春丽,但目前没发现他和王冠军有啥直接来往。

然后是山炮讲,他讲破获的抢劫案里,发现了林双海的钱包，两张身份证，林双海说一张是假的，他们俩上门把真的那张归还，顺便和林双海谈话，目前没发现他的说法有破绽。

李刚接着说，黑熊的问题，他们下午去了饲养员老沈家，老沈虽然才五十多岁，但身体相当差，应该是喝酒喝的。冬天饲养员的工作本来就少，他说自己一周去一次，但李刚感觉，他一个月能去一次就不错了。

山炮接过话茬儿说："黑熊的麻醉剂的保管，还有使用记录，我们问过老沈。他说已经有两年没使用过了，上次还是黑熊生病治疗的时候用过一次，麻醉针里面的药为防止失效，会定期换，但上次啥时候换的，他也记不清了，这个人……"山炮摇头，"按说麻醉品管理是很严格的，咱医院现在打完止疼药，空药瓶都要登记回收的，谁能想到红岸公园的管理这么松懈。"

冯眼镜点点头："主要是没人能想到。公园归市园林文化局管，这是个边缘部门，咱们这地方不像人家旅游城市，重视市政建设，咱这儿全是厂子，没人在乎这个。这属于管理死角，下回去市局开会，我得反映反映。"

李刚说："所以林双海是有机会接触到麻醉剂和注射针的。我们也和老沈确认过，黑熊用的麻醉剂，主要成分就是氯胺酮，还有别的药物，所以王冠军体内的药品，可能就是这个。现在的困难是，林双海的作案时间和作案动机。"

山炮解释道："我们和饭馆的伙计广涛确认过9号那天林双海的行动轨迹。他俩那天出来晚了点，5点多才到二招，林双海看厨房太忙，主动留下来帮着干活，让广涛一人先回沿江春了。广涛回来时正好赶上员工吃饭，沿江春是5点半开饭，所以广涛回来大概是5点40分。从二招到沿江春，开车正常15分钟就到，但他那天赶上上下班高峰期，开得慢一些，我们就算20分钟，也就是说，他是5点20分离开二招的。"

李刚站起身，用马克笔把时间都写到墙边放的白板上。他板子左右两侧各画了一个圈，分别表示二招和沿江春，在中间下面一点画了一个圈，表示十四街区王冠军家。

山炮指着白板说："按林双海的说法，他是7点半多从二招出来，但感觉不太舒服，就先回宿舍里躺了一会儿。那会儿宿舍里别人都上工了，然后9点钟又来到饭馆干活，一直干到晚上11点钟，大家一起下工，吃饭，回去睡觉。他离开二招的时间我们和张师傅确认过，到达沿江春的时间有饭馆伙计证实，他和别人住一起，下工后夜里应该没出去过。他只有7点半到9点这段时间是一个人，没人能证实他真的回宿舍休息了。"

李刚用笔指着十四街区的圆圈说："从沿江春到十四街区，打车也就是10分钟，从二招到十四街区，打车7分钟，有麻醉剂，快速把王冠军制服是完全可能的，但火是半夜起来的，而那个时间，无论林双海，还是张春丽都有旁证，不可能出现在现场。"

冯眼镜一摊手："完全没时间，你就不会跟我说了，你肯定是觉得有可能，说说你的想法。"

李刚看了眼山炮，又说："只是推测，一是现场发现的蜡烛，我觉得可以用这个延长起火时间。我自己在家做了试验，那一堆蜡烛如果是一根的话，最多可以烧6个小时，把煤油倒在蜡烛底下，一直烧到末端，再引起火灾，理论上是可行的。但也可能是一堆蜡烛，一根的时间没那么长，我问过张春丽，她说仓房她很多年没进去了，都是王冠军的东西。如按消防队铁峰的推测，起火时间是夜里两点钟的话，那么往前推，点蜡烛时间从晚上8点到夜里两点都是有可能的。也就是说，杀人可以发生在晚上8点到夜里两点这6个小时里。可惜，尸检无法给我们再准确点的时间了。"

冯眼镜指着黑板说："你还没说晚上10点多，王冠军打的那几个电话呢。"

"对！"李刚从兜里掏出之前打印的王冠军的通话详单，在白板上一个个写出来：9点43分，打给二招张春丽，通话5分18秒；9点55分又打了一个，5秒钟就被挂断；10点13分，打给田田，通话5分16秒；10点44分，打给小雪，通话4

分 02 秒。他在最后一行小雪的电话记录前又写了 10 点 40 和 10 点 42，说："小雪手机上有两个未接电话，分别是这两个时间。"

冯眼镜对着白板说："这小子喝多了，或者说已经中了毒，这一个小时估计就在那儿拨电话玩了，打了这个打那个的。"

李刚说："他体内那个麻醉剂的量，我还问过老沈，说给人打了会咋样。他说熊体重比人大多了，给人打那些，呼吸就停止了，人很快就没气了。但死者肺里还有很少量烟灰，说明着火时还有呼吸，可能麻醉剂是稀释过的。"

所以，冯眼镜起身走到白板前，在最后一个电话时间下面写下："死亡时间，两点。"然后说，"那就是说，死亡时间只能是夜里 10 点 48 分到凌晨两点，这三个小时中。"

山炮叹口气，说："这就是问题。这三个小时，张春丽和林双海，都有充分的不在场证明。"

冯眼镜背着手，对着白板发呆了一会儿，喃喃地说："我们可能走进死胡同了，就盯着这两个人。对了……"他想起来啥，转头对小蔡说，"你这两天，查到啥了？"

小蔡脸红了，磕磕巴巴地说："我，我闹肚子，才好没几天，我正在查老猫呢，没，没发现啥线索。"

冯眼镜很不满意，冷笑说："你闹肚子都多少天了？你那是黄河之水天上流啊?"

小蔡脸红成了大龙虾,喃喃地说:"那人家没问题,我也不能非查出有问题啊?"

冯眼镜怒了:"我让你非查出有问题了吗?我是说,你都查啥了,来来来,你说说,你咋查的?"

小蔡脖子都红了,吭哧半天说:"昨晚文艺汇演,我去看了他表演,他那个节目还行……"

"哎哟,你看节目去了?"冯眼镜打断他的话,嘲讽道,"雅兴不浅啊,你看出啥门道了?"

李刚觉得冯眼镜有点过了,小蔡能力是差了点,但这么当别人面损他,就有点欺负人了,他接过话茬问:"我都没看过完整的节目,他到底演的啥节目?"

小蔡像抓着一根稻草,忙对李刚比画着说:"那是个小品,说一个工人,干活不积极,去食堂打饭着急,吃饭时候和工友说得细嚼慢咽,吃完还要张罗打扑克,迟到早退啥的。完了被他段长给批评了,说都你这样,咱还咋超额完成任务啊,也没法保质保量啊。"

冯眼镜哼了一声:"看这节目效果一般啊,你看你也没受啥触动啊,这说的不就是你吗?"

李刚看了冯眼镜一眼,冯眼镜可能也觉得自己有点过,哼了声，坐回座位上翻开手机看短信，李刚对小蔡好好地说："老猫演得好？"

小蔡都要哭出来了，点头说："他演得最自然，他的工友和段长演得就很生硬。特别是前面他的懒散劲儿，和后面被批评后的惭愧的样子，反差特别大，神态、语气、声音都不同。三分厂那工会主席不是说，他应该去市话剧团吗……"

冯眼镜把手机往桌上一扔，冷笑道："咱齐富市话剧团可是全国拿奖的，他也就在咱这儿糊弄糊弄……"他心情好了点，饶有兴趣地问，"咱们老李唱得咋样？节目里面能排到第几？"

小蔡吸了口气，跟牙疼似的说："他都唱破音了。"几个人都笑了。

屋子里烟雾缭绕，冬天不能开窗换气，小屋待久了容易困，外面大喇叭早就在播报厂新闻，说明过5点钟了。冯眼镜说："老猫也没有时间，他同事和他一起，一直到11点半回家。有没有可能，他回家后又出去了呢？"

小蔡刚想说话，冯眼镜举手示意明白他想说啥，自己又说："我知道，你们肯定说，他胆小啥的，但我真觉得，如果有足够刺激，足够动力，人是会改变的，类似的例子咱之前不也举过吗。事情有没有可能是这样，张春丽串联了老猫和林双海，林偷来麻醉针，老猫晚上去偷袭，王冠军和他也算熟人，没有防备，没准还是张春丽打电话勾过来的。我对于张春丽那天晚上送酒的事，总觉得有些反常。"

李刚点头："这个确实是，我第一次听到时，也觉得有些不自然，虽然张春丽解释过，说是好聚好散啥的，但就我了解的情况，他俩关系僵得很，恨不得见面没说几句就吵。忽然送酒，而且当天喝完夜里就死了，越想越觉得不对劲。"

山炮问："我们要不要监视下林双海和张春丽。他们俩如果合谋，咱们最近都盘问过了，他们心里没底，肯定会凑一起商量啥的。"

冯眼镜低头想了下，否定了这个建议："林双海给二招送货，本来也会跟张春丽打交道，我们就算发现了，人家很好解释。当务之急，还是要找到他们犯罪证据链中缺失的一环，那就是……"他用粗肥的手指敲了敲桌子，"三个小时的不在场证明。"

小蔡这时说："如果发现林双海和老猫认识，是不是能说明些问题？"

李刚说："我之前在饭馆时，问过林双海认不认识老猫，他说不认识，但我总觉得，他那个表情，我说不上，反正有点不自然。"

冯眼镜点头："他认识张春丽很正常，但老猫，不管认不认识，如果他在这事上撒谎，那就肯定有问题。你们要不要再审一下他。"

李刚想了想说:"林双海别看岁数不大,但应该经历很多。张春丽更是善于和人打交道,咱们贸然约他们来谈,可能会做成夹生饭。"

山炮说:"大米饭夹生了,再加水添柴也不行了。"

冯眼镜拍了下桌子,对他们说:"那就好好查下老猫,我他妈不信了,案子必须办得合规,流程上不能有错误,市局刚开会强调,办案要讲原则、讲程序,不能动不动看谁有问题,先抓起来关两天再问。"

李刚山炮小蔡三个人都笑了。

已经过6点了,大喇叭里的厂新闻都播报完了,开始放歌曲,临近新年,歌曲也都是欢快的,比如《好日子》《今儿个高兴》。李刚他们散会后到单位后院车棚子里取自行车,小蔡和李刚说:"刚才我本来想说,看老冯脾气不好,我就没说。咱那天中午吃饭的时候,你不是记了那个三分厂老师傅的电话嘛,你给我下。我记得他说老猫以前还有个师父,都退了,我也想和老猫的师父聊聊,看能发现点啥线索不。"

李刚有点感动,他看着小蔡,车棚里没有挂灯泡,黑暗中只能看到隐约的脸部轮廓,但他知道,小蔡这两年老了很多。小蔡担心改制的事,在乎收入的增减,主要是因为家庭负担太重，妻子是癌症，看病买药花了不少钱，他有时没来，也是因为要陪妻子去做化疗。李刚忽然有些伤感，如果明年开始改制，很可能大家就不在一起工作了，李刚说："我下周有点事，可能真得你和山炮去查他了。"

小蔡点头说："没问题。"黑暗中，他的眼睛闪闪发亮。

12

刘老坐28号上午的飞机从北京到达本市，飞机没有晚点。李刚和市委王秘书长早已在机场等候多时了。刘老一行三人走的贵宾通道，正常情况下。应该有台警车在前面开道，但刘老之前特意打过招呼，不要开道车。所以李刚和王秘书长也和刘老一起，坐上了一台市委派来的中巴车。各级领导来调研，一般都是用这个车。中巴车直接开往位于虎尔虎拉的陵园，在车上，李刚认识了另外两位随从，保卫干部小韩和保健医张大夫，这两位其实都已经是三十多岁的中年人了。李刚对称呼人家小韩有点犹豫，刘老说："没事，就叫小韩，我们都叫他小韩。"李刚只得遵从。

李刚这些年虽然也赶上过多次上级领导来视察、调研，但都是外围警戒，像这次这样，跟领导坐一个车，时不时聊天，还是头一回，有点紧张，怕掌握不好火候。他就观察王秘书长的做法，市委秘书长按说就是正处级干部，但代表市长出来，一般干部都不敢得罪。王秘书长行动干练，说话得体，一路上跟刘老不谈政府公事，就讲讲沿途经过的地方的变化，看到刘老有些困，立刻闭嘴。车开到虎尔虎拉陵园，陵园的管理人员和附近乡镇的干部早已在门口排队等候了，刘老下车，和大家招手致意，小韩说："祭拜时，刘老想自己待一会儿，请大家在外面等候。"陵园在门口已经准备好了鲜花篮，刘老自己缓步走进陵园，大家都在门口等着。李刚注意到，这天陵园根本没有别人，应该是封闭了。

小韩和大家解释说："刘老一般是有秘书跟着的，但这次是私事，他之后还有个重要的会要讲话，就让秘书留在北京准备稿子，我临时兼任下秘书。"大家听了，点头称是，王秘书长恭敬地和小韩说："市委领导都很关注，想来拜会，怕刘老不愿意，所以委托我询问，有没有可能下午或者晚上请刘老见一下……"小韩摆摆手："刘老说了，个人私事，不想惊动地方上的同志们，他晚上住二招，会跟厂子的人见见，明天中午，跟过去的老同事、老朋友们聚一聚。市委各位同志的好意，我会转达的。"

王秘书长笑着说:"好的好的。"

深冬季节,寒风凛冽,大伙在陵园外面站了十多分钟。李刚穿着厚棉服,戴着棉帽子也觉得冷,王秘书长穿个薄羽绒大衣,帽子是那种红色毛线帽,风一吹就透,冻得有点站不住了,又不好意思乱走,只能捂着耳朵原地挪步。李刚和小韩说:"太冷了,要不要人进去看一下。"保健医生说:"没事,刘老身体很好,除了高血压,没有别的问题,他身体比一般中年人都要好。"又等了一会儿,刘老出来了,神情黯然,应是还沉浸在追思中。王秘书长迎上去说:"到中午饭点了,我让区里的干部订了便饭,离这里就十分钟的车程。"刘老点点头,然后和陵园的工作人员逐个握手告别,李刚站在旁边看着,觉得刘老真是挺客气的。

中巴车开到梅里斯区的一家饭馆,外观很朴素,但外面站了一排人,车子缓缓停下,欢迎的人开始鼓掌,刘老皱了皱眉,没说什么。下车后,在大家的簇拥下,等进了饭馆包间,一看满满一大桌,还只是冷菜,脸沉下来,问王秘书长:"这是什么意思?我一个小老头,能吃多少?这我得自己掏钱了。"

王秘书长忙说:"都是地方土菜,您回来一次,不尝尝地方菜,那肯定是遗憾。钱的事您可千万别,那我回去就没法交差了,您也体谅下我的难处。"

刘老看了眼小韩，沉思了下说："这样吧，我们人也不少，就留两个凉菜，六个热菜，一个汤，其余的都撤了。我不为难你，留哪些菜你来定，这都是超标了，我平时在家里吃饭，也就三个菜一个汤。"

王秘书长还想坚持，看刘老态度坚决，只得答应，出去安排去了。刘老看李刚和司机站在门口，招呼他俩说："跟我坐这桌，我吃不了还是浪费。"王秘书长回来，看刘老和大伙已经坐下了，也没再说什么。冷菜大多撤掉，就留下一个拼盘，一个大拌菜，随后上来的热菜倒也还可以，罐焖牛肉、八珍糟卤野鸭、雪泥豆沙，一盆红烧小杂鱼，一份柳蒿芽炖土豆。问到主食吃啥，刘老说："我就爱吃嫩江大米，觉得比什么五常、辽源、小站的都好。"于是，每人一碗晶莹透亮，堆得高高的大米饭，酒是北大仓君妃酒，白瓷酒瓶上画着中国仕女，倒在杯里黄澄澄的，香气散漫整个屋子。刘老轻轻叹了口气，说："当年北大仓是从茅台请的师傅，总理喝过都说好，后来就叫开了——塞外茅台，可惜省外没什么人知道，白瞎了。"刘老虽然是南方人，在这里生活多年，说话口音已经完全本地化了，只有个别咬字，尾音有点南方人的痕迹。李刚不好意思转桌夹菜，就只吃米饭和面前的鱼，刘老看到，伸手转动圆桌，和他说："都尝尝，你们辛苦。热量不够出去冷。"

这饭馆看着不起眼，菜确实做得不错，那个小杂鱼李刚是第一次吃，知道有讲究，但不好意思问，还是王秘书长席间说这叫牛尾巴鱼。刘老心情不错，和大伙攀谈起来，他问了李刚工作单位、年龄、家庭，李刚一一作答，刘老说："我当年在咱厂设计处工作的时候，改善生活就是去街里回民饭馆吃一顿羊肉烙饼，真是最高享受。那会儿挣得少，半年吃一次我媳妇还不舍得，可惜啊，现在生活好了，想吃就能吃到，她却不在了……"他说到这里，唏嘘不已。

小韩说："刚才已经把骨灰迁移证办好了，后天我们走的时候，陵园的人会把骨灰送到机场，夫人的骨灰会和我们一起回北京。北京那边八宝山的手续也办好了，找个好日子安葬。"

刘老点点头，和大家说："我爱人是1988年去世的，肝癌，那会儿我还在咱市里工作，就葬在这里了。后来去了省里，又去中央，来这边祭拜就不太方便了。我想着自己年纪大了，再不动手，以后生个病，可能就真来不了了，所以趁着还能行动，把墓迁了，这样每年我都可以去祭拜了。"

刘老身居高位，对去世多年的妻子还这么惦念，让大家很是感动，王秘书长感慨地说："刘老和夫人肯定是相濡以沫，感情特别好。"大家也是一阵感慨，纷纷向刘老致意。下午时间从容，吃得又晚，刘老兴致好，边吃边聊，吃完都快3点钟了，出来上车后,一路开往厂二招。李刚吃饱后觉得有些困,回头一看,刘老合着双眼端坐着,两手交叉着放在身前,也不知睡没睡。李刚怕打电话有声音,就发短信通知二招那边,做好准备。

车开进区里时,刘老醒了,看着窗外的街景出神。李刚想,刘老一定是在回忆自己的青年岁月,如果没有那次组织部的谈话,他本来会和许多人一样,默默无闻地在厂子里工作,退休,终老,然而命运眷顾了他。在四十岁的时候,人生有了意想不到的转折,也是特殊的时代成就了他。胡思乱想中,车缓缓开进二招的大门,老远就看到宾馆前面整齐地站着一排人。开近后李刚认出,中间站着孙总,集团公司董事长兼总经理,大家还是习惯称为厂长或厂一把手,几个副总分站左右,右侧还站着三个穿着灰色西服套装的,其中一个是张春丽。

刘老下车后,大家哗哗鼓掌,孙总首先上前伸出双手,握着刘老的手说:"欢迎刘老,我们都很想念您,我昨晚一宿没睡踏实,一会儿一醒,就怕下大雪把机场给封了,结果天公有眼,一切顺利。"刘老说:"老天知道我要接老伴回家,关照了一下。"说完自己呵呵笑了,大伙也都跟着笑,刘老亲切地和每个人都握手寒暄,然后说:"我本来不想惊动大家,可架不住父老们的厚爱,这也是我工作了二十年的地方,年纪大了,来一次少一次,有机会和大家聚一聚也挺好,不要搞得太隆重就行。"

孙总连连点头："您放心，我们很简单，很朴素，知道您念旧，关心企业的发展，我们也正好和您汇报下。"刘老忙说："咱厂是归国资委管的，跟我可汇报不着，我听一听也就是了，不表态，谈话不要做记录。"

孙总一边让着刘老进去，一边点头说："您放心，一定按您说的。"刘老身边的张大夫说："首长一早赶飞机，又坐了很长时间的汽车，已经很疲倦了，需要午睡。"孙总连忙回头招呼，张春丽走上来说："刘老，我是宾馆的前台经理，我带您去房间。"

大家簇拥着刘老进了宾馆大厅，张春丽招呼服务员把车上的行李取下来，安排住宿的事是王秘书长和厂接待处的人接洽商量的，李刚没有参加，因此他这两天没看到张春丽。看着她说笑着走在前面领大家进了电梯，李刚一瞬间有些动摇，这个女人真的会做出杀人的事吗？

中午吃得太晚了，刘老说晚上7点半再下来吃，一定简单点，王秘书长这两天全程陪同，所以在宾馆开了个房，李刚想自己最好也开间房，万一晚上有点啥事呢？他去前台找张春丽，张春丽有点为难，说："宾馆今晚全满了，明天有不少退房的。"李刚有点不乐意，但也不好发火，他说："我得留在这儿盯着，有没有啥地方能看到人进出的？"张春丽旁边的小邓说："要不就在我们隔壁办公室里。"说完一指身后，前台后面有一扇门，里面应该是办公室，不时见他们进出拿单子。张春丽说："那也行，但后半夜就只能你自己在这儿了，我们都回值班宿舍了。"她接起一个电话，歪头夹着电话，示意小邓带李刚去身后的屋子。

李刚绕过前台，跟着小邓推门进了里面的那间屋，上次他来宾馆和张春丽谈话时就在这个屋，但当时他注意力都在谈话上，没留心打量。这是个很普通的办公室，柜子上堆满了文件夹，不算整洁，桌上一台传真机，两部电话，靠墙有一张旧沙发，应该是宾馆会客厅淘汰下来的，小邓指着沙发说："有重大活动，高层领导来下榻了，我们就留人在这儿值班，半夜困了沙发上眯一下，这个太软，睡完起来腰酸背疼的，所以没事半夜我们就回值班宿舍了。"李刚打量了下四周，点头说："挺好，我就在这儿了。"他看到桌上的两部电话，一红一白，小邓说："红的是直拨电话，白的是宾馆内线。"李刚拿起红的一听，如果是内线，拿起来就会接到宾馆总机，而这个红的拿起来听到的是等待拨话的长音，他点点头，放下了。又看到墙上贴着厂里各个单位的联系号码，也有保卫处的。小邓说："有时候客人有急事，比如生病了，或者要紧的事，我们就用这个电话找，但一般还是总机转。"

李刚放下红电话，再拿起白电话，果然，传来总机接线员的声音:"要哪里?"李刚忙说:"我就试一下,不好意思。"放下电话,他说:"这个直线,客人一般不用吧?"

小邓说:"宾馆介绍上都没印这个号码,这个纯粹是内部用的,客人都不知道。"

"哦。"李刚想,晚上自己万一有事,可以用这个打电话。他又低头瞅了眼电话,上面贴着一串号码,0452-68124374,心想,两个4,不咋吉利啊。厂总机和各个单位的电话前四位都是6810,这个电话应该是后来才安装的。

他上楼告诉小韩自己晚上待的地方,进了屋小韩先对他说:"刚刘老还问呢,晚上吃饭让你也来。"李刚连连摆手:"这可不行,都是厂级领导,我在不合适。"小韩笑笑,也没再勉强,他告诉小韩:"我夜里在前台后面那个屋里,有事随时找我。"他把红电话的号码告诉小韩,小韩说:"我下楼也很快,几步的事,不用打电话。"

因为晚上不用参加宴会,李刚就找张春丽说:"再给我弄顿员工饭呗。"张春丽笑了:"吃完觉得馋了吧,行,我让他们给你弄点,正好这两天大伙辛苦,伙食也拔高了下。"说完让小邓领着他去厨房,李刚说:"我去厨房怕他们不好找我,我就在后面这屋吃吧,让人给我送来。"张春丽说:"那也行。"她打了个电话给厨房,让他们送一份员工餐到前台办公室。放下电话嘱咐："干净点，别弄到地上，招蟑螂。"

不多一会儿，一个服务员送来一份餐，没有用职工食堂的铁托盘和塑料碗，而是正经的碗碟筷，一份酸菜炖白肉血肠，一碗酸菜汤，一个松塔状的点心，一个锅塌豆腐，一个凉拌桃仁蕨菜，一碗大米饭，都是很普通的菜，但做得比家里好吃多了。李刚吃得来劲，心里忽然想，这不算占公家便宜吧，小蔡知道了肯定得馋，不能告诉那小子。张春丽抽空进来了，看他吃得香，笑着说："好吃吧。那个松塔酥……"她指了指点心，"放了哈什蚂的油，味道特别。"她又指着酸菜说，"咱厂农场的大白菜，农场猪场的猪，都喂到快三百斤了才杀，猪膘那老厚！"她用手指比画着，看李刚吃上了，她就转身回到前台。

饭吃得差不多了，李刚端着碗开始喝汤，正喝着，忽然一阵急促的电话铃声，吓得他一下呛着了，汤被喷出来，还好手里的汤没洒，好阵子剧烈咳嗽。外面的张春丽进来了，顾不上管他，接起电话，连连点头："明白，马上安排。"然后马上打了个电话："李大夫吗？我是二招的张春丽啊，我们接待重要客人，他们随身带的血压计不好用了，请你马上送一个来。"放下电话后，张春丽看着李刚通红的脸，说："噎着了？我给你倒杯水吧。"一边说一边在饮水机那儿用纸杯子接了杯水，放到李刚面前的茶几上。

李刚好不容易才缓过来，靠在沙发上有气无力地说："你们这个电话声太吓人了，我一点没防备，差点咳死。"

张春丽笑弯了腰："亏你还是保卫干警呢，这小胆。这个电话是内部人用的，来电基本都是要紧的事，我们在外面忙起来怕听不到，所以有意弄得特别响，这样就算门关上，在前台也能听到。"

"哦。"李刚点点头，说，"我吃完了，这些东西……"他低头看自己眼前的碗碟，张春丽点头："我让人收走。"

晚上其实没什么事，但也不好走动，李刚坐在那儿发呆，那个红色直线电话的号码，他恍惚间觉得好像很熟悉。每天吃完晚饭，他都会犯一小会儿困，今晚吃得饱，尤其困，迷糊中，他脑海中亮光一闪，睁开双眼，身子从沙发上直起来，他想起来了，这个电话，在王冠军的电话详单里见过。

电话详单他当时复印了一份后，留在保卫处了，不在身边。他看了看表，8点钟了，他记得详单锁在自己抽屉里，这个没法找别的组的人。但回去取又怕万一有事，就用手机给小蔡打了一个电话，他都一天没和小蔡联系了，小蔡听完马上说："我和山炮在一起呢，正好想找你，我们马上过来。"

李刚出门去卫生间，用凉水洗了下脸，他要好好理一下思路。从卫生间回来时看到张春丽已经不在前台了，只有小邓一个人，他问张春丽去哪了？小邓说："上楼给贵宾敬酒。"李刚趁机问小邓："里屋那个直线电话，你们职工家属知道不？"

小邓犹豫了下，点点头，又赶紧说："别跟张经理说是我说的。"

李刚不解："这也没啥吧，知道又有啥啊。"

小邓悄声说："这个能打国际长途，过去有人领着家里人来打长途，也没法查是谁打的，后来就不让了，但宾馆家属很多人都知道。"

"所以……"李刚说，"王冠军也是知道的，他打过吧？他肯定打过，对吧。"

小邓明明刚才还和颜悦色的，听了这问题立刻晴转阴了，马上摇头："不知道，别问我。"

李刚不急，一会儿小蔡他们来了，看通话详单就知道，人的记忆有偏差，通话详单不会有差。

13

大概 8 点半钟，小蔡和山炮急匆匆进来了。李刚领他们进了前台办公室，关上门，示意他们说话小点声，这里和前台只隔薄薄的一层石膏墙，他不想让张春丽听到他们的谈话。

李刚拿起小蔡带来的电话详单，翻了一下，立刻就找到了。他指着红色电话上面贴的号码给他俩看，说："我之前打印详单的时候，把最近一个月的号码都一个个标过了，但再往前的，就粗略看了一下，没有标，很多都是重复的。今天我就觉得这个电话号码眼熟，果然，在10月28日下午4点22分和4点38分，王冠军的手机打过两次这个号码，通话时间第一次2分12秒，第二次5分22秒。再往前肯定还有……"李刚翻着详单，"又找到了，9月4日下午3点12分，通话时间3分06秒……"他放下单子，目光炯炯地看着他俩，问，"这说明什么？你们明白了吗？"

小蔡迷惑地摇摇头，山炮想了想，用手指了指电话，又指了指外面，小声说："你的意思是，他明明知道这个号码，为啥9号那天晚上，却打给总机转前台呢？"

"对，我就是这个意思。"李刚抑制着兴奋说，"如果他手机里存着两个电话，你会打哪个？肯定是打这个，他知道张春丽在值班，这个电话铃声特别大，刚才把我吓了一跳，为的就是让前面的人听到，所以他为啥那晚不打这个电话，而一定要打总机转？而且还是两次。"

小蔡忽然问："为啥单子上打这个电话的时间都是下午呢？

没有晚上的。"

李刚说："这个问题刚才我也想到了。他应该是晚上在家的话，就用座机打，只有在外面，才会用手机，咱们这里只有手机的记录，他肯定用座机也打过。"

山炮笑着说："这小子还挺节俭……"他转了转眼珠，说，"用座机打，说明他把这个号码都背下来了，能直接拨。"

小蔡接话说："座机也能存号码的。不过这么看，9号晚上他用手机打的这个电话，有点反常。"

山炮说："这倒也有可能，他当时喝多了，跑到仓房里，那就只能用手机打了。"

李刚说："我问过小邓，她说总机转来的电话他们经常开免提，因为往往手头还有别的事在忙，那天晚上王冠军电话转过来，也是开免提接的，所以她听得很清楚，她说过张春丽没转用话筒接，就一直在那儿用免提跟王冠军吵吵，吵了几分钟，挂了。然后又跟总机说，王冠军再来电话就别给转了。仔细想想这是不是有点怪？还有不打这个电话。"李刚坐在桌边，拍了拍旁边的红色电话。

山炮明白了："你是说，那个电话就是为了让张春丽旁边的人听到，是王冠军打来的，是为了证明张春丽当时不在场，而在宾馆。"

李刚使劲点头，他不敢抬高音量，只能压着嗓子说："因为在前台，接电话习惯于免提接，但到这个屋来接，都是一个人专门过来接，就没必要免提接了，接完回去说，王冠军打的，一家之言，没有旁证，但前台免提接了，别人在旁边听着，证据确凿。"

小蔡说："她安排好的？那王冠军怎么这么听话呢？那给别人打的呢？小雪、田田，那也都是安排好的？电话内容都一样。"

李刚抽出根烟来，他太激动了，手有点颤抖，点着烟抽了一口，他平复了下情绪，然后说："我认为，那几个电话都不是王冠军打的，是伪装的，比如录下来的，或者别人冒充的。"

"可田田说和王冠军电话里聊天了，小雪不还和他讨论借相机的事吗？这没可能是录的。冒充？咋冒充？除非……"小蔡说到这儿，愣住了，他挠了挠脑袋，站起来走了两步，回头对李刚说，"那天晚上回家，你不是把那个姓郝的老师傅的电话发给我了嘛。我后来通过老郝，找到了老猫以前的师父，姓齐，已经退休了的，我昨天去老齐家聊了会儿，就是问问老猫的事，也没问出啥来，就听他师父夸他了，怎么怎么好，夸得我都没词接了，我觉得也不重要，刚才就没说。"

"哦！"对于小蔡能这么主动地调查，李刚稍微有点意外，他看着小蔡问,"那你现在是想起啥来了?"

"就是……"小蔡举着手比画着,脸微微涨红,"就是你刚才说的,那个声音不是他的。他师父老齐有个小孙女,说老猫哄小孩有一手,就是模仿电视里的人说话,什么米老鼠唐老鸭,巴拉拉小魔仙,学谁像谁,口音,男女声,学说话,学哭,学笑,老齐那小孙女可喜欢他了,一见到老猫就缠着让他学说话。"

"所以,那几个电话,是老猫打的,不是王冠军本人!"三个人几乎同时说道。李刚想起那天排练老猫唱歌的情形,模仿崔健的声音惟妙惟肖,李刚怨恨自己,咋没早点想到呢。

李刚从沙发上的皮衣外套里掏出笔记本,其实他根本不用翻,脑子里都记得呢,但他还是翻着笔记本,出声念道:"12月9号晚上,老猫5点到6点在二食堂吃饭,6点到11点20在三分厂会议室排练节目,11点20回家,到家时间根据推算应该是11点35分左右,这些都是有人证的。到家后睡到第二天早上,只有他家人可以作证。"

小蔡翻过自己的本子,念道:"几个电话,从9点43分开始给张春丽打,一直到最后一个10点42分给小雪打,但小雪没接。持续一个小时,他在排练节目,怎么能打这么多电话?"

"打电话最多只要几分钟时间,出去转一下,说上厕所了就行,或者再找点别的什么理由。我们要问问陈主席,那天排练,老猫9点43分到10点42分的情况。"山炮说道。

大家面面相觑,李刚马上翻笔记本:"我应该当时留了他电话,咱们先电话里问,然后明天再见面做笔录。"

小蔡看着李刚笔记本上的电话打了过去,客气了两句,就问正事。李刚示意他打开免提,免提打开后,陈主席拿腔作调的声音传出来。他慢慢回想起来,那天排到一半,有一阵子老猫一会儿就出去一趟,弄得他不太高兴了,问老猫咋回事,老猫说是媳妇那边闹情绪呢,打电话去安慰,话没说完媳妇就挂了,没一会儿媳妇又打过来了,他怕影响不好,就出去接,但具体时间陈主席不太记得了,应该是九十点钟吧。三分厂技术会议室在厂房二楼,陈主席透过窗户看到,老猫是站在外面雪地里打电话,没穿外套,冻得来回溜达。陈主席说:"这老猫不在走廊打,非得出去,可能是不想让别人知道他家里的事,他还挺注意隐私的。"

和陈主席郑重道谢后,挂了电话,李刚带着胜利的笑容,说:"啥隐私?他是怕在走廊学别人说话被人听到。只能在外面找个开阔的地方,保证周围没人。"

山炮举起手:"我有个问题,老猫打电话,但手机号是王冠军的啊,他咋搞到的?咱们不是在现场找到王冠军的手机了吗?虽然是烧焦的。"

李刚说:"我分析呢,是张春丽去给王冠军送酒,偷偷把他手机给替换了,或者把手机卡给取走了,然后上班时路过送给老猫。老猫把拿来的 SIM 卡装自己手机上,再打出去就是王冠军的号码了,王冠军可能根本就没发现 SIM 卡没了,他在自己家,都用座机打电话,用不着手机。"

小蔡说:"那手机烧得不像样了,之前也没查看,里面到底有没有 SIM 卡,我们再检查下,要是没有,那就百分百能证明,电话是别人冒充打的。"

李刚说:"SIM 卡可以替换的,这样就算王冠军想打电话,也能打出去,打座机的话,对方没有来电显示,都发现不了问题。"

山炮点头表示赞同,他说:"还有个问题,也是最关键的,这些只能是解释电话,但谁杀的人呢?老猫可以出来打个电话,但出来杀人,时间是绝对不够的。难道是张春丽杀的?然后在仓房洒上煤油,点好蜡烛,等半夜再着火?她能吗?"

李刚脑海里浮现出林双海的模样,想起提到老猫时,他不自然的表情,他 9 号那天去二招送货,临时留下来帮着干活,这也有点反常。换个思路,这是为了单独行动,他骑着张师傅的自行车回去的,张师傅说过,之前林双海借过车,把车子修好还回来,这也可以理解为预先准备好车子,作案不可能临时借一个不知道状况的车子。李刚越想,越觉得可疑。

小蔡看李刚发呆,问:"咋了,想起啥来了?"

正说着,门推开了,张春丽走了进来,她顾不上和他们说话,进屋抄起红色电话,迅速拨了个号码:"喂,我是二招,让周大厨来接电话。"她专注地等待人来接电话,也不搭理李刚他们,片刻后,她对电话说:"老周,你明天早上过来一趟,带点狍子肉过来,先拿五斤吧,再拿两斤海参,要三十头的,不要小的。10点前一定到。为啥让你来?呵呵,有人想见你,领导想见你,对,就是北京那位领导,来吧,穿好一点。"

挂了电话,她才和他们打招呼:"保卫处来这么多人,太隆重了。我还忙,不多和你们聊了。"说完出去了。

她这一出闪现,把屋里的三个人搞得很蒙,半晌没人说话,小蔡用很小的声音说:"她为啥不在外面打电话?她不是偷听到什么了吧?"

山炮侧耳听了听,指了指外面:"好像一直在打电话,占着机子呢。"

李刚摇头,整个事件的脉络渐渐浮现出来,他慢慢说道:"三个人,各有分工,一个送酒,拿走SIM卡,一个打电话伪造不在场证明,第三个人,也是最重要的,凶手。前两个人的作案动机可以推断出来,第三个人的动机,还要再查。"

周大厨接了电话，心情很好，今晚没什么重要客人，他本来都要走了，这又留下了，他来到厨房，看大伙一边叮咣干活，一边聊天说笑，也跟着说了几句。看林双海手头没事了，他招了招他，俩人出了厨房，来到后院，周大厨让林双海准备五斤狍子肉、两斤海参，打包好，明天早上和他一起送到二招。林双海说："啥事啊？送货我和广涛就行，你咋也去呢？我不会开车，你现在也开不了，咱俩还得打车去。"

周大厨乐了："我之前让你准备熏大马哈鱼，是因为有位北京来的领导，他喜欢这个，二招张经理悄悄告诉我了，让我先预备着，说今晚上桌后，领导特别开心，说一下就回到以前的日子了。这不，明天还有一顿宴请，我跟这领导啊，以前多少打过点交道，他明天要请家乡的老朋友，也请我了，我让你去，是准备到时候跟大伙介绍下，也算是给咱饭馆打个广告。"

林双海觉得周大厨这广告打得有点过火，劝他："周叔，人家叫你去聚会，那就好好聚一下呗，你别老这样，走哪宣传到哪，实在想说，你就吃饭时提两句，也不用我去。"

周大厨假装生气："我这么大岁数了，还用你告诉我咋弄？我是想让你在后厨做道菜，但这个在电话里我没跟张经理说，我怕她当场拒了没法回旋。我想着你明天直接去，人都来了，做个冰花狍肉，到宴席上，我就说这是我徒弟做的，领导吃了好，以后我就可以宣传了，我看看能不能让领导跟咱俩合个影，到时候饭馆里一挂，多敞亮！实打实地宣传，半句夸大没有，谁也说不出啥来。"黑暗中，周大厨的眼睛烁烁放光，仿佛已经看到了这之后顾客盈门的场景。周大厨决定，春节后找施工队看看，利用淡季把饭馆重新装修下，干脆再跟公园谈谈，直接扩建。

刘老早上起来得很早，7点钟已经吃完早饭，昨晚和厂领导班子的宴席进行得不错，李刚到餐厅时，看到刘老正悠闲地用早餐，陪同的两个随从和王秘书长表情也很放松。见李刚进来，王秘书长招了招手，李刚过来问好，刘老问他："小李啊，吃早饭没有，和我们一起吃吧。"

李刚忙说："吃过了，我在后面职工食堂吃的，我过来问下，刘老今天上午的安排。"

小韩说："昨晚和咱厂孙总他们聊得很好，刘老很关心厂里的发展。孙总提议今天上午去厂里调研下，孙总说咱厂要搞盾构机，这个刘老也很有兴趣，所以安排了参观。一会儿他们车就来了，你也一起吧。"

李刚马上答应，又问："那中午呢？"

刘老自己说："过去的一些老朋友、老同事，不少都退休了，有的已经不在了，有的去外地投奔儿女了，中午还在这边的，过来聚一下。小李啊，中午饭你也一起，聊聊当地的事。"

李刚略微推辞了下就答应了，看得出，刘老是真心的，不是假客气，人家也犯不着假客气。

市里的中巴车昨天就回去了，早晨7点半钟，厂里派来的中巴车到了。刘老一行人上了车，先去一分厂参观盾构机的总装现场，以前核电设备都是在这里进行最后的调试安装，现在这部分已经转移到大连核电分厂了。盾构机设备是目前厂里的重中之重，市场前景广泛，高速公路、地铁都要用到，进入这个领域其实已经有点晚了，国内外有好几家在做，在一分厂的盾构机安装调试现场，管技术的副总马永亮给刘老详细介绍。刘老听得很认真，不时问一些问题，市场、技术方面的问题都有。李刚跟在后面，一边听着领导们的谈话，一边留心有没有闲杂人等过来。刘老的参观调研没有通知职工，企业里经常有各种考察团、访问团，没人太关注这群参观的人。

看完盾构机，又去热加工水压机现场看了看，这是中国第一台万吨水压机，1963年投入使用，当时工厂还是涉密单位，没有对外公布。水压机现场李刚看过很多次了，但每次还是感到震撼，炙热的金属生坯在水压机压力下，就像面团一样柔软，被轻易揉成各种形状，生产现场非常嘈杂，金属碰撞声，水泵的轰鸣声，还有那种高压下金属的撕裂声，伴着地下不断涌出的水蒸气，看了一会儿就有种被催眠的感觉。刘老对这个兴趣不大，只是简单看了下，出来后，陪同的马永亮和刘老说："这台设备用了几十年了，已经有些老化，我们正在制造一万五千吨自由锻水压机，可能下次您回来就能看到了。"刘老听了眼睛一亮，说："那太好了，硬件上来了，软件也要上来啊，计算设备得跟上。我刚来厂的时候，连计算器都没有，都是用计算尺，查对数表，算一个参数有时得一个礼拜。现在好了，有小型机，有工业软件，再复杂的计算，输到小型机里，一会儿就出来了，多好。"马永亮连连点头，说："下午您要有兴趣，陪您去计算中心看看，新进了几台美国SGI的工作站，还有配套软件。"刘老摆手说："看情况。"

上午的参观到此结束，回到二招时，会见室里已经来了不少人，刘老一进去，人们纷纷站起来，过来和刘老握手问好，欢声笑语充斥着整个房间。李刚一看，基本都是六十岁往上的老人，最年轻的也得五十多了，看样子应该都是本厂的职工，以知识分子为多。刘老记忆力不错，仍能一个个叫出名字来，不停地说笑打趣。刘老走到一个走路微跛的老人面前，上下打量了一番，做惊讶状："周大厨！你还在做饭呢？"

李刚一惊，这是哪个食堂的啊？那位老人双手握着刘老的手说："我已经做不动了，现在就是看看店，让伙计们做，等闺女成家了，我估计也就回家待着了。"刘老又问："你那饭馆，是叫沿江春吧，生意还行？"老人连连说："还行，还行，谢谢刘老惦记。"李刚这才知道，这位就是沿江春的老板，周大厨。

大家坐下后，刘老说："各位老伙计，你们都知道，我从不抽烟，酒喝得也少，但你们在这儿不用拘束，该抽就抽，不用憋着，我不在乎什么二手烟，酒呢，我从北京带了点好酒，再加上咱家乡的北大仓，大家中午好好喝，有量就别藏着掖着，行不行？"大伙一起欢笑，说："太行了呗，刘老太讲究了。"刘老一指身边站着的李刚他们："他们叫我刘老，他们是后辈，我和你们基本都是平辈的，你们还按以前的叫法，大刘、老刘、刘工都行！"大家纷纷感慨，说刘老真是亲民，这么高的位置，百忙中专门抽时间见老伙计，真是位高不忘本，权重不忘民。

李刚在大伙落座后就退出了会议室，王秘书长也退出来了，他对李刚说："我要去看下中午饭菜的预备情况。"李刚点头说："厨房在楼下，我不下去了，留在这儿，万一有点啥事。"会见室的门是虚掩的，听到里面不时传来的谈笑声和感叹声，李刚又回想起昨晚和小蔡他们的讨论。

如果林双海是凶手，他还拿了麻醉针，和张春丽一起动手把王冠军弄晕的话，他的动机是什么？和张春丽有私情？他们的岁数差得有点多。按沿江春饭庄伙计的话说，林双海的生活就是两点一线，饭馆宿舍，外加和周大厨女儿谈恋爱，他可能和张春丽有交集的地方，就是来二招送货，他在外面有私情，会不被人发现？按二招张师傅和其他人的讲法，张春丽生活作风正派，和王冠军过得不好，但也没有在外面有别的人。他这么做，是因为有把柄在张春丽手里？他正在沉思，忽然意识到裤兜里的手机在震动，拿出一看，是小韩的，应该已经响了好一会儿了，他接起来，小韩在电话里说："你得下来一趟，有个小事，就在他们厨房。"

李刚快步下去，推开厨房门一看，王秘书长和小韩站在厨房一群白衣服厨师中，正对着一个穿白色厨师服的年轻人说着什么，旁边还有张春丽。李刚走过去一看，那个年轻人，不正是林双海吗？他穿着厨师服来这儿干什么？

小韩看到他，转过来，指着林双海说："你看，他们从外面请了人过来做菜，这事你知道不？"

李刚摇头："我没听说过。"他问张春丽："这是咋回事？"

张春丽一脸为难，解释说："周大厨和刘老是老朋友了，今天不是相聚吗，周大厨说，有个新菜他想给刘老尝尝，但他得病后手脚不太灵便了，就让他徒弟来做，他之前也没跟我打招呼，上午送货时，人就来了。"她把目光投向林双海，说："我说让我们二招的厨师做，周大厨不同意，这不……"王秘书长说："不能搞突然袭击，你们要干啥，提前说好，不能临时安排，这样让我们为难。"

林双海低头不吭声，张春丽看看他，又对小韩和王秘书长说："看在周大厨份上，他和刘老是老朋友了，他要让徒弟做个菜，就跟乡亲们给刘老送点土特产一样，就是个心意。"

小韩皱着眉，直摇头："我一会儿得跟刘老说下，这吃饭，万一吃坏了咋办？对了，还有……"他脸色严厉起来，跟张春丽说，"海参那些不许上，刘老不吃，而且他很忌讳，什么燕鲍翅，都不能上啊。"

张春丽怯生生地说："那我打电话跟孙总说一下。"小韩严肃地说："那你就跟孙总说，如果上海参，刘老这顿饭就不会动筷了，你就说是我说的。"张春丽连忙出去打电话，临走前和林双海说："你先预备着，要是行了就端上，不行那也没办法。"小韩在旁边紧紧皱着眉头不说话。

林双海默默走开准备去了，大家也都散了。李刚看着林双海忙碌的身影，刚才张春丽和林双海说话的口吻，俩人不像很熟的样子，也许都是在伪装。

14

中午吃饭就在二招餐厅二楼大包房里，一间屋里能摆两桌，每桌差不多坐十个人，李刚和小韩、张大夫、王秘书长，还有司机坐一桌，刘老在另一桌。刚坐下，刘老让小韩把酒亮出来摆在桌上，他对大伙说："咱们岁数大了，酒少喝，所以今天不劝酒，大家随意，不过千万别喝多了，喝多了，回去家人该怪罪我了。"大家点头称是，这时，小韩走到刘老旁边，耳语了几句，刘老默默听着，看了眼周大厨，然后对小韩说："人家心意，上就上。"小韩点头，又和张春丽使了个眼色，李刚知道，林双海做的菜，可以上了。

老友聚会，聊的还都是过去的事，刘老很是健谈，说起以前在这里工作的岁月，有温馨，有困难，有苦有乐，说到动情处，泪水盈在他的眼眶里。大家都被深深打动，屋子里静静的，过了会儿，一个老朋友说："老刘，咱聚会的日子，不说那些伤感的，你不知道，你能见我们，大家得有多高兴呢。这事，我回去可以吹一辈子，吹完了我儿子接着吹。"大家一阵欢笑，屋里又恢复了生气。

二招的菜确实不错，这些老伙计们胃口都很好，每个菜上来都是一扫光。刘老吃得很少，每个菜浅尝一两口就不动了，其他人都是狼吞虎咽，看到菜分量不大的，有的人等不及转桌，还站起来夹。小韩和张大夫低头强忍着不笑出来，李刚也觉得好笑，又有点心酸，这些老人应该很少有机会吃宴席，可赶上一次就猛造。白酒大家倒是没多喝，可能一是身体不行了，二是刘老在，怕喝多了露丑。这就和中青年人聚会有很大不同，李刚他们聚会，吃饭就是给肚子打个底，主要是喝。吃到一半，服务员端上来一盘菜，中间一堆炸丸子和五颜六色的细丝，四周摆了一圈春卷。周大厨来精神了，站起来对着两桌人说："这是我让徒弟做的菜，冰花狍肉，请刘老尝一尝，品鉴下，大伙也都给提提意见。"

刘老饶有兴趣地观察着新菜说："这是狍肉呗，为啥叫冰花呢？我还真没听过。"大家一听刘老都没听过，更觉得好奇，纷纷上筷子，春卷每盘十个，正好每人一个，李刚想别人要吃，自己就没动筷，小韩在旁边催他："试试。"他就夹起来吃了一口，外面是蛋皮，里面红色的馅是草莓味的。中间的丸子和配菜，大家就用公勺舀了，李刚吃了一口，丸子类似牛肉丸，也说不上多好吃，配菜吃到嘴里，酸酸甜甜的，李刚想自己媳妇肯定能爱吃这个。

刘老说:"老周啊,给大伙讲讲,这菜是啥讲究。"

周大厨站起来,清清嗓子,说:"冰花狍肉,顾名思义,丸子是狍子肉剁馅捏的,然后炸一下,外面摆的一圈蛋卷,是鸡蛋皮包草莓酱,裹上蛋泡糊再油炸,中间的配菜,是青梅、果脯、山楂糕切丝加冰糖块,炒勺一颠出锅。"

"哦!"大伙恍然大悟,有人说:"我刚才还想呢,这里头亮晶晶的是啥,原来是冰糖啊。我们牙口不行了,咬不动了。"还有人问:"你这个菜,在你们饭馆,还不得卖个百八十块的啊?"有人说:"何止!沿江春都是公款,一般老百姓哪去得起!"

听到这些话,周大厨脸色有点不好看,刘老这时发话了:"野味嘛,肯定不是家常菜,谁也不能天天吃,但逢年过节,娶媳妇嫁女儿,安排一下都正常。"周大厨如释重负,连连说:"就是,就是,我们现在也主打婚宴呢,一辈子的事,吃的也要特别一些。"

刘老用筷子指着已经夹空了的那盘冰花狍肉,说:"我刚才吃了一口,确实挺好,而且很有创意。你说这狍子吧,还有昨天那个大马哈鱼,过去在咱们这边根本就不值钱,就跟榛蘑一样,林子里到处都是,现在成珍贵东西了。过去咱天天吃粗粮、大楂子,不瞒你说,我直到现在都不吃大楂子,真吃伤了,那会儿就想一天三顿吃大米饭，现在呢？粗粮反而金贵了，小玉米面馒头，北京饭馆里卖的，二十块钱一盘，就六七个，一疙瘩大，你们说说，是不是世道变了？"

大家都点头称是，刘老喝得到位了，兴致也来了，跟周大厨说："你说这个菜是你那个徒弟做的？你让他上来，我跟他说两句，感谢下。"

"哎，哎，马上！"周大厨刚站起来，小韩也站起来了，说："您腿脚不方便，我去吧，我认识他。"不等周大厨同意，就敏捷地出去了。很快，小韩领着林双海进来了，林双海有些紧张，很拘谨地站在门口看着大伙，周大厨走过去，拉着他的胳膊来到刘老面前，说："刚才这个菜，老刘你见多识广都没见过，为啥？这是他自己琢磨出来的，纯原创！哎呀……"周大厨把手搭在林双海的肩膀上，爱惜地说，"南方小伙跑到咱这儿讨生活，被我看上了，学了几年，基本上得了我的真传了。"

大伙一听，纷纷赞叹，有人说："原创可不容易，这都能自己编菜谱了。"刘老也微笑点头，打量着林双海。周大厨给林双海介绍："这是刘老，我的老朋友，从咱这儿出来，在北京当大官……"刘老摆手打断了他的话："什么官不官的，回来省亲。"他饶有兴致地问林双海："南方人啊，跑这么冷的地方打工，可不多见啊。"林双海低头行了个礼，小声说："刘老好，我投奔我叔叔，他在林场那边，后来又来这儿，干了几年了。"
刘老问："你这说话可已经是本地口音了，你老家是哪的？"

林双海腼腆地说："浙江的。"

刘老呵呵笑了，跟左右说："巧了，在这儿遇到个老乡。"大伙也都说，巧了巧了。刘老指了下自己的前胸："我也是浙江的。你家是浙江哪的？"

林双海脸都红了，低头说："浙江舟山的。"

刘老哈哈大笑："无巧不成书，我是宁波的，咱俩家隔海相望，牛郎织女。"

领导这么高兴，屋子里的气氛越发热烈起来，大家都笑，有人说："太巧了。"北国边陲遇到老乡，太不容易了。刘老感慨地说："我大学毕业后来到黑省，当时真的就是想报国，听说咱们企业是刚建好的，生机勃勃，心里那叫高兴啊，拎着一箱子书就上火车了。到了一看，好家伙，要啥没啥，夏天那蚊子足有手掌大，冬天出去上厕所，恨不得冻出疮来，哎……"刘老感慨起来，给自己倒了杯酒，也不劝别人，喝了一口，又说，"说出来也不怕你们笑，年轻那会儿想起家来，半夜躲被窝里偷偷哭，第二天上班领导问，也不敢说，就说晚上熬夜看小说看的。"

在座的大多数人都经历过那个艰苦创业的岁月，他们的神思也随刘老的感慨回到了过去。李刚发现刘老很有感染力，不只是因为他的地位，是他天然具有一种感染人的气场。刘老忽然说了两句家乡话，林双海一愣，脸色更红了，刘老哈哈一笑，拍了拍他肩膀："乡音不改鬓毛衰，我这么大年纪了还能说几句呢，你是不是都忘了？"

林双海低头小声说："早都忘了。"

刘老说："没事，咱们家乡那边，隔条河口音就不一样，不过舟山和宁波口音区别很小，就是本地人，都不容易分出来。我刚才问你，多少年没回去了，家里还有谁。"他转过来，对着桌子对面的周大厨说，"我那会儿最怀念的是家乡的臭冬瓜，做一坛子，我母亲能吃一个月……"周大厨插话说："咸菜还是少吃，对身体不好，老年人尤其得注意。"然后他招手示意林双海退下，林双海得了命令，如释重负，和刘老点个头，就要退出，刘老却留住了他："哎，都是客，不用下去，就坐下吧，一起唠唠挺好。"可他们这桌已经满了，于是林双海就坐到李刚这桌了，和李刚隔着两个人，他一直低着头，也没和李刚打招呼。服务员给他摆上一副碗筷。

李刚见林双海拘谨，本想和他说句话，这时听到刘老说："不管离开家乡多少年，我都是家乡胃。我还记得1979年抗洪，各个单位都派人在大堤上守着，熬了几天几夜，人都要站不住了。有回还下大雨,你们电厂晚上送来的酱油汤馄饨,我吃了十碗,十碗……"刘老举着右手,五指张开,和大家强调,"吃完人都走不了了,其实馄饨早都泡散了,汤里面又是馅,又是皮的,但就是香,那真是……"周大厨说:"那会儿我记得,当时我在电厂食堂,馄饨就是我们包的,筷子抹一下,手一捏,一盆馅包完又来一盆,你吃得走不动,我包得手都抬不起来。后来我实在包不动了,跟领导说我去给大堤送餐,就这么着,我去送,咱俩就是那会儿认识的。"

大家这才知道刘老和周大厨的友情,是这么来的。之前其实大家心里都有疑问,他们两个过去也不是一个单位的,怎么就能认识呢,但谁也不敢问。

"对啊,抗洪大堤上认识的,也算是患难之交,我们前面干活,你和电厂食堂来的师傅在后面支起锅来煮馄饨,哎。"刘老说得神采飞扬,小韩和李刚耳语道:"很多年没见刘老这样了,他今天是真高兴了。"

周大厨说:"不这样煮不行啊,后面煮好的,用车运过去,一路上又是泡又是颠的,到了可不成面片汤了嘛。后来好多人都跟我提那个馄饨,我自己开饭馆,还专门留了这道菜,就叫电厂馄饨,时不时也有老人点呢。"

"哦!"大家又是一阵赞叹,屋里的气氛,又来了一回高潮。

激动也是耗费体力的，大伙的情绪一而再、再而三地被调动起来，也都累了，席间陷入了沉默。好一会儿，刘老缓缓地说："你们知道我还想念什么吗？1983年，咱铁西群英饭店门口，来了一对南方夫妇，摆摊卖馄饨早餐，他们把两张小圆桌支开，炉子上架好锅，馄饨现包现下。我一吃就知道，肯定是我们浙江那边的人，我就问，结果那老板娘家就是嘉兴的！你们不知道，我第一次吃的时候，边吃边流泪，我外婆是嘉兴人，这和她做的一样啊，真的……"刘老流泪了，他用手指拭去眼角的泪水，自我解嘲说，"岁数大了，就爱回忆过去。"

张大夫走过去在他耳边提醒道："首长，别老说这些伤感的事了，影响身体。"刘老摆摆手，让她坐回去，又接着说："那小两口的馄饨摊，我吃了能有大半年吧，每周都得吃个两三回，和他两口子都熟了。后来我给调到市里了，几个月后我有天回来，赶大早去吃，结果没看着，周围打听了下，说是不干了，也可能是觉得这里生意难做吧。这么多年过去了，我还记得那大个素馄饨，青菜海米馅的，泡在骨头吊的高汤里。那会儿肉不好搞，得凭票，所以是素馄饨，真好吃啊，也不知为啥，我一直不爱吃饺子，就爱吃馄饨。"

大家都听得悠然神往，有人接话说："我记得，我也吃过两次，但那会儿肚里缺油水，馋肉啊，还是想吃肉、烧鸡啥的，他们那个吧,感觉不太适合咱们这里人的口味,可能生意不太行,就走了。"

李刚不记得,那时候他太小了,家里根本不会给他钱,让他在外面买早点。他注意到刘老说这些事的时候,林双海一直佝偻着身子,脑袋低垂,好像身体不太舒服,正想问他一句,只见林双海抬起头,眼睛里一闪一闪,似乎有泪水。李刚心里奇怪,怎么林双海这么动情?又见到林双海猛地站起来,走到周大厨身边快速说了句:"我先下去了。"也不管周大厨同意与否,推门而出。周大厨一愣,瞥了眼刘老,嘴里嘟囔着:"这小子,一点礼貌都没有。"刘老一笑,摆摆手宽慰他:"年轻人嘛,不愿意听咱们这些老头子唠叨,都正常。"周大厨也笑了:"对,我在家一说话,我姑娘儿子就嫌烦,哎,没办法。"

李刚凝视着包房的门出了神,刚才在楼下林双海还很正常,怎么饭桌上情绪失控了?还有刘老说的家乡话,他明显没听懂,一个人出来久了,家乡话忘记说有可能,但听不懂不可能,可能他根本就不是浙江舟山人。李刚想起被没收的假身份证,也许,那才是真的,而留在林双海手里的那张,其实是假的,可他为啥这么说呢?他是为了掩盖自己的真实身份?他究竟有什么不可告人的秘密呢?

下午刘老参观了厂计算中心，和计算站的同志们交流了一会儿。晚饭刘老要单独吃，连着和人吃了三顿宴席，他也有些累了，所以晚上没有安排宴席，连王秘书长都没有作陪，7点多钟送了几碗馄饨到他的房间，李刚和刘老打了个招呼，刚出房间，看到了要端进去的馄饨，饱满的大馅，撒着葱花的深色汤里漂着些紫菜和虾米，看着就好吃。送餐的服务员小声说："中午吃完饭，周大厨到厨房，和我们张师傅说了说馄饨的事，这就是按周大厨介绍的方法做的。"

李刚笑笑说："周大厨应该留下来，给刘老做完馄饨再走，他腿脚不便，可以让他徒弟做，他在旁边指导。"

服务员咯咯笑着说："你别说，下午张师傅就这么和周大厨说的，周大厨说他那徒弟不会包馄饨。周大厨今天可真露了脸，打了回广告，最后还合了影，太会经营了，要不饭馆搞这么好。"

林双海浑浑噩噩地从二招回来，一路上周大厨兴奋地和他展望前景，他一个字都没听进去，只是木然地"嗯，哦"地答应着，好在周大厨心情好，根本就没在意。晚上在厨房里干活，他也是机械般地忙碌着，脑子里一遍遍过着的，都是中午吃饭时的场景，刘老和他说宁波话，问他听懂没有时，他心就凉了。回到座位上时，同一桌的叫李刚的干警瞥过来的目光像利箭一样，把他扎了个透。他不会讲宁波话，当然不会，他小时候是在父亲家这边的，母亲家只去过一两次，待一个月，他那时才两三岁，记忆里只有很模糊的片段了。而且，嘉兴话和宁波话区别太大了，倒是和上海话差不多。当初买假身份证时，那贩子说：你可以办个母亲户籍那边的，这样万一被盘问你还能答得上来一些。他拒绝了，这辈子他最不想的就是和母亲那边再有什么瓜葛，于是，就办了个离嘉兴不远的地方，舟山。

等到刘老说起吃馄饨的时候，他彻底控制不住了，泪水像脱线的珠子一样掉下来，他只能拼命低头，屏住呼吸，避免哭出声来。他曾一遍遍设想过父母摆摊卖馄饨的场景，这是个极辛苦的买卖，半夜起来剁馅、擀皮，早上出摊，支开炉子，一个小圆桌，在顾客面前下馄饨。他记得奶奶说过，这里的风很大，春天刮大风时，锅里、碗里瞬间就是一层沙土，顾客们也只能快吃快走，这样的天气生意就很差，还有雨天、雪天……除了身体上的劳累，还有贪婪的房东、无所不在的流氓、突如其来的工商税务……他自己出来打工后，越来越体会到，当年背井离乡的年轻父母，有多么不容易。然而，他们回家时，在他和妹妹面前，却绝口不提，只有满载的大包小裹的土特产，整日带着他和妹妹，玩、笑，他们把最美好的都留给了孩子。只可惜，他还没长大，没能帮着父母，这个家庭，就分崩离析了。

下午回到宿舍时，他已经决定要跑了，先用这个身份证乘火车回加格达奇，找到那个办假证的人，再办一张，然后去南方，越远越好。这几年攒下的钱也够用一阵了，他一贯很节俭，唯一一次破费的地方，是前些天买了个手机，就用了一次，是在手机上装上王冠军的 SIM 卡，在三分厂的楼下，给老猫打了个电话，按照约定好的，老猫不接电话就出来，他把 SIM 卡给老猫，骑车先回宿舍，再去饭馆。三分厂在厂里，为了能够混过厂大门的警卫，张春丽给他弄了一套分厂的工作服，尺码很大，套在羽绒服外面，警卫连看都没看他，就让他进去了，他本来是要骑二招车棚里的一台车子，是张春丽特意为他买的旧车。但张师傅说骑他的，林双海马上就答应了，张师傅的车他之前修过，骑着更顺手。

他现在的难题是，要不要和秀芳说，起初他打算不辞而别，等安顿好了再和她联系，可她会怎样呢？他不敢想象秀芳的悲伤、愤怒，他不想让她受那样的委屈，哪怕是一分钟都不行。父亲把永别的痛苦留给了母亲，母亲把离别的痛苦留给了他和妹妹，他不应该再把痛苦传递下去了。

晚上收工回到宿舍，趁着广涛洗澡的工夫，他快速收拾了下东西，把不多的几件衣服装到背包里，剩下的，他打算就留给广涛了。第二天早上，天还黑着，他就醒了，他可以现在走，走路到区火车站，坐车到市里再转车。黑暗里，他睁眼看着天花板，同屋广涛的鼾声悠长响亮，厨房水池漏水的嘀嗒声清晰入耳，良久后，他决定留到上午和秀芳说完再走。

15

第二天一早送走刘老后，李刚赶到保卫处，已经近中午。冯眼镜很兴奋，把他和山炮小蔡招呼进了自己的办公室。李刚他们先简单汇报了案子的进展，包括宴会上林双海的表现等。冯眼镜耐心听完，另起了个话头，说："之前说过王冠军他大哥犯案的事，有新情况。你们记得我说过，他大哥曾被控强奸，但证据不足吧？参与那个案子的警察，已经退休去海南那边养老了。我托的高队长，总算联系上了，老头姓李，昨天和他通了个电话。老李说那个强奸案，是一对外地来的夫妻，在咱这儿做买卖，女的长得好，被王冠军他大哥给盯上了，总纠缠人家。有天晚上趁女的去市场买东西，把人劫到仓房，给侮辱了。"

三个人静静听着，冯眼镜手指着窗外，恨恨地说："王冠军那会儿才上初中，给他哥放哨，他弟弟更小，也跟着。这哥儿三个，是打娘胎里就带犯罪基因。"

"这个案子为啥没判呢？"李刚问。

冯眼镜说："我听老李说，第二天女的丈夫报警了，他们也准备抓人，结果这两口子忽然消失了，去他们租住的平房一看，这两口子搬走了。邻居说他们两口子晚上一直吵，男的女的都哭，然后一早就走了。"说到这儿，他双手一摊。

"强奸案具有隐秘性，光凭口供，没有物证都很难定罪，更何况受害人没了呢。"山炮点头说。

冯眼镜说："王冠军大哥根本不承认强奸，说是女人自愿的，但之后女人和他不欢而散了，反正找不到人，就无从验证。"

"夫妻叫啥名字，做啥生意的？"李刚问。

冯眼镜严肃地说："馄饨摊，南方两口子，女的是浙江嘉兴人，姓董，男的是安徽亳州人，姓易。"

几个人互相看了眼，小蔡喃喃地说："林双海，就是这对夫妻的孩子。"

李刚从兜里掏出一张照片纸，放到桌上，大家凑过去，山炮说："这不是林双海钱包里的那张照片吗？我记得还给他了。"

李刚说："我翻拍了，昨天吃饭的时候，林双海的反应很反常，我就留了心眼，刚才送机的时候，我给刘老看了这张照片。他认出，这就是1983年在群英饭店门口卖馄饨的两口子，他有阵子天天去吃，和两口子都很熟，不会认错的。他还记得，男的老实，话很少，女的能说会道，和顾客打交道都是女的。"

"哇！你可以的，你居然直接问刘老了？"大家都是一惊。

李刚笑了，对冯眼镜说："我先斩后奏了，要是先问你，你肯定不同意。正好我这次和刘老还有他身边的人处得都不错，我就问了下，果然没错。"

大家眼睛都注视着桌上的黑白照片，年轻夫妇穿着朴素，但容貌俱佳，尤其女人，长得很漂亮，两个孩子还都是小小孩。男孩的相貌随父亲，女孩眉眼更像妈妈。屋里安静了片刻，山炮问："那这对夫妻就回老家了？还是去别的地方了？"冯眼镜说："这才是最关键的，几个月后，在昂昂溪那边温室大棚死了一个务工的，死因是一氧化碳中毒。本来这不归老李，是别人的案子，是一个很偶然的机会，老李知道了。那个死者留下的遗物里有几封信，还有照片，他过去一看，就是之前那起强奸案女受害人的丈夫，老李本以为能找到女受害人，但据温室的人说，这个男的是自己一个人在那儿干活儿。刑警队调查推断，这个男的很可能是自杀，秋天晚上大棚要烧炉子取暖，他把炉子排风口堵上，就这么着……"

大家都不说话了，事情他们没有亲眼看到，又是很久以前发生的，但听到的这些，足以让每个人难受而且难忘。

山炮恨恨地说："不是不报，时候未到。王冠军大哥到底还是给毙了,可惜早一点就好了。"

"所以,林双海,或者说易玉祥长大了,就回来了,他是怎么找到王冠军的呢?"小蔡问。

"这个得问他本人,才能有最准确的答案。"冯眼镜说完,轻轻一拍桌子,严肃地说,"动手吧,从你说的宴会上他的表现看,他应该已经察觉了,再不动手就晚了。"

三个人同声答道:"是!"他们做了下分工,因为决定同时进行,李刚去带林双海,小蔡去带老猫,山炮去带张春丽,三人同时出发。

李刚开车赶到红岸公园,马上就是元旦了,公园门口挂起来崭新的红灯笼,大白天也亮着灯。汽车从西侧小门慢慢开进去,在沿江春门口的空地上停下来,这两天中午也有人吃饭,门口还停着两台车,看牌子应该是私人的。李刚下车进了餐馆,上次见过的那个女服务员迎了上来,李刚和她打了个招呼,刚要说话,周大厨从吧台那边也转出来了,见到李刚一愣:"哎,这不是……"他没说完,李刚点头:"对,昨天刘老请客我在,我是负责安保的厂保卫处的干警李刚,我找你们店的林双海有些事要问。"

周大厨回头看了下女服务员,说:"他今天请假了,你们看到他了吗?"几个女服务员纷纷摇头,周大厨客气地说:"要不我让他回来找你，他应该晚上就回宿舍了。你着急不？"

李刚觉得周大厨有些警觉，可能自己刚才进来的急促劲儿惊着了他，或者林双海和他说了什么，他说："我去厨房看一眼，行不行？"虽然是询问的话，但语气很坚决，一边说，一边往里走。周大厨有些惊慌，忙说："哎，厨房顾客不能进，这不卫生……"李刚不理睬，轻轻推开他的阻挡，闯进了厨房。

厨房里伙计不多，就三四个人，一边干活一边说笑着，看到忽然进来的陌生人，都愣了。李刚认出其中一个是那天送货的广涛，他用尽量轻松的口吻问道："广涛，林双海去哪了？"

广涛被叫名儿。吓了一大跳，一看是李刚，镇定地说："他一早起来，在饭馆转一圈出去了，陪秀芳在江边溜达呢吧？"

李刚转身就冲出了饭馆，不顾周大厨等人的招呼声。

江边范围很大，红岸公园是沿着江堤修的一个狭长公园，长度得有三公里，但人们经常走的，就是正对着大门的这一小块区域，不超过一公里。公园里禁止汽车通行，大堤的各个车道口都是有隔离墩拦住的，李刚把车开到靠近望江楼一侧的车道口，开不过去了，只能下来，快步往前走。冬天江边散步的人很少，风太大，每个人都裹得很严实，好在视野很好，一望无际，李刚边跑边看。终于，他看到了林双海，背着个背包，和一个穿貂皮大衣的女孩面对面站在一起，两人情绪都有些激动，女孩在用拳头捶打着林双海，嘴里还说着什么。他们的位置就在大堤下沿的冰面上，离李刚还有几百米的距离，李刚顺着阶梯快步下去，大喊道："林双海！"

林双海上午来到饭馆，秀芳一见他就明白，有大事了，她从没见过他这样的表情。林双海背着背包，拉着她走出饭馆，往江边上走，一路也不吭声，秀芳心里惴惴不安，强笑着问："咋了？出啥事了？"见他一直不吭声，也恼了，站在原地，说："不走了，有啥事赶紧说，怪冷的。"又指了指他身后，"你背包干啥啊？要去哪儿啊？"

林双海直截了当地说："我惹事了，出去避一段，等事情平息了，我再来接你。"

"惹啥事了？"秀芳睁大了眼睛问，又恼怒地说，"你跑哪去？我咋找你？"

林双海说："我杀了人，必须躲一下，去哪儿暂时没法和你说。"

"杀人？你为啥杀人？你,怎么可能？"秀芳惊恐地看着他，忽又笑了，说，"你开玩笑的对吧，你可别乱开玩笑啊，吓着我。"

"我没开玩笑，也不是吓唬人，我杀人，是因为他曾经害过我的家人，警察肯定会找你盘问，一时我讲不清。我答应你，等过段时间事情过去了，我会再和你联系的，不会不管的。"

林双海说着,心底一阵痛,他知道今天有可能是他们俩人的永别。

秀芳哭了,摇着头说:"你答应过我,什么都跟我讲的,你为啥要这样,你家人的事我不管,那都是过去的事了,你何苦呢,你让我以后怎么办?"

林双海也哭了,他用手给秀芳擦泪,一边说:"我也想忘的,可我忘不了,我忘不了我父母受过的屈辱,如果不是因为你,早就动手了,后来我也后悔了……"他哽咽地说不下去了。

"林双海,你这个混蛋!"秀芳起初是震惊,然后悲痛,渐渐愤怒主导了她的情绪,她越想越生气,一边骂,一边用力捶打着林双海的胸膛,他们的争吵引来了附近疑惑的目光。秀芳边哭边喊:"你答应过我的,答应给我做馄饨的,我都还没吃上,你就跑了!"

这时候还说馄饨很好笑,但是他俩谁也没笑,都觉得悲凉,林双海没时间再说了,他正想着和她最后道别,忽然听到传来呼唤声。抬眼一看,是李刚,终于还是来了,他最后抱了下秀芳,然后撒腿在冰面上狂奔起来。

李刚追了过去,穿貂皮的女孩摇摇晃晃地跑到李刚面前,试图用身体阻挡他,被李刚一闪躲开。冰面上很滑,林双海跑了没多远,就连摔两个跟斗,但他马上爬起来继续逃。李刚也摔了一个，但李刚个高腿长，渐渐就追上来了。俩人的距离还有二十来米时，李刚大喊："你不用跑了，跟我回去，争取从宽处理！"这几句话喊完，他泄了些力气，刚才赶上的距离，又被拉开了些。林双海看到旁边有小孩在玩冰车，猛地冲上去，把小孩推到一边，自己跪在冰车上，他只抢到了一根铁杖，来不及捡起地上的第二根。李刚已经赶到了，扑上来去抓他，几乎就在手都碰到他的肩膀的时候，林双海哧溜一下，滑了出去。

"轰——"冰车下面的冰刀在冰面上滑出两道白线，飞驰着奔向远方。

冰车滑行的速度，人怎么跑也追不上，李刚跑了几步停住了，喘着粗气，绝望地看着林双海越滑越远。这时，旁边围上来几个半大小子，为首那个穿皮夹克的小个子一副不怕事大的模样问李刚："咋了，哥们，跟他干起来了？用我帮忙不？"

李刚本不想搭理这几个小混混，但忽然又来了主意，他亮出工作证："我是重机厂保卫处的，前面那个……"他指了下已经滑到江中间的林双海，喘着气说，"那是个嫌犯，你们帮我把他抓到，我给你们申请表扬。"

"哎呀，哎呀！这不就是警察抓小偷吗？我靠，我早就觉得那小子不是好人，你放心吧！"领头的小个子家伙兴奋不已，和其他两个喊道："小海，三胖，咱们立功的时候到了！"这三个家伙不急着追，而是反过来往岸边跑。李刚刚想问他们要干啥，忽然看到他们从岸边推出一个双人的冰车，敞篷的，铁皮焊的流线型外壳，一前一后两个座位。领头的家伙跳进前座，另一个跳到后座，第三个在车后哈着腰使劲推，车子滑动的声音很大，起速缓慢，但越来越快，轰的一下飞了出去，车上的两个人都掏出铁拐，手臂有节奏地往后拄。轰、轰、轰，速度远比林双海的单人跪式小冰车快得多，况且他还只有一根铁杖，滑一会儿就歪过去了，还得慢下来纠正方向。双人车仗着速度快，走斜线，包抄到林双海的前面去了。李刚已经有些跑不动了，远远落在后面，慢慢往前赶。

林双海一咬牙，调转方向，向右面采冰的那片地方滑去，从江面上锯出来的一块块长条状的冰砖码成垛，一堆堆的，像一片晶莹的墓地，旁边有一块深绿色的水面，上面还浮着些碎冰。林双海从冰砖垛里快速滑过，李刚一看就明白了，双人车转向困难，他想借此甩掉追兵，李刚急了，在后面大喊："把他从冰堆里赶出来！"

好像听到李刚的召唤一样，林双海忽然来个右转弯，跑出冰垛，沿着采冰区的水边滑行，那个双人车也跟着转弯，却忽然抖动了下，车头一阵摆，然后失控，倾倒，歪着身子侧滑向水面。李刚急了，大喊："快跳车！"几乎就在他喊的同时，车上的两个人同时从车里甩了出来,在冰面上连滚了十几个跟斗,疼得嗷嗷叫。而那台失控的冰车,一侧贴着冰面,像把扫帚一样,滑向水池,把池边躲避不及的林双海,一下撞到了水里。

冰上的人都惊呆了,李刚拼命跑向落水处,那两个小子挣扎着爬起来,冲他喊:"大哥,不要过去,太危险!"采冰区的边缘受到电锯的切割,会有裂痕,而且碎冰碴太多,很容易摔倒。李刚跑到池子边,把围巾解下来,又回头对那两个一瘸一拐的小子喊:"把你们围巾给我!"那两个家伙连滚带爬地跟过来,递上围巾。李刚一边把三条围巾系起来,一边冲林双海喊:"你坚持一下,一会儿抓住围巾,我们往上拽!"

林双海在水里已经冻得说不出话来了,半个头都在水面下,他挣扎地探出来,刚要说话,呛了口水,又沉下去了。李刚把围巾终于系好,扔进水里,但围巾头离林双海至少还有五米,太远了,李刚捞出围巾,又扔了一次,还是离得远,他又往前走了两步,脚下的冰开始咯吱咯吱发出破裂声,采冰池边缘的冰都是复冻的,厚度不够,他只得退回来,对林双海大喊:"你往前面游,够一下!"林双海没有反应,也不呼救,在水里一沉一浮,露出水面的只剩头顶了。

李刚急了,他摘下帽子,脱了外套,准备下去,后面两个小子赶上来,死死抱住他,大喊:"大哥你千万不能下去,下去腿脚就抽筋，会游也没用。"李刚使劲甩，怎么也甩不掉，他喊道："松开，你们松开！"俩小子谁也不松手，四条胳膊把李刚抱得死死的，李刚被他们箍得喘不上气来，眼看着林双海沉进水里，再也没出来。耳边渐渐响起的，是赶过来的人群的汹涌脚步声，和女人的哭喊声。

后面几天的事忙乱而嘈杂，正赶上元旦，大家都没过好节，忙着提审老猫和张春丽，都希望在春节前结案。老猫说林双海9号晚上送来了王冠军的手机卡，让他打几个电话，模仿王冠军的声音，林双海是听张春丽说的老猫有这个模仿天赋，别的事，老猫都不知道，后来他隐瞒事实是不对的，他只是为了自保，完全没有杀王冠军的想法。

张春丽也说不知道林双海的完整计划，她和林双海因为送货熟悉后，林双海找到她，说和王冠军有私人恩怨，9号那天要和他解决下。这个解决她理解的就是谈谈话，谈开了就好了，最多就是打一架，所以晚上王冠军打电话过来的时候，她聊几句就挂了，事后才知道那是老猫装的，那天晚上给王冠军送酒，就是赶巧了。她也承认事后隐瞒是为自保，没有杀王冠军的想法，林双海杀人她绝对没想到。

"这样的说法，谁信呢？"冯眼镜看着桌上这两个人的口供，喃喃自语道。

"反正他俩咬死了不知道杀人计划，林双海是分别找的他们俩，以至于他俩互相间都没通过气。"李刚说。

冯眼镜哂笑："他俩是亲戚，林双海把王冠军干翻后，把手机卡送给老猫，这三个人一趟线上的，说没合谋，是当别人弱智吗？还有，林双海家里的事，张春丽知道吗？"

山炮说："这个我们问过张春丽，她目前不承认，但我们感觉她其实是知道的，我俩有个推测……"他看了下李刚，李刚点点头，山炮接着说："我们认为这件事其实张春丽是主谋，她早就有杀王冠军的想法，离婚不容易，离了后都在一个地方，王冠军可能还会继续纠缠她。因为送货，她认识了沿江春的林双海，知道了他父母和王冠军兄弟以前的事，就一起商量出了杀人计划。她给王冠军拿酒，让他喝醉，林双海晚上帮完厨去王冠军家，忽悠王和他一起去了仓房，在那里林给王打了麻醉剂，布置好现场离开，把王的电话卡送给老猫，再回饭店宿舍。"

李刚点头，说："林双海给老猫送卡的事，我们之前给忽略了，昨天又找了陈主席，他才想起来，排练节目那天傍晚，大概8点半左右，有人从二楼窗户看到老猫在楼下和人碰面，那人穿着三分厂的工作服，戴个大棉帽，看不清长相。广涛说林双海9号那天留下帮厨时，把他的帽子给借走了，他开车用不着。工作服应该是走前他在张春丽那儿换的，不然骑车进厂会被门卫拦住的。"

"林双海怎么把王冠军引到仓房的，他们说了吗？"冯眼镜问。

山炮摇头："都说不知道。估计是买煤油啥的，他们饭馆熏鱼，不是要用煤油助燃吗，王冠军那儿有煤油，这小子正好也缺钱。两个当事人都不在了，这只是推测。"

冯眼镜烦躁地说："这个老猫的老婆是法院的，检察院的人过来问，说希望我们能秉公办理，这啥意思？啥叫秉公？还有这个张春丽，能量也不小，厂里的、市里的都有领导给我打电话询问，也不知道她都哪来的关系，妈的。我看这两个人啊，都不是判多少的问题，是能不能判的问题。案子但凡有一点点瑕疵，检察院就能给退回来。"

小蔡说："判肯定能判，但林双海死了，啥责任都推他脑袋上，说他是主犯，老猫他俩最多是从犯，甚至是不了解杀人计划，可以判得很轻。"冯眼镜瞪了他一眼，说："林双海杀人，动机呢？就是为了报仇？之前说的林的父亲自杀了，母亲下落不明，证据不落实，就只是推测，不能结案。"

小蔡说："你认识的老李，他没办法找到林双海的母亲？林不是还有个叔叔在加格达奇吗？"

冯眼镜摇头："老李都退休了，一时半会儿联系不到林的家人，这案子只能拖着。"

李刚说："我来想想办法吧，头儿你给我一周时间。"

冯眼镜半信半疑地看着李刚，伸出一根手指说："这可是你说的，一周啊。"

一周后，在会议室里，李刚把那张翻拍的合影照片，还有林双海的两张身份证翻拍照片钉到白板上，转过头对大伙说："我打听到了林双海母亲的去处，她现在在福建，重组了家庭，我已经托人和她沟通好了，她愿意出具证词，说明1983年强奸案的前后经过。"

"你是怎么找到她的？"冯眼镜问。

李刚说："还是那天送机，机场分别时，刘老的警卫小韩跟我道谢，说以后有啥事可以找他帮忙，只要不过分就行。上周咱开完会，我把照片和身份证传真给他了，问他能不能帮我打听下，照片中这个女人的下落。"

"哇！你可真行，跟谁都敢张口。"冯眼镜感叹道，又说，"唯独忘了跟我说。"

李刚笑了："我这是公事，查案子，又不是私事，而且我说得也很客气，就是能帮就帮，不能帮绝不勉强，别为难。人家小韩咋说的？他说人命关天义不容辞，他找人查这个就是举手之劳。"

冯眼镜点头说:"那是,人家身后的人是谁?真说查个谁,祖宗八代都能给你翻出来。"

李刚点头,说:"可能得我过去一趟,当面和她做个笔录。"

冯眼镜点头,他露出笑容,有些歉意地说:"大老远的,过年前火车票不好买,辛苦你了,不行年后去也行。"

李刚摇头:"火车票我找找人,尽快过去,怕她又后悔,争取春节前把案结了,过个踏实年。"

冯眼镜一拍桌子:"我找领导特批,让你坐飞机来回,坐火车太遭罪。"

"哇,大手笔。"几个人同时感叹,冯眼镜很是得意,大眼镜片一闪一闪地晃动着,说:"有啥啊?不就两张机票嘛,咱们出生入死的,不过分。"

小蔡慨叹说:"咋就这么巧,你说你要不接待刘老,林双海没参加刘老的宴会,你没碰上小韩,这些事……"他指了下白板上的照片:"这得查到啥时候?"

冯眼镜说:"赶巧也得有心,没有心的人,就是赶上了这些事,也还是啥啥查不出来。"

小蔡被他说得脸一红,李刚忙说:"小蔡这回立了大功,老猫会学别人说话那个,我们之前都没想到。是他走访老猫的师父发现的，有了这个关键点，我们才能把整件事串起来。"

冯眼镜露出笑容，点点头："有进步，嗯，有点进步，向上申报的时候，把这个也写上。"

三个月后，冯眼镜得到通知，去伊春市下面的一个县挂职副县长，任期一年。在这之前，他已经当选为新一届的市人大代表，年近五十岁，没想到事业又开启了第二春，这是半年多以前还被"双规"的他，根本无法想象的。这天，他让李刚开车送他去市里开人大会。李刚一早去单位取了车，接上冯眼镜后直奔市里。开到街里时，冯眼镜指了指江边的方向："开过去。"李刚没说话，往右打方向盘，车子沿着红岸公园的西门开进去，已经是三月中旬了，天气渐暖，但积雪还随处可见。车子开到沿江春饭店门口停下来，俩人从风挡玻璃看过去，饭馆正门紧锁，窗户上灰蒙蒙的，里面黑漆漆的看不清，霓虹灯招牌上也挂了不少干树叶，一看就是很久没营业了。

冯眼镜叹了口气："这么好的饭馆黄了，太可惜了。听说那老板去外地养病了。"

李刚说："周大厨原来就有病，林双海出事后，病情加重了，就没法干了，而且不是有人举报说市里有个别领导跑他这儿吃熊掌吗，那个领导好像姓廖，给免职了。"

冯眼镜笑了笑说:"没免职,就是给调走了,仕途确实受影响,也没啥,公家的钱吃喝都不算大事,揣兜里那不行……"他眨巴着眼睛,诡秘地问李刚,"你知道是谁举报的不?"

李刚摇头:"这上哪知道去?举报人都是受保护的。"

冯眼镜呵呵一笑,说:"有人跟我透露,是咱厂二招的人,具体是谁那就没说了。"

"啊!这为啥?"李刚脑海里浮现出张师傅的模样,还有前台的小邓和总机小谢,还有好多叫不出名字的人来,会是谁呢?

冯眼镜轻叹了一口气:"还不是看人家沿江春生意红火,眼红呗。不就那句话吗,看别人挣钱,比自己赔钱还难受。"他话锋一转,指着饭馆正门说,"他这儿主打野味,改一般菜系,没啥竞争力,尤其是最好的厨子还没了。对了,老板的女儿咋样了?"

李刚摇摇头,说:"不清楚。"他脑海里浮现出那天在冰上,秀芳跪在林双海已经没有气息的身体旁,号啕大哭的场景。哭了一阵,秀芳起身,像只狼一样扑向他和那两个开冰车的小子,用手指抓他们,用冰块砸他们,然后又被赶来的人按倒,整个人紧紧贴在冰上。那怨恨的眼神,李刚永远都忘不掉。

冯眼镜沉默了会儿,说:"走吧,去市里。"

车一路开上齐富公路，两边还是冬天的景色，一片荒芜，感受不到一点点春天来临的气息。风很大，一阵阵的，扬起漫天的尘土，车身也被卷得轻微摇摆，冯眼镜按了下车窗按钮，嘴里嘀咕着："不严实了，总进土。"

李刚忽然说："我其实一直很后悔，后悔没有跳下去救他。"

冯眼镜转过脸，瞪着他说："那是冰水，没练过冬泳，下去心脏都受不了，你真出事了，你家人怎么办？想什么呢？"

李刚又回想起12月30日下午江边的那一幕，林双海在最后关头，并没有伸出手去抓他递过来的围巾，是已经冻得僵硬了，还是他已经不想抓了？这已经无法知道了。道路上车辆稀疏，李刚平视着前方，油门慢慢踩下，车速拉起来了。齐富公路只是国道，还有冰雪，车速表指针很快指向120，车噪声震耳，冯眼镜伸手抓住门上面的把手，吃惊地喊："慢点，我说你慢点，干啥啊？不赶时间！"

李刚把车速降了下来，之后保持着每小时70公里的速度，车噪声也小了，冯眼镜长出了口气，有点生气地说："受啥刺激了？"

李刚开着车，平静地说："刚才你说，家人怎么办？我就想到节前去福建见林双海的母亲，我本以为她得多难过呢，心里这通打鼓。结果见面，说完林的死讯，人家可平静了，一滴泪都没流，反倒是饭店那个秀芳哭得死去活来的。我后来就总寻思，家人也就那么回事，林双海要是知道他母亲这样，他不知道该咋想。"

冯眼镜叹口气，说："我觉得林双海肯定料到了。这么多年，他都没跟他母亲联系过，说明他心里一直很怨恨她。他肯定觉得，父亲自杀，是被母亲给逼得没办法了，去杀人没勇气，在家天天被老婆骂，只好一死百了。可惜把俩孩子给撇下了。"

李刚说："林的母亲讲，他们夫妻感情很好，出了那事后，他父亲找了王冠军他哥哥，没打过，还被羞辱了一番。我和她说当时报警后要留下来，证据确凿，王冠军他哥不是死刑也得无期，那会儿多严啊。他母亲就说，觉得丢人，又没法做生意，干待着不是个事，也没法律意识啥的。"

冯眼镜摇头说："你没接触过，80年代来咱这儿做买卖的，都是南方人，我记得弹棉花的是福建人，开面摊的是杭州人，还有福建的老中医，咱本地人没有干这些的。这些南方人胆都小，见厂里的干部工人，就觉得自己矮一头，怕警察，怕工商，反正是大盖帽就怕，你让他们找警察，他们才不敢呢。那会儿社会风气也不行，都看不起做买卖的，看人家挣钱又眼红，街头那些社会青年，天天打架撩闲。90年代就不一样了，有钱就是爷，恨不得全民经商，法院法官下班了出来摆摊，你能想象不？我都碰到过，卖电子表，我还买了一块，走两天不走了。"说到这儿，李刚和冯眼镜都笑了，这个笑话其实冯眼镜以前在单位讲过，还把那表给大伙看，秒表样式，塑料材质的，圆圆的，各种颜色。李刚上中学时风靡过一阵子，不少同学上学时挂脖子上，神气活现的。

冯眼镜接着说："当初办案的老李提过，王冠军他哥自我感觉很好，说卖馄饨的老板娘对自己也有意思，我说这一听就是扯淡，人家开门做生意，对谁都客客气气的，他就觉得是喜欢自己了，这啥智商啊？"

李刚点头称是："王冠军他家人都是这毛病，你和他笑笑，他觉得你喜欢他，你和他好好说话，他觉得你巴结他，你让他一下，他觉得你怕他，就是缺教养，一窝野兽。我也问过林双海的母亲，为啥不把儿子叫到身边，她这通哭。说出事后，林双海的爷爷奶奶有点怪罪她，她刚改嫁带俩孩子也不方便，就一直给爷爷奶奶寄钱，本想等稳定了，就让孩子们去福建那边生活，没承想这样了。"

李刚说完，冯眼镜叹气说："哎，可惜了。"车里安静了好一会儿，冯眼镜忽然想起了什么，挑起另一个话题："昨天去厂里开会，听孙总说咱厂申请那二十万亩地批下来了，还是上等地，准备全种水稻，咱厂人以后能吃上最好的大米了。"

"嚯！"李刚说，"刘老说话真管用啊。"

"那是！回头等我挂职期满，我得想法调到农场去，当个副手也行啊，我可不想再当保卫处处长了，这个位置，留给你吧。"冯眼镜说。

李刚连忙推辞："我当不了领导，人事的事我整不明白。再说，这也不是我想当就能当的。"

冯眼镜笑了，说："谁是天生的领导，我觉得你肯定能比我干得好。领导那边我走前说过了，这么大案子，又牵扯陈年旧案，一个月不到就破了，这样的人才，厂里不提拔，要留给市局吗？孙总说班子讨论下，以后肯定会重点培养。"

李刚不好意思了，连连说："这不大伙一起使劲吗，山炮、小蔡，还有你，也不是我一个人。"

冯眼镜哈哈大笑，倚在座位上，指点着李刚说："你小子，是你的东西，就大方接着，别虚头巴脑的。"

俩人这么聊着，车子已经开进了市区，上班的人流如潮水般涌出来，挤满了道路，汽车、自行车、三轮车，甚至还有已经很少见的马车，混杂在一起。他们的车被前后挤得动弹不得，冯眼镜烦躁地说："不行咱靠边吃点早点，等这波上班的人过去再走。"李刚摇下车窗，探出头张望着，道路旁的早餐摊飘来一阵阵油烟，香气浓郁。最近的这个早餐摊是用半个油桶支起一口锅,摊主用长筷子从锅里夹起油炸糕,用粗纸包着,送到顾客手里。李刚再往后看,是一个馄饨摊,圆桌子打开,几个人正坐在桌旁吃馄饨。摊主是对夫妻,男的下馄饨,给顾客端碗,女的包馄饨。李刚看他们忙碌的样子,一下出了神。不经意间,男摊主抬头和李刚对视,便笑着打招呼:"老板,要不要吃馄饨?大馅素馄饨,好吃又营养。"李刚一惊,心怦怦地跳,他尽量平复心情,对冯眼镜说:"头儿,要不,咱们在这儿吃碗馄饨?"